KB021762

명리학 강의

- 간지물상과 신살론 -

명리학 강의

펴 낸 날 2020년 7월 24일
2쇄발행 2022년 12월 2일

지 은 이 권용재
펴 낸 이 이기성
편집팀장 이윤숙
기획편집 정은지, 윤가영, 이지희
표지디자인 이윤숙
책임마케팅 강보현, 류상만
펴 낸 곳 도서출판 생각나눔
출판등록 제 2018-000288호
주   소 서울 잔다리로7안길 22, 태성빌딩 3층
전   화 02-325-5100
팩   스 02-325-5101
홈페이지 www.생각나눔.kr
이 메 일 bookmain@think-book.com

• 책값은 표지 뒷면에 표기되어 있습니다.
  ISBN 979-11-7048-120-1(03180)

• 이 도서의 국립중앙도서관 출판 시 도서목록(CIP)은 서지정보유통지원시스템 홈페이지
  (http://seoji.nl.go.kr)와 국가자료공동목록시스템(http://www.nl.go.kr/kolisnet)에서
  이용하실 수 있습니다(CIP제어번호: CIP2020028382).

용 선생
실전 명리학 시리즈 I

다년간 연구한
실전 신살 통변 필살기!

간지물상과 신살론

명리학 강의

권용재 편저

오랜 연구와 노하우를 바탕으로
현장에서 통할 수 있는 실전용 명리 지침서

생각나눔

2006년 신림역 인근에 있는 커피숍에 명함을 돌리면서, 소위 '노땅'을 시작하였습니다. 그 이후 14년이라는 세월이 흘렀습니다.

필자는 지금 역학연구가로서의 길을 걷고 있습니다. 삶을 포기하려 했던 시절, 우연한 기회에 알게 된 역학이 필자에게는 유일한 취미이자, 힘든 삶을 포기하지 않도록 나 자신의 존재 가치를 각인시켜 주었고, 역학은 이제 숙명과도 같은 존재가 되었습니다. 뒤돌아보면, 가장 치열하게 공부했던 게 역학 공부가 아닌가 하는 생각이 듭니다.

필자가 책을 쓰게 된 결정적인 두 가지 이유가 있습니다. 첫째는 주변 역학 도반님들의 권유였습니다. 기라성 같은 선배님들의 책들이 많이 출판되고 있는 시점에서 부족한 학문과 경험으로 감히 명운을 논하면서 책을 쓴다는 건 여간 부담스러운 일이 아니었습니다. 몇 번의 고사 끝에 용기를 낼 수 있었던 건 오랫동안 공부를 하고 엄청난 돈을 지불하여 배운 역학 지식을 실제 현업에서 제대로 쓰지 못하고 있는 역술가들이 많다는 사실이었습니다. 사계에 그릇된 생각을 가진 일부 술사들이 배움을 갈망하는 도반들에게 폭리를 취하고 또한 왜곡된 학문을 전파하여 이로 인해 희생되고 아파하는 수많은 역학 도반들이 있음을 간과할 수 없는 책임감이 들었습니다. 둘째는 학문적 지식을 알리는 학술서보다는 실전에서 유용한 실기 위주의 책이 필요하다는 판단이었습니다.

필자가 집필한 『명리학 강의』는 학문적 지식과 연구를 위한 교재가 아닙니다.

필자는 그동안 연구하고 상담하면서 느꼈던 실무에서의 이론과 적용 관법을 소개하는 정도의 일종의 역학 수험서입니다. 이 책은 역학적인 연구와 성과를 위한 학술서가 아닌 오직 실전에서 유용하게 쓸 수 있는 실전용 수험서입니다.

시주명조를 해석하는 주요 통변 관섬은 12신살을 중심으로 한 ①신살 구조론과 명리학의 꽃이라 불리는 육친의 변용론인 ②통변 구조론으로 대변할 수 있습니다.

본 저서『명리학 강의』는 초급자 입문용이 아닌 중급자 이상 역학 공부를 한 도반들이 읽고 이해할 수 있는 명리학 통변 서적으로서, 간지 물상과 12신살을 중심으로 명조를 추리하는 신살 구조론 관점을 공개하였습니다.

역학 세계에 빠져 골몰히 연구하는 필자를 묵묵히 지켜봐 준 사랑하는 妻 송민희 님과 아들 동윤이에게 감사의 마음을 전합니다.

더욱 건강하고 오래오래 만수무강하길 바라는 사랑하는 울 엄마 김미화 여사님, 항상 든든한 버팀목이 되어주는 사랑하는 권익재 님께 감사합니다.

마지막으로 이 책이 나올 수 있도록 적극 출판을 도와주신 '생각나눔' 대표님 이하 모든 분께 진심으로 감사드립니다.

2020. 4. 22.
부산 부전동 연구실에서
권용재

─ 차 례 ─

프롤로그
"중급자를 위한 실전 명리학"

제
1
편

명리학 강의 이론편

제1절_ 천간(天干)론의 이해 / 14

제2절_ 지지 인자론의 이해 / 81

제3절_ 지지 대운(大運)의 이해 / 103

제6절_ 12신살의 이해 / 156

제
2
편

실전사례 연구편

제
3
편

60갑자 일주론

천간(天干)의 특성을 통해 인간의 정신세계를 이해할 수 있다.
천간(天干)은 인간의 마음과 기질에 대한 성정(性情)을 중심으
로 사건의 원인으로 해석을 하고, 지지(地支)에서는 천간(天干)
을 바탕으로 드러나는 현상의 결과를 해석한다. 예를 들어, 기
(己)일간이 甲申년을 만나면, 정관과 관련된 사건이 발생하지만,
결과는 엉뚱하게 상관으로 드러난다. 즉, 사건의 원인과 결과가
다르다는 해석이 가능하다.

천간(天干)론의 이해

1) 천간(天干)의 의의:

천간(天干)은 하늘의 기운적인 변화를 문자로 표현한 것으로 추상적·상징적·정신적인 것으로 해석할 수 있다. 인간이 가지는 ①기질 ②특성 ③가치관 ④신념을 상징한다.

따라서 천간(天干)의 특성을 통해 인간의 정신세계를 이해할 수 있다. 천간(天干)은 인간의 마음과 기질에 대한 성정(性情)을 중심으로 사건의 원인으로 해석을 하고, 지지(地支)에서는 천간(天干)을 바탕으로 드러나는 현상의 결과를 해석한다. 예를 들어, 기(己)일간이 甲申년을 만나면, 정관과 관련된 사건이 발생하지만, 결과는 엉뚱하게 상관으로 드러난다. 즉, 사건의 원인과 결과가 다르다는 해석이 가능하다.

천간(天干)은 甲乙丙丁戊己庚申壬癸 10가지로 구성되어 십간(十干)이라고 한다. 사주해석의 기초이면서 가장 수준 높은 물상론을 이해하는 데 중요한 바탕이 된다.

※ 천간 음양표

구분	甲	乙	丙	丁	戊	己	庚	辛	壬	癸
운동성	양	양	양	양	양	음	음	음	음	음
음양	양	음	양	음	양	음	양	음	양	음

1. 甲木론

#1_ 甲木

1등 선봉장, 春, 仁(어질다), 東 동방 동쪽, 청록색, 턱이 뾰족, 甲은 기질이 강하고 고집스럽지만 사주가 金이 많아 신약해버리면 乙木보다 못하며 한없이 약해진다. 즉, 甲일간 관살혼잡의 경우 식상제살이 필요하다.

시	일	월	년
	甲		
	寅	卯	寅

목이 너무 강왕하면 오히려 부러지기 쉽다. 봄에는 金보다 火가 필요하다.

[자평진전에 이르기를, 春不用金(춘불용금) 이른 봄에는 金을 쓰지 않고, 秋不用土(추불용토) 늦은 가을에는 土를 용납하지 않는다.]

시	일	월	년
	甲		丙
	寅	卯	寅

甲木 기준에 丙 있으면 부러지지 않는다. 봄에 木은 丙壬을 기뻐한다. 壬은 병충해를 예방하고 나무가 썩는 것을 막아준다.

인덕이 있고 측은지심 잔정이 많다(木多 하면 간경화, 중풍 조심).

시	일	월	년
	甲	庚	
		申	

申월 金이 강하면 木의 성장을 방해한다. 고로 키가 작다, 가을 金. 나무가 서리를 맞았다. 고로 머리카락이 희다.

木多 하면 털보, 無木이면 머리털이 없다(민둥산).

木=仁 → 어질고 인자하다. 인자함은 수명을 연장시킨다. 다혈질에 인자함이 없으면 수명을 재촉한다.

木일간이 의사가 많다(의술=인술).

木: 자연섬유

시	일	월	년
	甲	丙	
		午	午

木이 火多 하면 간에 불이 붙은 격. 추리력 응용력이 뛰어나지만, 水 부족 조후 실조되면 정신질환, 능력과 근성이 부족하다.

시	일	월	년
	甲	癸	
	子	亥	亥

水多浮木 나무가 떠내려감. 떠돌이. 모친인연이 약하다. 인성이 病이 된 구조. 母滋滅子(모자멸자)격 부모가 자식을 버렸다. 모친이 모든 걸 해주니 게으르다.

시	일	월	년
	甲	庚	
酉	申	申	

金木相戰 인정이 없다. 金多는 無字와 같다. 고로 의리가 없고 두통이 따른다. 고질병이 있다.

시	일	월	년
	甲	癸	
酉	子	亥	亥

겨울 나무가 얼어 있다. 火가 약하다. 어릴 적 말을 늦게 한다. 風病이 올 수도 있다. 자기 의사 표현이 서툴다.

시	일	월	년
	甲	己	
	辰	未	辰

공부는 水 인성운인데 재성多字 돈 버는데 재주가 있다. 돈 되는 공부를 한다(경제 경영 무역 유통분야). 甲이 土(財, 여자)에 미치면 공부 못하고 고향을 떠난다.

[편재(애인)는 역마살과 같다.]

#2_ 甲木

싹이 터져 나와 솟구치는 물상(자평진전에 이르기를 甲木參天 갑목은 하늘을 찌르는 기세가 있다). 일의 매듭을 짓지 못하고 펼쳐 버리는 속성으로 일의 진행에 마무리가 안 된다. 인기로 먹고사는 교육, 예술 분야 재능의 별, 허욕으로 빚이 늘어난다. 실속 없는 인자로 폼 잡는 명(名)의 세월을 보내고 실(實)속이 약하다. 기본 성정이 고집이 강하고 자기중심적인 성향으로 10천간(天干) 중 첫 시작을 의미하니 최고를 지향하고 우두머리가 되고 싶어 한다.

원명(原命)에 갑(甲)이 있으면 ①가치 실현 ②기획 ③추진력이 좋고 ④창작력이 우수 ⑤자수성가의 별로서 가업적인 부모 혜택은 못 받는다(自手成家).

#3_ 甲의 종합 물상론

하늘에 우레 땅에는 대들보 단단한 나무. 간, 머리, 모발, 우두머리 지기 싫어함. 1) 甲木이 甲을 보면 시련과 역경을 이겨내는 단단함이 있다.

시	일	월	년
甲	甲	乙	乙
子	子	酉	巳

온갖 시련을 극복하고 정상에 올랐던 등소평 사주.

천간에 木이 강화되면 근성과 추진력이 뛰어나다.

2) 甲木이 乙을 만나면 타인의 견제로 인한 고통을 당한다. 등라계갑. 칠살이 겁재를 합하면 길하다. 3) 甲木이 丙를 보면 공명정대 행운이 많다.

시	일	월	년
甲	甲	丙	甲

丙식신을 반기니 가르치는 교육자가 된다.

4) 甲木이 丁를 보면 丁등불. 장작에 타는 불이 된다. 아이디어가 좋고 영민하다. 특수기술 자격 전기 전자 통신 언론 방송 패션 디자인 인연

시	일	월	년
丙	甲	丁	
寅		卯	

양인격. 丁상관. 방송장비 기술사업

5) 甲木이 戊를 보면 외로운 산에 큰 나무. 고독한 영웅

시	일	월	년
戊	甲	庚	癸
辰	子	申	未

한국의 제1 여성 기업가 사주.

6) 甲木이 己를 만나면 己토가 甲나무를 양육한다. 고로 丙이 있으면 그릇이 크다.

시	일	월	년
戊	甲	丙	己
辰	子	寅	酉

제조회사 대표. 재산이 수백억대 부자 그릇이다.

7) 甲木이 庚을 만나면 棟樑之材(동량지재) 갑목이 경금에 제련되니 관록을 잘 쓴다. 그릇이 크다. 갑이 경을 보고 丁화를 만나면(벽갑인정) 대발한다.

시	일	월	년
丁	甲	庚	
	寅	寅	

신왕한 甲이 庚을 두려워하지 않으며 丁으로 화련진금 하니 격
조가 아름답다.

8) 甲木이 辛을 만나면 작은 칼로 나무를 베어낼 수 없다. 甲은
왕하면 丙丁을 기뻐하고 부득불 辛을 쓸 때 己 壬을 반겨 쓴다.

시	일	월	년
庚	甲	辛	辛
午	辰	丑	亥

얼어붙은 겨울에 辛(서리)은 甲이 싫어한다. 火를 쫓아 싱글의
여자 교수다.

9) 甲木이 壬을 보면 바닷물에 담가 더 강해지고 오래 보존한
다. 고진감래격.

시	일	월	년
庚	甲	壬	丙
午	辰	辰	辰

유통사업으로 크게 부귀를 누리는 사업가 사주.

10) 甲木이 癸를 보아 水多 하면 집이 가라앉는다. 빗물에 잠

겨 나무가 썩는다. 己 丙의 조후가 되면 귀격이 된다.

시	일	월	년
癸	甲	癸	壬
酉	子	丑	子

정인격. 생활력이 약해 여자에게 의지하고 살아가는 명조.

용쌤 甲대운 해석: 양(陽)의 발산. ①시작과 새 출발을 의미, 대표성 강한 일, 새 일 가담. 實利보다는 ①名譽 ②감투 ③ 라이센스 중심으로 활동하는 별이 된다. 양기(陽氣) 의 발산으로 어둠이 걷히니 새로운 도약을 상징한다. 그간 일을 청산하고, 정리, 변동, 변화, 파괴, 신출(新 出) 진입을 의미한다. 명예로운 활동과 명분(名分)을 따르고, 시시한 것은 하기 싫어진다(名高利薄).

2. 乙木론

#1_ 乙木

風(바람) 活木 生木(살아있는 나무) 악보, 음악을 좋아한다. 미 적 감각이 있다. 乙은 식상을 쓰는데 인색하다(濕木이라 木生火 가 약함).

손재주가 있다. 丙을 좋아함. 辛(가을 서리)을 가장 싫어한다

(추상살초).

乙庚 合은 문예춘추 예술성 음악성 창작 문예. 乙일간 여인이 庚과 합하면 남자한테 희생당하는 국면. 자기만 손해 본다 생각함.

시	일	월	년
	乙		
	亥	未	卯

해묘미 三合 木局. 乙일간이 木국으로 火를 못 보면 陰地에 가리어진 나무로 대들보가 안 된다. 만약, 丙火를 보아 빛이 나면 大林木으로 크게 성장을 이루니 사회적 명예가 빛이 난다. 膽(담, 쓸개)이고 手足에 해당(乙 卯 酉 戌은 의약 의료 인연)

시	일	월	년
	乙		
午	巳	巳	

乙木 나무가 꽃이 피었으나 水가 부족하면 예쁜데 볼수록 정감이 안 간다. 乙木 화초가 꽃을 피우면서 시들어 버린 격. 말하는 게 밉상이다. 木은 신경이니 예민하다. 히스테리 있다.

시	일	월	년
	乙	甲	壬

水生木을 놓고 형제간에 다툼이 있다. 엄마의 사랑 조상 음덕,

사회적 성공이 형제간에 경쟁하게 된다.

시	일	월	년
	乙	庚	

천간 乙年이 올 때마다 배우자 갈등이 있다. 겉으로 볼 때 잉 꼬부부다. 외부에 나가면 손잡고 다니고 집에 오면 각방 쓴다.

시	일	월	년
	乙	乙	乙

바람이 심하게 부니 고생이 많다.

시	일	월	년
	乙	丙	
	未	寅	

인기가 좋다. 않은 자리 재성을 깔아 재복이 있다.

시	일	월	년
	乙	丙	辛
	未	寅	

辛칠살을 丙상관이 막아준다. 즉 자식복이 있다. 丙辛合水 인

성이 되니 자식이 공부시켜주고 집사준다.

乙丙己: 욕심이 많다.

시	일	월	년
	乙	丁	辛

丁식신은 음간의 달빛이라 편관을 제살하려면 남의 눈에 띄지 않아야 한다. 壬이 오면 *浮木*이 되어 칠살을 피하러 떠내려간다 (이동수).

시	일	월	년
癸	乙	壬	癸

水生木 살찌면 멍청해진다. 모자멸자격 모친의 지나친 사랑이 자식을 병들게 한다.

#2_ 乙木

싹이 나온다. 하늘을 나는 새에 비유. 밀고 나오는 힘은 甲, 乙은 옆으로 번지고 확산하는 힘을 상징, ①죽음 ②이별 ③아픔 ④여행(떠돌이)을 의미. 乙大運에 망하거나 육친의 상실, 이별을 목격한다. 바쁘게 돌아다니는 일 많음(여행, 객지출행), 구속받는 것을 싫어한다.

생명활동의 긍정성, 유연성으로 변화를 일으키고 새처럼 역마의 속성으로 이동수가 잦으며, 양(陽) 운동의 발산 경제적 실리 보상은 약하다.

#3_ 乙의 종합 물상론

乙木은 하늘에 바람, 땅에 화초, 간, 신경, 목, 싹, 인내심이 강하다.

1) 乙木이 甲을 보면 藤蘿繫甲(등라계갑). 귀인을 만난 격 고진감래.

시	일	월	년
甲	乙		
	卯	卯	

등라계갑. 일간 乙이 身旺하여 土金운에 발복한다.

2) 乙木이 乙을 만나면 훼방과 견제가 심하고 인덕이 부족하다. 서로서로 휘감아서 골병이 든다. 고로 戊 丙이 있어야 사주가 맑아진다.

시	일	월	년
壬	乙	乙	戊
午	酉	丑	辰

丑월 乙木은 인동초다. 戊辰과 午火로부터 뿌리를 보호받으니

사주 구조가 맑아졌다. 전자기기 관련 해외 사업가 재복이 있다.

3) 乙木이 丙를 보니 太陽通明(태양통명) 초목이 태양을 만나 꽃을 핀 격. 己 壬이 있으면 재귀쌍전 한다.

시	일	월	년
丙	乙	乙	甲
子	卯	亥	寅

큰 식당 여사장 사주.

4) 乙木이 丁를 만나 濕木에 불이 잘 안 붙는다. 표현력이 부족 답답함.

5) 乙木이 戊를 만나면 초목이 산에 무성하게 자랐다. 戊 丙이 함께 있으면 성공하는 명운이다.

시	일	월	년
甲	乙	己	戊
申	未	未	申

등라계갑. 戊己재성을 겸비하여 재복이 많은 사주.

6) 乙木이 己를 만나 기름진 땅에 먹을 게 풍성하다. 丙을 보면 재복 많은 사주가 된다.

시	일	월	년
丙	乙	己	乙
戌	酉	卯	巳

건록격. 왕한 木을 丙火가 설기 己편재를 봄. 대기업 남자 임원.

7) 乙木이 庚을 만나면 庚을 보아 합신 되면 보호받는다. 비겁태왕 내지 인성으로 소통되면 명예적 성공으로 크게 뜻을 알린다.

시	일	월	년
庚	乙	辛	丙
辰	亥	卯	辰

건록격. 木왕절 乙庚합신. 행정고시 패스.

8) 乙木이 辛을 만나 강한 바람이 불어 꽃잎이 떨어진다. 乙은 壬을 써서 살인상생을 반긴다. 여러 가지 고난이 많다.

9) 乙木이 壬을 만나면 연꽃이 물을 만나 아름답다. 丙이 있으면 귀격이다.

시	일	월	년
壬	乙		
午	巳	申	

정인격. 水生木 木生火 연꽃에 꽃이 핀 격.

10) 乙木이 癸를 만나면 연꽃의 아침이슬이 맺힌 격. 乙의 성장에 도움이 된다. 乙일간이 癸 있으면 종교 철학 교육 인연이 많다.

시	일	월	년
戊	乙	癸	己

비와 이슬인 癸水가 土에 의해 메말라 있다. 인덕이 부족하고 능력 재주발휘가 안 된다.

용쌤 乙대운 해석: 기존의 일이 해체되며 새 일의 시작을 의미. 쇠락에서 어려움을 이겨내고 극복하기 위해 새롭게 움직인다, 발판 삼아 내가 성장한다(도약 변화), 이별, 눈물, 이동, 변동, 새로운 시작의 무대 변경, 이동으로 탈바꿈한다.

3. 丙火론

#1_ 丙火

태양, 번갯불. 가볍고 빠르다. 전기, 전자 방사선. 입을 활용하여 먹고산다. 舌端生金. 활짝 핀 꽃과 같다. 火일간은 말이 씨가 된다. 바른말 직언을 잘한다. 성질나면 말이 빠르다. 예의지상. 火多 하면 無火와 같아 예의가 없다. 남방, 심장, 소장, 혀, 눈.
형상이 삼각형 뾰족하다. 달변가. 설득력이 있다.
丙일간은 甲을 제일 좋아한다. 己을 꺼린다.
丙寅: 丙이 寅을 보면 홍염살 편인이다. 木生火로 공부하는 사람

시	일	월	년
	丙	乙	庚

乙庚合 편재와 정인의 합 편재의 욕심을 정인이 조절한다. 편재(금융) 관련 사업이나 직장(은행)에 인연이 있다.

시	일	월	년
	丙	己	戊
		未	辰

丙일간 土多字 식상혼잡이면 박수무당이 많다(土多埋光). 헛수고가 많고 판단력이 흐리다(정신착란).

시	일	월	년
	丙	庚	
	申	申	酉

병일간 재다신약 구조. 돈의 노예가 된다. 金多 하면 火가 약해진다. 金生水 水克火. 처자식이 나를 왕따시키네. 유독 丙일간은 신강하여 힘이 있어야 金을 쟁취한다.

丙庚 투출자 음성이 웅장하다. 군 경찰 법관 세무 회계 권력성에 인연.

시	일	월	년
	丙	庚	
午	午	午	

지지에 火가 득세. 편재가 불에 녹으니 뜬구름 잡는 소리 한다.

모든 부분에 말이 앞서고 실속이 없다.

시	일	월	년
	丙	辛	
		卯	

봄에 태양이 나무를 키워야 하는데 丙辛슴 엉뚱한 짓한다. 여자한테 한눈판다. 헛꿈을 꾸고 뜬구름 잡는다.

시	일	월	년
癸	丙	壬	壬

여인의 경우 재취자리 시집간다. 본인은 낮에 태양인데 주변에 먹구름이 들었다. 남자면 직장생활에 인연이 불안. 자주 이동하면서 직장을 전전한다.

#2_ 丙火

오락가락 변덕이 심하다. 화려함, 유명(有名)을 상징하고, 감출 수 없어 비밀이 없다, 밝히고, 시시비비를 따진다. 분별력이 있고 미식가가 많다. 분위기를 좋아하고 희생과 봉사 베풀기도 잘한다. 직업적으로 교육, 금융, 공공, 법무에 관련된 일이나 속성을 따른다.

#3_ 丙火의 종합 물상론

하늘에 태양, 땅의 용광로, 발전소. 소장, 가슴, 눈빛. 만물을 밝혀주고 빛나게 해준다. 1) 丙火가 甲을 보면 木火通明(목화통명)이다.

시	일	월	년
甲	丙	乙	甲
午	寅	亥	辰

건명. 亥月 丙일간. 甲乙을 만나 목화통명. 행정고시 패스하고 크게 출세한 사주.

2) 丙火가 乙을 만나면 開花文明(개화문명) 꽃이 피고 문예가 밝다. 지혜 총명 예술적이다.

시	일	월	년
庚	丙	己	乙
寅	午	丑	丑

건명. 상관격. 국방부 장관 출신 귀격 사주

3) 丙火가 丙을 보면 하늘에 해가 두 개다. 좋을 게 별로 없다. 대체로 평범하다. 정신이 한 번씩 오락가락, 성격이 급하고 호기심 천국이다. 4) 丙火가 丁을 만나면 中天半月(중천반월)이다. 평범하다. 조후가 시급할 때는 丁을 반기지만 대체로 큰 도움을 못 받는다.

밤낮이 바뀐 생활을 많이 한다(교대근무, 밤 장사).

시	일	월	년
甲	丙	丁	甲
午	辰	丑	寅

경찰공무원. 지구대 교대근무를 한다. 丑월 겨울에 甲寅 3거리에 丁 음주단속기 들고 밤에 음주측정(甲午) 한다.

5) 丙火가 戊를 보면 석양금광(夕陽金光) 석양의 노을. 甲 庚이 있으면 그릇이 좋다.

시	일	월	년
庚	丙	戊	丙
寅	辰	戊	辰

건명. 늦가을 丙이 時에 庚이 있어 말년에 재복이 있다.

6) 丙火가 己를 보면 山川照明(산천조명) 두뇌 총명 壬甲이 있으면 초원을 비치는 태양이 되어 귀격이다.

시	일	월	년
庚	丙	己	己
寅	申	巳	酉

곤명. 건록격. 시비관재가 많다. 己초원이 메마른다. 女命에 자식근심이 많다. 財星이 得氣, 재복은 있는 사주다

7) 丙火가 庚을 보아 太陽鍾聲(태양종성). 庚개혁. 희망의 빛이 되어 종소리가 퍼지듯 온 천지로 알려진다. 고로 열정으로 성공시킨다.

8) 丙火가 辛을 보면 萬年光雪(만년광설). 오랜 세월 빛나는 만년설이다. 丙辛합은 유정하지만 한 번씩 엉뚱한 짓을 한다. 합이 많으면 오락가락한다. 귀함이 삭감된다.

시	일	월	년
	丙	辛	
	申	卯	

재복은 있으나 귀함은 없다. 卯申귀문관살. 한 번씩 정신이 오락가락한다.

9) 丙火가 壬을 보면 江暉相暎(강휘상영) 충성심이 뛰어나 조직생활 귀하다.

시	일	월	년
己	丙	壬	壬
亥	辰	寅	申

건명. 외무부 장관 사주.

10) 丙火가 癸를 보면 黑雲遮日(흑운차일) 먹구름이 태양을 가린다. 직장생활에서 인정받기 어렵다. 승진에 장애가 많다. 상사복이 없다.

용쌤 丙대운해석: 丙火의 특성상 자기 위치가 분명(分明)해지고, 뚜 렷해지는 특성이 있다. 甲乙운에 시작되어 진행된 것들이 丙大運에 제대로 형체를 갖추고 자리를 잡 는 상태, 이름 되면 알 만큼 자신의 존재가치를 뚜 렷하게 알리게 된다. 남녀노소 불문 자신의 사회적 위치 직업적 안정을 이룬다. 신분 상승 및 자타공인 의 자리로 승격할 기회를 많이 제공받는다. 유명 유 능으로 직함을 알리게 된다.

TIP

갑(甲), 을(乙)은 말로 먹고산다. 병(丙)정(丁)은 판단, 시비, 분별력이 있다. 남(男)명이 甲乙丙丁을 많이 띄우면 대체로 사람이 가볍다. 여(女)명은 대체로 주변에 덕(德) 볼 일이 많다.

---

4. 丁火론

#1_ 丁火

陰火 달, 촛불, 生火 金水多字는 근심·걱정이 많다. 문명지상.

丁火柔中(정화유중)內性昭融(내성소융): 丁火는 부드러움 속에 內性을 밝게 비추는 것과 같다. 丁은 실속이 있다. 丁일간 土多 字는 키가 작고 판단력이 흐리다(土多埋光).

紅色, 심장. 甲을 반기고 乙을 꺼린다. 金水多字는 불이 꺼진 다(金多火息, 水多沒光) 벽갑인정(劈甲引丁): 甲을 庚이 극하고

丁이 생을 받아 강해진다.

시	일	월	년
	丁		
酉		巳	

여름에 丁火가 時에 결실을 보았다. 돈하고 연애하는 팔자. 酉는 딱딱한 곳. 덩어리져서 매달린 물상. 식육식당(고기) 사장이다.

시	일	월	년
	丁	甲	
	巳	寅	卯

印綬多字奉. 양반집 가문 선비 집안이다. 학문이 돈이다. 고로 공부해야 한다. 장사하면 안 된다.

시	일	월	년
	丁	乙	
	卯	卯	

丁등불이 濕木(습목)을 만나 불이 꺼진 격. 木은 바람 風이다. 母滋滅子格(모자멸자)(木多火息) 중풍 조심 혈압 인자. 판단력이 흐리다.

시	일	월	년
	丁	己	

丁火는 己를 꺼린다. 그러나 癸칠살이 올 때 己가 癸를 막아준
다. 평소에 보험료를 내며 불만스럽지만 힘들 때 나를 챙겨주고
지켜준다. 丁이 庚을 보는데 甲이 없으면 재물 욕심이 많지만,
관리능력이 부족하다.

시	일	월	년
	丁	癸	
		巳	

癸편관 남편이 겁재 위에 있다. 남자를 빼앗겨 보거나 재취자
리 시집간다. 巳중 戊상관 자식이 있다. 고로 자식 있는 헌 남편
이 들어온다. 시집가기 전 잘 봐야 한다.

#2_ 丁火

촛불, 달, 여름이 무르익은 상태, 치열한 변화, 문명지상. 레이
저와 같이 정밀한 것, 세밀한 것, 어두운 것을 밝혀내는 일종의
신통력과 같다. 직업적 특성은 ①수사 ②법무 ③사법 ④회계 ⑤
재무 ⑥특수기술자격 ⑦종교 철학 인연. 새로운 생명, 창조. 어
두운 것을 밝음으로 되돌리는 힘(교화)이요, 전문가로서의 역량

발휘를 잘한다. 프로페셔널, 장인정신.

#3_ 丁火의 종합물상론

하늘에 달과 별이요, 땅에는 촛불 등대다. 심방 혈맥 눈동자. 나무를 태우는 불이다. 1) 丁火가 甲을 보면 사물에 대한 이해가 빠르고 두뇌가 명석하다. 전기 전자 통신 컴퓨터 방송 언론에 인연 2) 丁火가 乙을 보면 섶에 불이 붙은 격 화염으로 불에 타서 재가 되었다. 공부 학업에 성취가 더디다. 有火濕木(유화습목) 불에 습한 나무를 태운 격. 발전이 더디다.

시	일	월	년
乙	丁		
		亥	

남방 巳午未 火운을 만나야 겨울 丁火가 乙을 쓴다.

3) 丁火가 丙을 보면 달빛이 햇빛에 소멸된다. 1인자보다 2인자, 3인자로 족하다.

시	일	월	년
乙	丁	庚	丙

乙丁, 丁丙의 관계. 1인자보다 2인자, 3인자로 족하다. 기본 재물(庚)은 있으나 항시 도둑이 있으니 큰 부자는 어렵다.

4) 丁火가 丁을 보면 두 불길이 타오르는 격. 선봉장이 된다.

시	일	월	년
辛	丁	丁	庚
丑	卯	亥	申

건명. 추진력이 뛰어나고 선봉장 역할. 재물 욕심이 강하다. 사업을 크게 성공한 운송사업가 사주.

5) 丁火가 戊를 보면 따뜻한 불로 화로를 이룬다. 자기 재능을 발휘 성공을 이룬다.

시	일	월	년
甲	丁		
辰	酉		

辰酉합. 말년에 재복이 있다. 결혼과 자식 득자 후 발복할 것이다.

6) 丁火가 己를 보면 消火灰土(소화회토) 불이 서서히 꺼지면 재가 된다. 재능과 능력에 비해 인정을 못 받는다. 7) 丁火가 庚을 보면 火鍊眞金(화련진금) 자기 재능과 능력을 발휘하여 인정받는다.

시	일	월	년
庚	丁	己	乙
子	亥	卯	亥

건명 편인격. 이승만 대통령 사주. 사주가 다소 濕하여 자식이 없다. 단, 시간에 庚金이 화련진금으로 대통령이 되었다. 丁일간이 己을 가지고 濕하니 자유당 시절 많은 애로와 갈등이 있다.

8) 丁火가 辛을 보면 주옥 金을 불에 태워 훼손한 격.

시	일	월	년
辛	丁	甲	
丑	酉		

건명. 말년에 재복은 있는 사주이나 돈 문제 신용 문제에 각별히 주의하여야 한다.

9) 丁火가 壬을 보면 좋은 인연과 만나는 길연이 있다. 상사 귀인의 조력이 있다. 甲이 있으면 더욱 길하다.

시	일	월	년
壬	丁	辛	甲
寅	酉	未	子

건명 양인격. 국회의원 사주. 정치 여정이 험난했던 사주이다.

10) 丁火가 癸를 보면 사랑할 수도, 미워할 수도 없는 관계. 戊를 만나면 증오가 해소된다. 직장생활 배우자 인연에 굴곡이 많다.

용쌤 丁대운 해석: 자타공인, 전문가 프로로 가는 별을 상징한다. 丙大運에 명함을 정립하여 사회적 입지를 세우고,

丁大運은 자타공인 전문성(장인정신)을 강화시킨다.

5. 戊土론

#1_ 戊土

음양을 조절한다. 이승과 저승의 중간자. 고로 종교 스님 인연. 안개, 구름, 구심점, 중앙, 산, 언덕, 제방. 흙. 종양 결석 주의. 土多 습진 주의.

시	일	월	년
	戊	甲	
	寅	寅	卯

건명. 土는 신용이요 木은 인정이다. 고로 木이 많으면 土가 허물어지니 인정이 너무 많아 주변을 챙기고 보증을 해주다 신용을 잃어버린다. 흙은 적고 木이 많으면 인생 여정에 고생이 많다.

시	일	월	년
	戊		
午	午	巳	

건명. 火가 많아 土가 불 속에서 구워지니 도자기가 된다. 戊
는 丙을 기뻐하고 辛을 싫어한다.

시	일	월	년
	戊	辛	
酉	午	酉	

건명. 흙에 金多하면 변질된다. 상관의 凶이 크다. 범법 탈법
노력에 비해 공을 나눠 먹는다. 주업으로 벌고 부업으로 돈이
샌다.

시	일	월	년
庚	戊		
申	辰	辰	巳

건명. 식록이 무궁하다. 말년에 재물복이 있다. 철광산. 단, 조
후가 실조되거나 水부족은 철광산이 될수 없다. 辰 丑이 있어야
戊가 메마르지 않는다.

土일간 火土多字. 종교인 역술인 많다. 화개살과 申酉丑이 있
으면 불교 인연. 위장 허리 입이 土다. 土는 달다. 당뇨, 결석, 습
진, 위암 주의. 미각이 발달. 비만이 많다. 체중관리가 필요하

다. 土일간이 火가 없으면 陰地전답이 되어 그늘 속에서 살아간다. 중매인이 많다. 土일간 신약사주는 귀가 얇다. 부동산 인연.

시	일	월	년
己	戊		
未	戌	午	巳

건명. 土多 水부족은 능구렁이다. 水를 당겨오니 여성편력, 재물 욕심이 과하다.

戊일간이 비겁 多字면 의심이 많다. 인성 多字면 옷(의류) 장사 인연이 많고 쇼핑을 즐기며, 게으르고 성정이 과격하다. 재성 多字면 의처증이 있다.

#2_ 戊土

공격적인 성향과 기질이 있고 이중 직업(투잡)의 형태가 많으며, 陽의 끝단으로 만물의 茂盛함을 갈무리(결과)하여 주변의 혜택, 보상이 따른다.

#3_ 戊土 종합물상론

하늘에 중성자 노을 황사 안개 땅에는 제방 담장 신체는 위장 근육 소화기관, 만물을 받아들임. 신뢰 신용 중후함 1) 戊土가 甲을 만나면 양인과 식신 상관을 기뻐하고 관록이 좋고 水부족이면 줏대가 없다. 丙壬 火水의 조화가 필요하다.

시	일	월	년
甲	戊	戊	壬
寅	申	申	辰

건명. 편재격 또는 시상일위편관격. 국무총리 사주

2) 戊土가 乙을 보면 벌거숭이 산에 나무를 심은 격. 노력으로 실력을 인정받는 고진감래형인데 辛이 투출되면 허망하다.

시	일	월	년
甲	戊	辛	乙

辛이 乙을 친다. 나산식수로 열심히 나무를 키우는데 辛으로 허망해졌다. 우울증 온다.

3) 戊土가 丙을 보면 日出東山(일출동산) 처음에는 고생스럽더라도 나중에는 대성한다.

시	일	월	년
丙	戊	丙	丙
辰	寅	申	戌

건명. 식신격의 파격. 일출 동산에 식신이 편관을 보아 대통령이 된 사주

4) 戊土가 丁을 보면 타고난 재능 발휘 자기 분야 성공한다. 甲이 있으면 귀격이다.

시	일	월	년
丁	戊	丁	丁
	寅	巳	

火가 득세 火多 字 종교인이 많다. 일반 사회활동 인연이 약함

5) 戊土가 戊를 보면 大地玄妙(대지현묘) 큰 땅이 현묘하다. 水보조가 있으면 재물 복이 있다.

시	일	월	년
戊	戊	甲	壬
午	戊	辰	申

편관격. 김윤환 국회의원 사주.

6) 戊土가 己를 보면 산 정상이 붕괴하여 무너짐. 타인과 융합이 잘 안 됨 7) 戊土가 庚을 보면 이름난 산에 金을 캔다. 신약하면 재복이 약해진다. 재성을 보면 식신생재로 부자 그릇이다.

시	일	월	년
壬	戊	戊	庚
戊	申	寅	戌

건명 편재격. 산명수수 명산채금격의 삼성 이병철 회장 사주.

8) 戊土가 辛을 보아 金이 많으면 土가 변한다. 火가 없으면 통제 불능이다. 乙이 있으면 인생에 풍파가 많아진다.

시	일	월	년
甲	戊	辛	

초년에 고생이 많다가 말년에 고진감래한다.

9) 戊土가 壬을 보면 山明水秀(산명수수) 산이 밝고 물이 수려하다. 두뇌 총명 대성공 재복이 많다. 10) 戊土가 癸를 보면 靑山流水(청산유수) 푸른 산에 비가 내린다.

시	일	월	년
癸	戊	丁	

청산유수격. 유화유로에 청산유수로 말년으로 갈수록 재복이 있다.

용쌤 戊 대운해석: 최대한 양(陽)기가 벌어진 상태로 더 이상 확장을 진행하지 않고 그 상태 그대로 유지하려는 운동성이 발생한다. 버티고 안정을 구하는 시기. 戊 大運은 더 이상 외양의 발전과 확장은 멈추고 안정 유지하여 버티는 運이 된다. 실리보상(재물발전)에 굴곡이 많고, 외양적인 명(名)중심의 활동성이 두드러진 구간이다. 재물보상 금전융통보다는 현상 유지을 의미한다. 투자 지출 확장은 굴곡이 따른다. 특히 사업하는 남자는 戊대운 주의.

6. 己土론

#1_ 己土

중앙 중성자 己土卑濕(기토비습) 낮고 습하다. 전답인 己土는 戊土보다 더 가치가 있다. 음양의 분기점. 신약하면 무당이 많다. 매사 고독하다. 己는 입이다 己己(말을 잘한다) 木용신을 잘 못쓴다. 丙丁을 반기고 乙을 가장 싫어한다. 丁己일간이 財官을 반기면 법조인이 많고 역학에 재능이 있다.

시	일	월	년
	己		
	卯	卯	

관살이 多字면 무속인이 많다. 독신자. 산을 좋아하고 물(財)을 싫어한다(財生殺). 돈 욕심을 내면 반드시 흉액이 따른다.

시	일	월	년
	己	丙	

己가 丙을 보면 귀염상이다. 丙엄마가 항상 아들을 챙기는 모습. 어른이 돼서야 己는 엄마의 사랑을 이해한다. 인복이 있다.

시	일	월	년
	己	丙	甲

　년간 甲정관 주어진 일 미션에 대한 丙정인 임무 수행능력이
탁월하다. 업무추진력이 뛰어나다. 할아버지 조상궁이 부모를
돕는다. 부모는 나를 돕는다. 상부상조. 세상살이 이치에 장애
가 없다.

　己가 丁을 보면 차근차근 따뜻하게 土를 보조해준다. 癸水의
침범으로부터 土를 지켜주고 壬과 합하여 木을 만들어 명예를
주니 己토는 丁편인을 잘 쓴다. (무조건 편인이라 凶으로 보지
마시오.)

시	일	월	년
己	己	己	甲

배우자 인연이 약하다. 살면서 남편 한번 빼앗겨 본다.

시	일	월	년
	己	庚	
		申	寅

　庚상관 자식과 寅정관 남편이 沖하여 다툰다. 자식이 성장하

면서 배우자 인연이 약해진다. 여자가 상관이 득세하면 백년해로가 힘들다. 자식이 성장하면서 상관이 강화된다.

시	일	월	년
癸	己	壬	

己土 진답에 홍수가 났다. 水는 밤이고 凍土다. 고로 농사가 안 된다. 건강 주의(당뇨, 혈압, 방광염, 신장, 심장병)

시	일	월	년
	己		
		丑	

丑월 언 땅에 己土 전답은 丑중 己에 뿌리를 못 내린다. 즉, 비견에 도움이 약하니 부모·형제 음덕이 약하다. 고로, 자수성가다.

丑중 己土는 가운데 중앙 집중 사람이 모이는 곳. 辛은 자식 제자가 되니 육영사업이다. 실제 유치원 교사 많음. 辛은 금전 재물 보석이니 은행 금융권에 인연이 있고, 辛은 금속이니 금속 관련 기계 장비회사 재무관리도 된다.

#2_ 己土

陽의 극단에서 넘어와 陰이 일어난 상태, 실리적인 요소와 주변 혜택으로 안정을 구하는 시기로서, 개발, 발전. 시작보다는

①버티고 ②지키고 ③내면의 실리를 더욱 추구하는 운동성을 의미한다. 土에서도 음지, 양지를 구분한다. 火가 있으면 양지, 없으면 음지가 된다. 火가 많으면 燥土(마른땅)가 된다. 土多하면 토생금이 되고 土가 메마르면 토생금이 안 된다.

시	일	월	년
	己		
午	酉	午	午

己土가 조토(마른땅)가 돼서 토생금이 안 되니, 재복이 약하다. 큰돈인 줄 알았는데 자세히 보니 돈이 안 된다. 그럭저럭 재복은 있으나, 부자 그릇은 못 된다.

시	일	월	년
	己		
辰	酉	午	辰

己土가 辰이 있어 습토가 되어 조후가 조절된다. 고로 토생금이 되니 재복이 많은 팔자. 부자 그릇이다.

辰은 겁재라도 반죽이 잘된 흙과 같아서 도둑인 줄 알았는데 해결사 노릇을 해준다. 己土는 辰을 잘 쓴다.

名에서 實로 이동, 위치는 陽, 운동은 陰으로 陰陽이 섞인 모양으로, 戊土에 비해 좀 더 陰적이다. 싸움을 싫어하고, 중개, 화합, 협력의 아이콘을 상징한다. 통상 직업적으로 ① 중개업,

② 교육업, ③ 종교, ④ 철학, ⑤ 의료, ⑥변호사 계통에 인연이
많다.

#3_ 己土의 종합물상론

맑은 하늘에 구름이고 땅은 찰흙 전답 거름 濕土. 신체는 비
장 하복부

己는 일어날 起이고 생명 양육하는 것. 유연하다. 1) 己土는
甲을 만나면 至誠育木(지성육목)으로 지극히 정성을 다해 나무
를 키운다. 나무를 키우는데 木多字는 잡초밭이 된다.

시	일	월	년
甲	己	丙	丙
子	巳	申	子

건명 상관격. 대지보조 지성육목 백범 김구 사주.

2) 己土가 乙을 보면 潤土培花(윤토배화). 옥토에 꽃이 만발하
니 기쁜데, 己가 신약하면 잡초가 무성하다. 신왕해야 된다.

시	일	월	년
	己	乙	
	酉	未	

양인격. 이런 구조가 좋다. 양인으로 신왕하면서 하늘에 乙편
관을 쓰니 윤토배화격. 화원에 꽃이 만발한 구조.

3) 己土가 丙을 보면 大地普照(대지보조)큰 땅에 태양이 가득 비친다. 원조자의 도움을 받는다. 관살이 혼잡 되더라도 결국 귀인의 도움을 받는다.

시	일	월	년
丙	己	壬	丙
寅	亥	辰	辰

건명. 정재격. 대지보조격 한국일보 창업주 장기영 사주

4) 己土가 丁을 보면 朱雀入墓(주작입묘) 주작이 묘궁에 빠진다. 水가 시급하다. 金이 있으면 기본 의식주는 해결된다. 비겁 태왕에 丁을 쓰면 불타는 초원이 되고 묘궁에 빠지니 흉하다.

시	일	월	년
癸	己	丁	
酉	酉	未	

양인격. 주작입묘의 해로움을 金水의 조력으로 살아났다. 중년 이후 재복이 많은 구조.

5) 己土가 戊를 보면 山下田畓(산하전답) 외유내강형. 대지가 산 아래 있으니 조화롭다.

시	일	월	년
戊	己	庚	
辰	酉	申	

상관격. 재복이 넉넉하다. 산하전답 구조.

6) 己土가 己를 보면 비옥한 논밭이 가득하다. 재복이 좋다.

시	일	월	년
甲	己	己	丙
子	巳	亥	辰

건명. 정관격. 평원옥답. 지성육목으로 귀격이다. 장관을 맡았
던 정치인 명조.

7) 己土가 庚을 보면 돌밭에서 金을 캐어낸다. 수고로움에 비
해 공이 적다.

시	일	월	년
戊	己	庚	
	酉	申	

상관격. 산하전답인데 석전채금을 한다. 즉, 인덕이 있어 타인
의 도움을 받아 채광으로 돈을 번다. 사업가 형태로 동업자의
도움이 큰 구조.

8) 己土가 辛을 보면 자갈밭은 쓸모가 없다. 습한 흙에 金이
녹슨다. 水가 辛을 씻어주고 신강해야 식신을 잘 쓴다. 신약구
조에 水부족은 신액사고가 빈번하다.

시	일	월	년
乙	己	辛	丙
丑	巳	卯	辰

건명. 사회복지 공무원 사주. 丙을 귀하게 쓴다.

정인(학문. 공공성, 착한 마음씨 사회복지 분야)

9) 己土가 壬을 보면 己土濁壬(기토탁임) 흙탕물. 壬을 반겨 쓰지 못하면 경쟁에서 항상 밀리고 이성 문제로 힘들어한다.

시	일	월	년
壬	己	甲	甲
申	亥	戌	寅

건명. 기토탁임. 갑목 多字 病인데 壬水가 재생관이니 재복이 없고 재생관해서 甲간암으로 돌아가셨다.

10) 己土가 癸를 보면 濕土潤土(습토윤토) 습한 토가 기름진 옥토가 된다.

시	일	월	년
癸	己	壬	辛
酉	酉	辰	巳

건명. 습토윤토. 酉 쌍문창. 민주화 투쟁 시 온갖 고초를 다 겪으셨지만, 옥고를 치르고 장관까지 오른 김덕룡 의원 사주.

용쌤 대운해석: 陽의 쇠퇴기로 實利 위주의 안정을 의미한다. 주변 변동에 의해 자기 개성을 잃어버리기도 한다(주변 말에 잘 휘둘린다. 오락가락한다). 목화(木火) 운동의 갈무리로 금수(金水)운동을 준비하는 시기, 내적인 완성도를 높여 안정을 구하는 시기가 된다. 즉, 일 벌이고 투자하지 마시오. 귀가 얇아져 휘둘리다 사기당한다. 좋은 운에도 망하는 경우가 많은 케이스가 己대운이다. 종교, 철학, 역학, 교육, 육영사업에 인연이 생긴다.

7. 庚金론

#1_ 庚金

庚金帶殺(경금대살) 剛健爲最(강건위최): 庚金은 강한 살기를 띠고 있으며 가장 강하다. 가을로서 서리다. 서리가 내리며 추상살초 木은 죽는다. 단, 성장이 완성돼 大木은 죽이지 못한다. 손이 맵다. 주먹이 맵다. 겉은 차갑고 속은 건조하다. 고로 金이 강하면 피부가 건조하다. 金은 흰색이니 고로 피부가 희면 건성이 많다. 고칠 更 바꾼다. 개혁 변혁의 아이콘, 의리. 책임감 강하고 마무리가 깔끔하다. 명분지향적. 得水而淸(득수이청) 得火而銳(득화이예): 水를 얻으면 깨끗해지고, 火를 얻으면 날카로워진다. 風霜(바람과 서리), 우박, 열매, 庚은 火를 제일 반긴다.

시	일	월	년
丙	庚	丙	丁

火가 강해서 庚열매가 녹는다. 성과와 결실이 부족하다. 칠살은 病이 된다. 水에 根해야 하니 사는 곳이 金海다. 직장은 소방 공무원. 고향은 영도(섬). 庚金이 水를 보면 자제력이 뛰어나다.

시	일	월	년
	庚		
酉	申	酉	

金多字면 시비 갈등 분쟁이 많다. 직업이 스포츠 분야 인연. 왕자희설 申중 壬식신을 반긴다. 특수기술 자격(의약 의료 교육 등) 분야를 추구한다.

金일간은 첫인상이 냉정하고 차갑게 보인다. 火일간은 급하다. 고치고 바꾸고 개혁을 의미하니 변화가 많다. 완벽성 추구. 폐, 대장 기관지 피부 코 치아 치질 주의.

시	일	월	년
	庚		
	午	巳	

火득세 水부족 치질 빈혈 소화불량 주의.

辰에서 토생금을 잘 받는다. 巳에서 장생도 기쁘다. 丑은 凍土라 토생금이 잘 안 된다.

金일간 남자 재성이 木이요, 바람 風이다, 고로 애정이 불안하다. 돈통이 바람에 날린다. 가볍다. 재물이 들어오며 토지문서로 묶어두는 게 좋다. 즉 부동산에 인연이 있다. 배우자가 바람에 날리니 처가 투자하면 돈이 센다. 주로 교육(육영)사업이 길하다. 木은 어린 것 씨앗, 고로 교육이다. 庚일간이 甲년이 오면 필시 여자 문제, 애정 문제, 돈 통이 바람에 날린다. 안정이 불안하다.

시	일	월	년
	庚	庚	

의처증, 의부증, 의심증이 많다.

시	일	월	년
	庚	壬	丁

壬식신 자식과 丁정관이 습하니 자식과 남편이 힘을 모아 돈을 만들어준다. 말로 사람을 유혹하여 돈 버는 재주가 있다.

庚은 壬식신을 陰德으로 잘 쓰나 癸상관은 싫어한다. 金이 비를 맞아 녹이 슨 격. 자만심에 빠지고 무능해진다.

시	일	월	년
癸	庚	壬	癸

癸多字면 집이 없다. 土가 떠내려간다. 자식을 많이 생산하면 집안이 떠내려간다. 土가 貴하니 南山洞 土成洞 당감동으로 이사 가시오. 庚寅 戊寅 甲寅일주가 寅巳申 三刑을 갖추면 한순간 누명이나 관재 구설 시비로 곤욕을 치른다.

시	일	월	년
	庚		
		未	

未천을귀인 정인. 지장간 乙정재 재성의 庫藏地 未는 조토(마른땅)라 남이 쓰다 버린 가치 없는 땅이었는데 財星의 고장지라 결국 크게 가격이 오른다. 돈복이 있다.

#2_ 庚金

가을, 돌도끼, 陰의 형태를 완전히 갖춘 상태로 陽운동에서 벗어난 상태, 실질적인 힘을 행사. 실력자로서 실리적인 보상을 추구한다. 내것 네것을 분별하고, 베풂보다 자기 것을 챙기는 실리주의, 의리는 있다. 물상으로 종, 새장, 바위 등 상징하며, 종교성이 강하다. 庚일간이 辰이 있으면 養金之土(양금지토)로 매우 반긴다. 辰은 종교요 부처 스님인데 편인이라 배우고 익히면 신통력을 발휘한다. 식신 壬이 辰고장지에 암장 되어 응용하여 써먹는데 乙정재가 있으니 육영사업 교육사업에 인연이 깊고 식신이 입묘 되어 제자가 나이가 많고 종교 물상이라 제자 중에 스님, 무속인이 많다. 팔자에 辰이 있으면 스님 신도들이 들어온다.

#3_ 庚金 종합물상론

庚金은 하늘에 白氣요 숙살의 기운이고, 땅에는 무쇠요 바위다. 신체는 대장, 배꼽, 맹장, 뼈, 항문이다. 庚金은 바꿀 庚이요 만물의 숙살이요 변화를 의미한다. 1) 庚金은 甲을 보면 取財得名(취재득명) 庚金이 木을 쪼개면 丁이 살아난다.

시	일	월	년
丁	庚	甲	丁
		辰	

벽갑인정. 화련진금. 재물과 명예 복이 있다.

2) 庚金은 乙을 보면 多情多業(다정다업). 정이 많아 병이다. 재물의 집착을 보인다. 3) 庚金이 丙을 보면 殺化爲權(살화위권). 경金은 殺을 잘 쓴다. 권력지향적이다.

시	일	월	년
丙	庚	壬	甲
戌	午	申	戌

건명 식신격. 식신제살. 살화위권 법조인 출신 국회의원 사주.

4) 庚金이 丁를 보면 火煉眞金(화련진금) 재주와 능력이 뛰어나다. 甲을 보면 귀하게 잘 쓴다. 5) 庚金이 戊를 보면 制水生金(제수생금) 신약하면 戊를 반기고 신강하면 水를 막아 埋金(매금) 된다. 흙먼지가 묻어 金을 못 쓴다. 신약하면 戊편인을 기술자격 능력 발휘로 잘 쓴다.

시	일	월	년
	庚	戊	
	午	子	

상관격. 子월 신약하여 戊를 반긴다. 제수생금 하여 편인의 기술자격을 잘 쓰는 구조. 6) 庚金이 己를 만나면 草野文士(초야문사) 시골에 묻힌 선비. 정직과 성실함. 丙을 보면 귀해진다.

시	일	월	년
己	庚	己	丙
卯	午	亥	辰

건명. 식신격. 초야문사에 丙을 보아 귀하다. 국립대 교수

7) 庚金이 庚을 보면 금속이 부딪혀 소리가 난다. 요란하다. 여러 가지 풍난이 많다.

시	일	월	년
庚	庚	辛	丙
辰	辰	丑	申

건명. 풍난을 겪은 자유당 이기붕의장 사주.

8) 庚金이 辛을 보면 庚辛畏接(경신외접) 서로 싫어한다. 시끄러운 송사 시비가 있다. 9) 庚金이 壬을 보면 金白水淸(금백수청) 서로 맑고 깊다. 집념이 있다.

두뇌 총명. 10) 庚金이 癸를 보면 金水相生(금수상생) 교직을 가면 길하다. 水상관은 자만하기 쉽다. 두뇌 총명. 水가 흉하면 庚이 녹 쓰는 격이라 오히려 머리가 둔하다.

시	일	월	년
壬	庚	癸	癸
午	寅	亥	未

건명. 水多字 사기 전과 다수. 상관으로 자만, 무능.

용쌤 대운해석: 움켜쥐는 동작의 운동성, 대체로 실리 추구, 이익을 만들어 내는 힘으로 경제적 성취의 기운이 강화된다. 자기 것에 대한 애착, 투쟁심이 강화되고 건강 불안, 시비 구설, 단절, 이별 끊어짐이 발생하는 시기.

8. 辛金론

#1_ 辛金

辛金軟弱(신금연약)溫潤而淸(온윤이청):

辛金은 연약하기 이를 데 없으나 따뜻하고 윤택함을 얻으면 맑고 귀해진다. 土가 많은 것을 두려워한다(土多埋金) 壬水가 씻어주는 것을 기뻐하며, 火多字는 己土(엄마)를 반긴다. 외음내양. 서리. 결실. 희다 곱다 예쁘다 날카롭다. 비난을 받으면 날카롭게 변한다. 부드러움 속에 은장도 같은 비수를 가진다. 新(바꾼다) 새로운 것을 좋아하고 깨끗하다. 싫어하는 남자가 스킨십을 하면 극도로 싫어한다. 신약이면 己土를 반긴다.

시	일	월	년
	辛	壬	
	亥	子	午

곤명. 壬상관 자식을 출산 후 성장하면서 午편관 배우자와 멀어진다. 인연관계 이별 수가 있다. 성혼하여 배필안정이 불안한데 무정한 세월을 보내는데 ①동거 ②애정 ③금전 중 하나 이상은 깨진다.

연해자평 상관시결에 이르기를 傷官을 不官日例言凶하소, 辛日 壬辰時면 貴在中이다. 상관을 무조건 나쁘다 하지 마라. 정관을 극하지만, 신일 임진시면 귀함이 그 가운데 있다. 즉, 辰은 양금지토로 金이 매우 기뻐하니 상관의 해로움을 辰정인이 조율하니 오히려 귀함이 따른다(辛일 壬辰시면 치과의사가 많다).

辛은 귀금속 금은 세공 치과 피부과 성형외과 안과 정밀 기술 가공 분야.

시	일	월	년
	辛	丁	
	酉	酉	

酉월 辛金이 득류하여 세력이 강하면 丁火는 화려한 조명이 된다. 고로 관록이 좋다. 辛일간은 비겁태왕 하여 무식상이라도 능히 칠살을 감당한다. 오히려 보석을 비추는 조명등이라 가치가 더욱 빛난다.

辛일간은 대체로 신강해야 財官을 능히 잘 쓴다. 신약하면 남의 집 머슴격. 富家貧人(부가빈인) 부자집에 가난한 사람이 된다.

시	일	월	년
	辛		
子	酉	子	子

金白水淸(금백수청)이나 水多字라 너무 지나치게 맑아버렸다. 고로 신경이 예민하고 결벽증이 있다(자유 귀문작용). 결혼생활에 배우자 안정이 불안해진다. 여자 命은 거의 싱글 또는 싱글처럼 산다.

시	일	월	년
庚	辛	庚	

양금쌍살. 보석이 돌덩어리에 묻혀있다. 가치가 떨어지는 賤職
이다. 귀함이 없다. 보석이 빛을 잃어버림, 간간이 庚金의 보호
를 받기도 한다. 金일간은 유독 비겁을 싫어한다. 경쟁 관계로
안 뺏기려 한다. 비겁의 陰德이 약하다.

시	일	월	년
	辛	甲	

辛 옆에 甲 있으면 글공부가 안 된다. 己土에 양금지토로 인수
의 보조를 甲이 甲己合 하여 인성의 용도를 상실시킨다. 기술직
또는 교직이라도 강사로 간다. 직장전변 내지 전공을 한번 바꾸
며 재수를 하기도 한다. 그만큼 인성 불안의 요소를 크게 작동
시킨다.

시	일	월	년
	辛	乙	

男命이면 장가 두 번 간다. 첫째 부인은 새처럼 날아간다. 壬

년생 띠의 처자를 만나야 악연을 해소하고 백년해로한다.

시	일	월	년
	辛	丙	
		申	

女命이면 재취혼한다. 남이 쓰던 남자가 들어온다. 필시 성혼
했는데 재취혼이 아니면 본 남편이 숨겨둔 자식이 있는지 잘 보
라. 유부남과 바람날 수도 있는 命이다. 申겁재에 壬상관은 남
의 집 자식이다. 투간된 丙이 깔고 앉아 있으니 외방 자식 둔 남
자이니 유부남이 된다.

시	일	월	년
戊	辛	戊	

土多埋金. 辛치아가 묻혔다(약하다). 엄마의 지나친 사랑이 자
식을 病들게 한다. 결정 장애. 동작이 늦다.

#2_ 辛金

끊어낸다, 단절시킨다, 열매가 떨어진다. 정신적 단절, 정리정
돈을 잘한다, 정확하다, 베어지는 고통, 신음살. 실리 최고라는
생각으로 내 것과 남의 것의 분리 독립을 상징한다. 종교, 철학,
신통력에 인연이 깊고, 신기(神氣)가 잘 들어온다.

#3_ 辛金 종합물상론

하늘에 냉기로 서늘한 기운이고 땅에는 금은 보석 자갈 신체는 폐 기관지 코 허벅지가 된다. 辛金은 새로운 新으로 탈바꿈을 잘한다. 탐구력이 좋다.

1) 辛金이 甲을 보면 甲장신구를 탐하면서 겉으로는 싫어하는 척 외면한다. 2) 辛金이 乙을 보면 小貪大實(소탐대실) 작은 것을 탐하고 크게 잃는다. 壬이 함께하면 부귀격인데 없으면 곤궁하다.

시	일	월	년
	辛	丁	乙

소탐대실. 乙편재를 쫓으면 丁칠살을 맞는다. 辛이 丁을 보아 보석에 그을음이 생긴다. 재생살을 조심하시오.

3) 辛金이 丙을 보면 正官合德(정과합덕) 甲을 보면 재관이 기쁘다. 신왕하면 더욱 길하다.

시	일	월	년
乙	辛	甲	丙
未	丑	午	辰

건명. 행정고시 패스. 관록이 좋다.

4) 辛金이 丁을 보면 火燒珠玉(화소주옥)이다. 인물이 좋다. 신왕하면 丁칠살을 잘 쓴다. 보석에 조명이 비친 격이 되고 신약

하면 보석이 불에 그을린 흔적이 남게 되니 관상을 보면 얼굴에 상처가 있거나 말을 할 때 어눌해진다.

시	일	월	년
壬	辛	丁	甲

일간이 신약하지 않으면 사업으로 성공 가능하고, 신약하면 직장생활에 머슴격이 된다. 재생살을 감당하느냐인데 시간에 壬이 丁을 합살하니 능력과 재주가 있다. 신강하면 상당한 재물도 성취가능하다.

5) 辛金이 戊를 보면 大地生金(대지생금) 큰 땅에서 金을 만든다. 戊 壬을 길하게 쓰면 재물복이 좋다.

시	일	월	년
壬	辛	戊	丙
辰	亥	戌	辰

건명. 정인격. 정관합덕에 대지생금으로 관록과 재복이 있다. 대기업 중견간부 사주로 임원은 충분히 가능하다.

6) 辛金이 己를 보면 습한 토양에 金이 녹슨다. 壬水가 씻어줘야 길하다.

시	일	월	년
己	辛	辛	
亥	亥	丑	

사주가 너무나 濕(습)하다. 고질병 하나는 달고 산다.

7) 辛金이 庚을 보면 白虎出力(백호출력). 쌍살의 차가운 기운으로 큰사고 흉함을 안고 있다. 인간관계 갈등이 많다. 財官이 강하여 庚을 반기면 명예로 발복된다.

8) 辛金이 辛을 보면 取金洗秀(취금세수) 戊 있으면 대지생금으로 좋고 壬 있으면 도세주옥으로 길하다. 9) 辛金이 壬을 만나면 淘洗珠玉(도세주옥)으로 좋은 보석을 더욱 빛을 내니 총명하고 인기가 많다.

시	일	월	년
戊	辛	壬	丁
戊	丑	子	未

건명. 대지생금 도세주옥으로 정승이 되어 권력을 누린 조선시대 대학자 송시열의 사주

10) 辛金이 癸를 보면 소도연마(小刀研磨) 작은 칼로 정성스럽게 갈고 닦는다. 소심하지만 치밀하다.

시	일	월	년
戊	辛	癸	丙
戊	未	巳	辰

건명. 정관격. 대지생금 소도연마로 경찰공무원 매사 꼼꼼하고 성실하나 신경성 우울증이 있다.

용쌤 대운해석: 직업적 개성이 강화되고, 분리, 독립된 노선으로 활동한다. 독자노선을 추구하는 과정에 주변 인간관계의 ① 단절, ②시비, ③구설이 따른다. 경제적 실리보상은 吝하다. 女命은 신음살로 음(陰)기의 태과로 인한 병치레가 많고, 병원 출입을 많이 하며 잔잔한 질병으로 고생한다.

9. 壬水론

#1_ 壬水

시작과 끝을 의미. 눈 얼음. 생명의 근원 미생물. 妊 임신을 잘한다. 저수지 海水 湖水, 갇혀있는 물. 壬은 戊와 庚을 기뻐한다. 壬이 乙을 보면 물이 역류하는 상이라 엎어질 일이 있다.

시	일	월	년
	壬	辛	
	申	酉	

金白水淸이 지나치다. 물이 너무 맑다. 결벽증. 고독하다. 배우자 인연이 불안.

시	일	월	년
戊	壬	己	
申		未	

土多 하여 壬水가 탁해졌다. 물이 오염되어 주변에 사람이 없다. 냄새가 나는 직업(환경미화원, 하수처리(폐수) 등)

시	일	월	년
	壬	庚	戊
		申	辰

秋水通原 가을에 물이 깊다. 戊제방을 만나 사주가 귀품이 있다. 辛壬은 물이 맑고, 庚壬은 물이 깊다. 壬甲 壬乙은 물이 역류한다. 즉 壬일간은 식상을 역류되는 물로 보기 때문에 낮밤이 바뀌거나 계절을 거꾸로 산다(교대근무, 밤(야간) 장사, 지방객지 떠돌이).

시	일	월	년
	壬	戊	
	申	申	

秋水通原. 깊은 물에 제방이 있어 마르지 않는 물이 되니 水는 돈과 같은데 돈이 새지 않고 잘 모이는 격.

壬일간이 土에 濁이 되고 金生水를 못 받으면 밑바닥을 전전한다. 옅은 물이 되어 세상을 보는 눈이 흐려지고 재복이 약하다.

시	일	월	년
	壬	庚	
寅	辰	申	

秋水通原. 金生水 水生木 寅木이 소통처가 되니 吉하다. 물상으로는 깊은 물이 고요한데 寅木을 만나 썩지 않고 움직이니 볼록이 무궁하다. 재복이 많은 구조.

시	일	월	년
	壬		
	子	卯	

子卯 刑. 卯중 乙은 濕木이라 물을 흡수하여 희설하지 못하니 刑에 의한 풍파가 크다. 파도가 휘감는 격. 甲은 水를 희설하여 반기지만 乙은 바람을 일으켜 풍파를 야기한다.

水가 왕하면 土를 만나 제방으로 호수가 되고, 댐으로 깊은 물을 저장하니 재복이 무궁무진하다.

시	일	월	년
己	戊	壬	
未	辰	子	

깊은 물이 土를 만나 제방 역할을 하니 사주가 재복이 좋다. 水일간이 木多字면 물도 마르고 木도 마르니 만사 되는 일이 없

고 막힘이 많다. 하는 일마다 남 좋은 일 시키고 욕은 내가 다 먹으니 어찌할꼬.

#2_ 壬水

실속이 있다. 陰氣로 에워싸여 끌어모으는 힘이 있다. 큰 재물의 바탕이 되는 특성이 있고 책임감이 강하며, 독특한 정신세계, 유일성을 상징한다. 유독 집안에서 특이한 개성을 가진다. 壬이 3개면 큰 부자도 되지만, 움켜쥐는 속성이 강해 몸이 아플 수도 있고, 육친의 왜곡, 건강문제, 신장, 방광, 전립선, 갑상샘 등을 조심해야 한다.

#3_ 壬水 종합물상론

하늘에는 구름 어둠 차가움이고 땅에는 바다 호수 신체는 방광 하족부 체액이다. 아이를 밴다. 妊(임)이며 만물의 시작이다. 생명의 근원 시작을 의미 비밀스럽다. 창의적이다. 1) 壬水가 甲을 보면 大海遊船(대해유선). 대해를 유람하는 배. 도인과 같다. 유유자적한 삶. 전문가 기술공학(건축 토목 부동산 인연)

시	일	월	년
甲	壬	丙	丙
辰	寅	申	辰

건명. 편인격. 추수통원 대해유선 유유자적하는 한량의 작가

사주. 寅申 沖으로 허리가 약하다. 배우자 관계 불안

2) 壬水가 乙을 보면 물에 떠 있는 붉은 연꽃. 타고난 재주발휘 능력이 빛난다. 신약하면 신액이 따르고 신강하고 丙을 보면 돈 버는 재주가 비상하다.

시	일	월	년
戊	壬	乙	丙
申	申	未	午

건명. 상관격 추수통원 출수홍련하고 丙을 보고 未정관이 午未합으로 재물을 견인하여 100억대 자산을 모았다.

3) 壬이 丙을 보아 江輝相映(강휘상영). 강에 태양이 비추어 그림자가 빛난다. 능력과 재주가 빛난다. 4) 壬水가 丁을 보면 悟寐不忘(오매불망). 서로를 그리워한다. 어려움이 결국 행운이 된다.

시	일	월	년
戊	壬	丁	丙
申	申	酉	辰

건명. 정인격. 추수통원 산수자연. 깊은 물에 戊제방을 놓아 기쁘나 壬丁합에 정편재 혼잡으로 여난으로 처첩갈등을 안고 산다.

5) 壬水가 戊를 보면 山水自然(산수자연) 물과 산이 아름답다. 깊은 호수에 제방이 튼튼함. 관록이 우수하다. 6) 壬水가 己를 보아 己土濁壬(기토탁임) 물이 탁해졌다. 구설수가 많다. 7) 壬

水가 庚을 보면 秋水通源(추수통원)많은 원조를 받아 대성한다. 8) 壬水가 辛을 보면 陶洗珠玉(도세주옥) 총명하고 원조를 받아 성공한다. 9) 壬水가 壬을 보면 前進大海(전진대해) 큰 바다로 나가는 형국이다. 木을 보면 水가 움직여 대해로 나가니 기뻐한다. 戊를 보면 제방을 보아 기쁘다. 10) 壬水가 癸을 보면 天地合水(천지합수) 하늘의 빗물과 강물이 하나가 된다. 호수와 안개가 뒤섞여 구분이 안 된다. 엉뚱한 짓을 잘한다. 엉켜버린다. 戊丙을 기뻐한다.

시	일	월	년
癸	壬		
卯			

호수와 안개가 뒤섞여 구분이 안 된다. 내가 호수인지 안개인지 혼란스럽다. 엉뚱한 짓을 한다. 남명은 나이 들어 여자를 만나면 연상을 만난다. 시간에 겁재 상관을 놓아 자식과 인연이 약하다.

용쌤 대운해석: 壬대운 경제적 실속과 건강 불안 등 따르고, 재물도 따르나 애정사도 다발하는 구간이 된다. 壬은 잉태 자식생산을 의미하여, 애정 시비수를 조심하시오. 금전 재물 보상, 특수한 고부가가치의 기술성, 시설임대, 유흥임대, 앉아서 버티는 식의 금전 재물 활동, 정신적, 교육적 활동을 통한 보상 실리를 추구할 수 있는 大運이다.

10. 癸水론

#1_ 癸水

法 준법정신. 雨露 水 구름 이슬비 안개 빗물 지하수 陰 여성 미 戊土가 남편이다. 고로 나이 많은 남자와 인연.

시	일	월	년
甲	癸		
寅	亥	子	

겨울 물이 얼어 있다. 왕한 水를 木이 흐를 수 있도록 소통을 한다. 寅中 丙(조후용신)이 활력을 받으면 얼어 버린 물이 녹아 만물을 꽃피게 하니 길조가 된다.

시	일	월	년
乙	癸		
卯	亥	子	

겨울 얼어 있는 물에 乙卯는 水生木이 안 된다. 즉, 화초가 얼어버린 격. 식신을 잘 못쓴다. 陰地 나무로 얼었으니 삶이 고단하다.

시	일	월	년
	癸	甲	戊
	亥		

여명에 甲상관 자식, 戊정관 남편이 된다. 자식 득자 후 배우자 인연이 약해진다. 이혼하면 꼭 자식은 여인이 데리고 간다(水生木).

시	일	월	년
庚	癸	庚	庚

金多水濁. 무능력. 게으름

시	일	월	년
庚	癸	壬	丁

壬丁 合. 편재를 겁재가 합해 버렸다. 닭 쫓던 개 지붕 쳐다보는 격. 약탈의 인자. 재(돈, 마누라)를 빼앗겨 본다.

#2_ 癸水

청결성, 공명정대함, 준법정신을 의미한다. 물상론에서는 비와 이슬, 구름, 얼음 등으로 표현하며, 음(陰) 운동이 과하여 점차 양(陽) 운동으로 전환되는 상태. 양(陽) 운동이 지향하는 밝음, 열정으로 향하여 나아가는 별이 된다.

#3_ 癸水의 종합물상론

하늘에 陰水 빗물 안개 이슬 차가운 기운. 땅에 生水 시냇물

샘물. 신체에는 신장 발바닥 생식기 자궁 고환이다.

1) 癸水가 甲을 보면 버드나무가 단비를 맞아 촉촉하다. 표현력이 좋고 지능이 높다. 丁己를 보면 파격이다.

시	일	월	년
甲	癸	庚	甲
寅	酉	戌	寅

곤명 시상 상관 좋지만, 재물복은 있으나 남편복은 없는 명조

2) 癸水가 乙을 보면 早春發芽(조춘발아) 이른 봄에 싹이 튼다. 辛을 꺼린다.

시	일	월	년
庚	癸	乙	壬
申	卯	巳	子

곤명. 조춘발아 초년 고생하였으나 현숙한 여인으로 부귀를 누린 여인의 명조

3) 癸水가 丙을 보면 좋은 관계는 아니다. 丙이 왕하면 비와 이슬이 증발하고 癸가 강하면 먹구름이 되어 태양을 가린다.

시	일	월	년
甲	癸	丙	丙
寅	卯	申	辰

건명. 丙를 감당 못 한다. 재물 그릇이 약하다.

4) 癸水가 丁을 보면 石中福祿(석중복록) 돌중에 복록이 있다. 金을 보아 재복이 있고 아니면 헛수고가 많다.

시	일	월	년
庚	癸	丁	

석중복록에 庚을 보아 재복이 있다.

5) 癸水가 戊를 보면 頂上會合(정상회합) 산 정상에 단비가 내린 격.

시	일	월	년
丙	癸	庚	戊
辰	酉	申	寅

건명. 정인격. 정상회합 법무 장관에 국회의장까지 지낸 사주

6) 癸水가 己을 보면 濕潤玉土(습윤옥토) 직장 조직생활에 행운이 있다. 金이 없으면 건조하며 불미하다. 癸가 신왕해야 土官을 반겨 쓴다.

7) 癸水가 庚을 보면 사서 고생한다. 庚이 癸에 녹슨다.

8) 癸水가 辛을 보면 獨也靑靑(독야청청)맑고 깨끗하다. 박학다식 너무 맑아 병이된다. 맑은 물에는 물고기가 없으니 독야청청하니 외롭다.

9) 癸水가 壬을 보면 江上瑞雪(강상서설) 강 위에 눈이 내린다. 강물이 바다 대해로 나간다. 자기 할 말 다한다. 겁재를 잘 쓴다. 할 말 다한다.

10) 癸水가 癸를 보면 雪上加霜(설상가상) 눈 위에 서리가 내린 격 춥다. 손재 잔병이 많다.

용쌤 대운해석: 癸대운(大運) 맑고, 청결, 깨끗함을 유지, 더러운 꼴 못 보는 운(運)이다. 편안하고, 쉬고 싶은 水 운동으로 일을 펼치고, 벌이기보다는 안정과 실리를 추구하는 구간이다.

■ 쌍간론의 해석

1. **甲甲:** 파가살(집이 파탄/파산 났다는 뜻, 甲甲甲: 귀하다. 뜻을 이룬다)
2. **乙乙:** 상처살(결혼 2번) 배우자 인연 약하다.
   (사별하거나 이별수가 많다)
3. **丙丙:** 근심살(근심이 많다).
4. **丁丁:** 재앙살(교통사고, 횡액수 조심) 丁火 3개: 영(靈)이 맑다.
5. **戊戊:** 무가살(남자는 고독수, 여자는 독신).
6. **己己:** 고독살(남녀 불문).
7. **庚庚:** 도주살(야반도주/살면서 돈통이 쪼개진다).
8. **辛辛:** 신고살(사건 사고수 多, 보증 조심).
9. **壬壬:** 음란살(바람피우는 운, 배우자로 삼기에 애정굴곡 있

음. 사주원국의 배우자 운의 양상을 잘 체크해야 됨).

10. **癸癸**: 밀애살(남에게 말 못할 사랑, 비밀, 연애사).

천간(天干) 간지(干支)의 중복은 대체로 일의 속성이나 성취를 더디게 만든다. 발전을 크게 구하거나, 성공 성취를 이루는 과정에서 실패를 맛보거나 동료에게 빼앗기는 식의 경쟁 관계에서 더디게, 늦게 만드는 속성을 의미한다.

지지 인자론의 이해

※ 지지 음양표

구분	子	丑	寅	卯	辰	巳	午	未	申	酉	戌	亥
기(氣)	양	양	양	양	양	양	음	음	음	음	음	음
질(質)	음	음	양	양	양	양	양	양	음	음	음	음
조습	음	음	양	양	음	양	양	양	음	음	양	음
배열	양	음	양	음	양	음	양	음	양	음	양	음
	음	음	양	양	음	음	양	양	음	음	양	양
운동성	1양5음	2양4음	3양3음	4양2음	5양1음	6양	1음5양	2음4양	3음3양	4음2양	5음1양	6음

🖋 용쌤 지지 음양표의 해석

지지 음양표는 각 지지(地支) 간지(干支)에 배속된 大陰陽의 기운을 상징한다. 간지(干支) 자체에 명(命)과 운(運)의 해석에서 중요한 논리가 된다. 기(氣)는 생명력으로 눈에 드러나지 않지만, 생태계에 두루 관통하고 있는 우주적인 에너지를 의미한다. 질(質)은 이러한 생명력이 지지(地支)에 내려와 현실화되는 에너지의 실체(實體)로서, 실질적인 기운, 구체적인 환경과 조건이다.

　기(氣)의 시각에서는 자(子)월이 1양(陽)이 시생하니 양(陽)의 출발점으로 보고, 질(質)의 시각에서는 실질적인 기운이 지상에 내려오는 인(寅)이 양(陽)의 출발점으로 해석한다. 동지세수설과 입춘세수설 이론의 근거가 된다. 운동성은 삼합(三合) 이론을 근거로, 인오술=화(火), 해묘미=목(木), 신자진=수(水), 사유축=금(金) 운동으로 목화=양(陽)/금수=음(陰)으로 배속된다. 地支는 天干보다 절기와 기운에 의해 더 강력하게 작용된다. 庚寅은 金克木 이 아니라 地支 寅에 의해 庚은 무력하다. 12운성상 절지가 된다. 地支는 상생과 합국 沖 刑 破 害의 작용으로 天干보다 복잡하다. 12운성은 그 다음 진동에서 설명하고 12지지의 기본 특성과 물상에 대해 논하도록 하겠다.

1. 子水론

자원(字源)	시작, 번식, 도둑, 밤, 유흥, 신장, 방광, 차가운 물, 얼음, 눈, 天開子
계절	11월, 동(冬), 한밤중
시간(時間)	23:30~01:29
선천수	구(九)
방위	북방

1) 시작, 번식력, 도둑, 야합, 망설인다, 시력이 나빠진다. 꾸무럭거리다 기회를 놓친다, 남이든 나든 모르고 가져온다, 움직이기 시작하면 시비 분쟁이 생긴다, 더듬는다. 애정사, 추잡사, 사업이 지지부진해진다. 소송사 발생 시 소송하지 마라. 합의해서 마무리하는 게 득(得)이다. 경제적 실리보상은 금전적으로 챙기는 동작이 강하여 보상은 따른다. 子는 외양내음이다. 겉은 양인데 속은 음이니 이중인격이고 스스로 비밀을 안고 산다. 子卯 刑이면 정관수술, 제왕절개 하여 본다. 水의 왕궁이다. 요지부동 고집불통. 사업성은 ①해외 비즈니스 ②유흥임대 ③숙박업 ④시설임대 ⑤밤 장사 ⑥요식업 ⑦교육성 ⑧보습학원은 무난하다.

2) 자(子)는 ①혈액 ②소변 ③신장 ④당뇨와 관련된다.

3) 지지 대 지지 관계

①子-子: 동짓달이 두 개다 왕지의 조합 합하였다 분열한다. ②子-丑: 자축합 土는 土克水가 안 된다. 水生木도 안 된다. 종교 철학 교육 정신적 분야 인연 ③子-寅: 물을 잘 흡수하는 寅 水生木 木生火를 잘한다. 변신을 잘한다. ④子-卯: 子卯 刑 풍파 비뇨기 수술 제왕절개 산부쪽 수술. 매정하나 예술적 재능이 있다. 의류 의약 패션 디자인 특수기술. ⑤子-辰: 삼합 水를 조절한다. 물이 썩지 않는다. ⑥子-巳: 계절의 반대 서로 당긴다. 숨은 연애사. ⑦子-午: 子午 沖 子가 소멸됨. 소송 사고 이탈 無에서 有로 有에서 無로 바뀐다. ⑧子-未: 물의 흐름을 막는다. 썩은 물. 원진살. 세상사 원망한다. 子의 육친을 원망한다. ⑨子

-申: 金生水 申을 돕는다. 子가 희생하여 申을 도와준다. ⑩子-
酉: 金生水 귀문관살. 신경질 결벽증 우울증. 집착성이 강함 ⑪
子-戌: 土克水 물의 흐름이 막힌다. 지장간 戊癸合 음악성 예술
성이 좋다. 격각으로 서로 상전하여 다툼이 있다. ⑫子-亥: 亥子
水局 亥 중 甲으로 물이 쓰임이 있다. 살아 있는 생수가 된다.

2. 丑土론

자원(字源)	끈, 맺다, 얽혀진다, 성실, 봉사, 반복, 연구, 종교 등
계절	12월, 동(冬)
시간(時間)	오전 01:30~03:29
선천수	팔(八)
방향	동북간

1) 남자는 음(陰)의 기운을 잘 쓰고, 여자는 음(陰)의 기운을
고달프게 쓴다. 소처럼 ①메이다 ②묶인다 ③부지런하고 ④우직
하다.

丑간지가 겁재에 해당하면, 초상집 갈 일 많고, 관재, 구설, 시
비수가 수시로 간섭하니, 각별히 인간관계에 조심해야 한다. 土
克水를 못한다. 丑에 木은 뿌리를 못 내린다. 土生金은 가능하
다. 탕화살. 화상주의 흉터가 있다.

2) 지지 대 지지 관계

①丑-子: 子丑合土 적막강산에 한밤중이다. 어둡다. ②丑-

丑: 凍土 얼어 있는 땅. 팔다리 쑤시고 아프다. 종교 철학 정신세계 발달. ③丑-寅: 木克土 丑寅合 木을 丑이 보호한다. 외로움을 많이 탄다. ④丑-卯: 木克土 격각 丑이 깨진다. ⑤丑-辰: 相破 둘 다 잘 못쓴다. 기능방해작용 잔잔한 기술력 혈액순환장해 수족이 시리고 당뇨 주의 ⑥丑-巳: 火生土 巳丑合 지장간 戊癸암합 서로 유인력이 좋고 관계되어 있다. 부부합처럼 항상 같이 다닌다. ⑦丑-午: 火生土가 잘되면 길하다. 귀문관살(신경쇠약 신경질 예민함) 탕화살(불조심) 원진살(원망하는 인연) 육해(처첩갈등) ⑧丑-未: 丑未沖 관재 수술 사고 주의 土沖 물물교환 서로 바뀐다. 교체 변동. 마무리 청산 ⑨丑-申: 土生金 작용 申이 丑에 입묘된다. ⑩丑-酉: 酉丑合 金局 巳를 引合한다. ⑪丑-戌: 丑戌刑 丑이 무너지고 조정 변동됨 가공 수술 이상 이동 변동 ⑫丑-亥: 지장간 己甲암합. 연애사 발동 숨어서 움직인다.

3. 寅木론

자원(字源)	산신, 불교, 고독, 누명, 구설, 시비, 교육, 건축
계절	정월
시간(時間)	오전 03:30~05:29
선천수	칠(七)
방향	동방

1) 운명적인 변화량이 크다. 건축물, 교육, 신문, 방송, 언론, 광

고에 인연이 있고, 신앙심이 깊다. ①고독성(범은 외롭다) ②소심하다가도 대범하다. ③누명 ④관재, 구설수가 많다. 인묘진 구간은 목(木)의 구간, 경제적인 실리를 추구하는 면에서는 약하다. 재투자, 재생산, 확대 팽창 등 사업적, 사회적, 변화량을 크게 키우고 포부가 크다. 명(名)은 높고, 실(實)은 약하니, 이를 명고리박(名高利博)이라 칭한다. 庚辛일주가 寅卯 재성을 地支에 임할 때, 재(財)을 제대로 쓰기 어렵다(주머니에는 돈이 없다. 담는 동작, 챙기고 숨기는 동작이 잘 안 됨). ①세우는 동작 ②교육 ③건설에 인연이 깊다. 즉, 재물 가치의 보존이 어렵다(木오행의 특성).

2) 木의 해석에 치중하지 말고, 양(陽)의 변화량을 보라. 큰 변폭이 생길 수 있음을 전제한다. 木은 교육, 건설 등으로 자꾸 벌리는 동작이 강하다. 장식, 꾸미고 만들고, 이·미용 전문기술로 돈을 벌 수 있는 환경. 그러나 소비, 지출이 증대되고, 투자를 늘리니 돈도 있고, 빚도 있고, 벤츠 타고 다니고, 특급호텔에서 숙박하면서 때깔은 좋은데, 현금은 없는 이런 식의 왜곡이 발생한다. 부귀빈천의 변폭이 크다. 볼륨을 키우려는 야심이 결국 금전적으로 불리하게 만드는 별이 된다.

3) 지지 대 지지 관계

①寅-子: 水生木이 힘들다. 격각살. 얼어 버린 나무가 꺾였다. 寅을 못 쓴다.

②寅-丑: 寅이 얼어버린다. 寅이 재성이면 성장이 정지된다. 지장간 丙辛合 숨어서 손을 잡고 있는 관계 비밀 연애사 ③寅-

寅: 木이 강해진다. ④寅-卯: 木이 음양으로 무리 지어 같은 편이 된다. 木이 흉신이면 大凶이 된다(친구따라 강남 갔다 길을 잃은 격).⑤寅-辰: 寅辰 방국이면서 격각이다. 寅이 꺾인다. ⑥寅-巳: 형살 관재 송사 시비 수술 역마지살 차 사고 주의 ⑦寅-午: 寅午 火局 寅이 희생당한다. ⑧寅-未: 寅이 입묘 된다. 귀문 관살 신경쇠약 정신이상 결벽증이 강하다. 집착성이 강하다. ⑨寅-申: 寅申沖 刑 수술 디스크 화재 재난 사고 충전 교체 바뀜 ⑩寅-酉: 원진살 사랑하며 원망한다. 예민하고 집착성이 강하다. ⑪寅-戌: 寅戌 火局 丙辛암합 숨어서 손을 잡은 형태. ⑫寅-亥: 寅亥合 유정하다. 亥水가 희생되어 寅을 보호한다.

4. 卯木론

자원(字源)	새싹, 이별, 분리, 초상, 유아용품, 교육, 주거 변동 등
계절	2월
시간(時間)	오전 05:30~07:29
선천수	육(六)
방향	동방

1) 濕木이요 버드나무다. 活木으로 풀, 뿌리 약초다. ①싹, ②이별 분리, ③생사이별, ④초상, 정리, 청산, ⑤어린 씨앗, ⑥애기 ⑦유아용품, ⑧학교 선생님, ⑨어린이집 강사, ⑩성장, ⑪독립성, ⑫이동, ⑬주거 변동을 의미합니다(卯酉충- 제왕절개, 子

卯형 유산사 조심).

껍데기는 있으나, 알맹이는 부족. 命은 있으나, 實은 부족. 한 자리에 있지 못한다. 토끼처럼 뛴다. ①건설업, ②교육업은 괜찮다. 움직인다. 될 듯 말 듯, 陽의 작용, 손발만 바쁘고 번거롭고 실리는 약하다.

2) 지지 대 지지 관계

①卯-子: 凍木 형살 송재 관재 사고 시비 조심 가공 조정 변동 신경둔화 간경화 ②卯-丑: 凍木 성장이 정지되고 나무가 멈춤. 격각살 卯가 꺾인다. ③卯-寅:寅卯 木局 木生火를 잘한다. ④卯-卯: 木局이나 濕木이다. 바람을 일으킨다. 둘 다 다친다. ⑤卯-辰: 卯辰 木局 濕木이라 木生火가 안 된다. (교육 종교 철학 낙지 장어 생선 횟집 꽃집 공무원) ⑥卯-巳: 지장간 乙庚合 암합한다 비밀 연애. 숨어서 만났다. 격각살 卯가 희생된다. ⑦卯-午: 午에 乙이 장생하니 나무에 꽃이 핀다. ⑧卯-未: 木局 대들보를 만든다. 木生火를 잘한다. ⑨卯-申: 나무가 서리를 맞았다. 낙엽이 지기 시작 귀문관살(신경쇠약) 원망스럽고 노이로제 신경쇠약 집착성이 귀문 중 가장 강하다. ⑩卯-酉: 卯酉沖 나무가 꺾인다. 근거지를 잃어버림. 간 쓸개가 약해진다. 신경쇠약 가을 서리를 맞아 풀이 죽는다. ⑪卯-戌: 卯戌合 꽁꽁 묶인다. 음양합 철쇄개금살 乙辛 沖 예민하고 특이하다. ⑫卯-亥: 濕木 물에 젖은 나무 木生火가 안 된다. 木克土를 잘한다.

5. 辰土론

자원(字源)	진흙탕, 발명품, 특허, 비밀, 위조, 종합성, 백화점
계절	3월
시간(時間)	오전 07:30~09:29
선천수	오(五)
방향	동남간

1) 진흙탕, 똥장군(재산쌤 표현), 양(陽)기가 크게 벌어진 상태이다.

풍습, 당뇨 주의, 진=교도소, 똥통, 마트, 뷔페, 분식집, 시장, 중매쟁이, 종합성을 의미한다.

2) 비밀사, 눈물, 가족의 흉사가 있다. 가짜, 변조, 서류, 문서 확인, 辰대운 주의하여야 한다. 돈을 벌어도 고부가가치, 가짜, 사기, 말발, 희한하게, 특이하게 벌어 드린다. 똥통, 구린내가 난다가 되어 남을 속이는 능력, 묘하게 끌어 드리는 힘, 능력이 있다. 辰은 홍염살이 놓인 간지라 ①인기, ②연예인, ③종교성(부처), ④시선 집중의 별로도 쓰인다.

3) 辰土의 종합물상론

진(辰)의 속성은 ①시장 ②마트 ③백화점 ④시내 중심가를 상징하기도 하지만 ⑤꾸물꾸물 길게 늘어진 공간, 구석진 곳을 의미한다.

진술이 沖하면 가색격으로 ①의료 ②치대 ③엘리베이터 ④건축 ⑤토목 ⑥기술 사업 ⑦여관 ⑧모텔업도 가능하다.

[술(戌)은 정신의 창고(학교, 도서관, 박물관, 학원)]

4) 지지 대 지지 관계

陽土로 土生金을 잘한다. 水는 머금고 木은 뿌리내린다. 辰巳 습진 당뇨 신장질환 주의. 龍은 상상의 동물 꿈을 먹고 사는 사람. 덩치에 비해 귀가 작다. ①辰-子: 子辰水局 辰이 허물어진다. 辰이 財官이면 배우자 인연이 약화된다. ②辰-丑: 상파살. 차가운 기운으로 얼어버린다. 土의 역량이 약화됨 잔잔한 기술 능력을 갖춤. ③辰-寅: 격각살. 용쟁호투. 辰이 꺾인다. 방합으로 木局 ④辰-卯: 木局 水일간 여인은 자식 木을 출산하고 남편이 멀어진다. ⑤辰-辰: 自刑 특수기술 자격 군 경찰 법무 사법 의료 암중인합 酉를 견인한다. 土일간 辰辰은 식상득세하고 火일간 辰辰은 설단생금 하여보고 水일간 辰辰은 글과학문이 떠나지 않고 木일간 辰辰은 관록이 좋고 金일간 辰辰은 전문가 프로페셔널이다. ⑥辰-巳: 火生土가 된다. 戊癸합 乙庚합 ⑦辰-午: 火生土 따뜻한 토로 생명력이 있다. ⑧辰-未: 조습을 갖춤 ⑨辰-申: 申辰水局 변질된다. 金土 둘 다 변질된다. ⑩辰-酉: 金局 土를 허물고 강력한 金을 쓴다. 강력지권 과격한 합이다. 숙살의 기운이 청명의 생명력을 숙살시키니 차압 압수 수색 강권 법무 의료 금융이다. ⑪辰-戌: 沖 관재 송사 시비 비밀 노출 위 수술 신장 전립선 편도 방광 질환 주의. 새로운 변혁 청산 정리. ⑫辰-亥: 凍土 원진살 귀문관살. 원망한다. 신경쇠약 우울증 집착성 고집

6. 巳火론

자원(字源)	도로, 도심지, 번화가, 군, 법무, 사법, 항공, 배신, 배반사 등
계절	4월
시간(時間)	오전 09:30~11:29
선천수	사(四)
방향	동남방

1) 도로, 도심지, 번화가를 상징한다. 운동성이 6양(陽)이고 형살(刑殺)을 쓰니 물고, 죽이는 흉폭성, 살상 무기가 된다. ①군 ②법무 ③항공 ④경찰 ⑤회계 ⑥특수기술 능력으로 사용한다.

巳가 결국 五行적으로 삼합(三合)에 의해 金운동을 열어주니, 火운동, 金운동 이중성을 가진다. 대체로 화려함 이면에 끊고 단절하고, 뒤에서 실속을 챙기는 일종의 배신, 배반사, 단절사를 의미한다. 화려함 속에 단절된 육친의 상실(부모이별)도 들어오면서, 경제적 이득을 챙기기도 한다. 6양(陽)의 운동성으로 힘들게 활동을 삼다가 금(金)운동으로 경제적인 보상을 취하니, 이를 두고, 고진감래(苦盡甘來)라 할 수 있다. 반대로, 경제적으로 잘나가고 실속 있게 보내다 갑자기 사업이 힘들어지거나 주변 육친(가족, 형제)의 이별수로 큰 곤경에 처하기도 한다. 이러한 2가지 속성과 패턴이 뱀이 가지고 있는 독성때문이다. 뱀에 물리면 서서히 독성이 퍼지면서 죽기도 한다, 또한 나를 건드는 놈이 있으면 뱀을 풀어서 대적하기도 한다는 것을 항상 염두에 두시오.

2) 巳火의 종합물상론

巳는 바꾸는 것을 좋아함. 싫증을 많이 느낀다. 성질이 급하다. 너무 급해서 말을 더듬는다(辰巳) 순간 동작이 빠르다. 스피드.

3) 지지 대 지지 관계

①巳-子: 水克火로 火가 꺼진다. 戊癸 암합한다. ②巳-丑: 삼합 金局 戊癸 丙辛 암합 酉를 인합한다. ③巳-寅: 木生火 刑 교통사고 관재 시비 송사 수술 주의 섬유 의류 디자인 의약 기술 공합 법무 사법. 수사기관. ④巳-卯: 乙庚 암합한다. 木生火는 안 된다. ⑤巳-辰: 火生土 가능. 戊癸 乙庚 암합이 된다. ⑥巳-巳: 火局을 이룬다. ⑦巳-午: 사오미 火국 득세 ⑧巳-未: 火국 午를 견인하고 격각이다. 巳를 못쓴다. ⑨巳-申: 刑 교통사고 관재 구설 시비 급성질환 주의 ⑩巳-酉: 金局 丑견인한다. 丙辛 암합 ⑪巳-戌: 火生土가 되고 丙은 입묘된다. 원진살 귀문관살 정신착란 집착성 특이한 거 좋아함. 특유의 집중력 발휘. ⑫巳-亥: 沖 巳가 꺾인다. 폭발력 원자폭탄 가스 원자력 핵 중장비 재활용품 未 있으면 충을 해소한다.

7. 午火론

자원(字源)	빛, 광명, 부도인자, 유흥, 오염물질, 못, 교회, 소방관
계절	5월
시간(時間)	11:30~13:29
선천수	구(九)
방향	남방

1) 교회, 소방관, 부도 인자, 성급하다. 스포트라이트 받는 별. 有名하다. 火 운동은 밝고, 명랑, 정이 많고, 표현하는 것을 좋아한다. 실리보상은 다소 약할 수 있다. 陽기를 쓰고 다니고, 陰기로 보상을 받지 못한다. 午가 있는 팔자는 반드시 金水를 命내 짝으로 정해두어야 삶이 편하다.

男命에 陽기 태과는 건강, 금전, 재물 등 개인적인 보상이 더디다. 女命은 陰이라 陽기 태과의 해로움이 덜하고, 陽의 德(배우자, 남자, 삼촌, 사회활동)을 보거나 도움을 받을 수 있는 환경과 조건, 주변 혜택이 따른다.

2) 午火의 종합물상론

역마지살. 심장 예의 명랑 의심 홍염살 현침살(의약) 탕화살(불조심) 火多 하면 산만하다. 적외선 자외선 전기 화약 인화물질

3) 지지 대지지 관계

①午-子: 沖 화재, 송사, 사고 구설 주의. 정보 누출 알려짐. 재충전 청산 정리 변동 ②午-丑: 육해 원진 귀문관살 탕화살. 정신 쇠약 신경 예민 원망한다. ③午-寅: 木生火 火局 甲己암합 서로 견인한다. 화합 조정 결의 생산 ④午-卯: 木生火 濕木이라 안 된다. 午卯破 서로 깎고 다듬는다. 조정 변동 잔잔한 기술력. 갈등이 많다. ⑤午-辰: 火生土가 된다. 격각살 午가 꺾인다. ⑥午-巳: 火局 기름불이 타는 물상 火 득세 ⑦午-午: 火局 自刑 시비 갈등 구설 화상 신액 주의 ⑧午-未: 火局 火旺金弱 피부질환 대장병 주의 ⑨午-申: 격각살 午가 꺾인다. 丁壬 암합

된다. ⑩午-酉: 석양이다. 서리가 내린다. 午火가 소진되어 꺾인다. ⑪午-戌 火局 불씨를 보호한다. 戌은 불씨 창고. ⑫午-亥: 水克火 丁壬 甲己 암합 한다.

8. 未土론

자원(字源)	미(味), 조미료, 양념, 물감, 단체, 빚, 부채, 압류, 부채
계절	6월
시간(時間)	13:30~15:29
선천수	팔(八)
방향	서남방

1) 양 떼 지어 다닌다. 단체생활, 집단, 물건, 저당, 압류, 부채, 빚이 생긴다. 味맛 미(식당 음식)로도 가능하다. 未中 丁火는 양인 자리에 놓여 정밀한 기술력, 교육성으로 쓴다. ①기술 이공계 ②금융 ③회계 ④교육 ⑤요식업에 인연이 많다. 특히, 壬일간이 미(未)土 하나만 있어도 잘 먹고 잘사는 사례가 많다.

2) 未土의 종합물상론

華蓋: 종교, 철학, 신앙, 예술. 천역성(역마), 고집이 세다. 여름 염천 더운 土는 不用이다. 土生金이 안 된다.

3) 지지 대 지지 관계

①未-子: 원진 귀문관살 정신쇠약 집착성 고집 燥土가 濕土로 바뀐다. ②未-丑: 沖 붕괴 財庫가 열린다. 재충전 변동 청

산 정리 ③未-寅: 木克土로 未가 붕괴된다. 甲己 암합한다. 귀문관살. 애착심 집착이 심하다. 직관력이 좋다. ④未-卯: 삼합 木局 未가 붕괴된다. 未가 재관이면 배우자 인연이 멀어진다. 辛일간은 未문서를 卯운에 재성(돈)으로 바꾼다. ⑤未-辰: 조습이 균형을 이룸 ⑥未-巳: 火局 火生土로 조열하여 조후가 시급하다. 격각살로 未가 꺾인다. ⑦未-午: 火局 巳를 견인 방국. 金이 힘을 못 쓴다. ⑧未-未: 土旺 염천에 水가 증발한다. 전기 석유 가스 인연. ⑨未-申: 土生金이 된다 丁壬 乙庚 암합 ⑩未-酉: 격각살 未가 꺾인다. 시비송사 주의 ⑪未-戌: 刑 구설 시비 관재수 조심 특수기술 가공 능력 설계 군 법무 치안 피부 미용 ⑫未-亥: 木局 甲己 丁壬 암합한다. 未土 亥水가 木으로 변색된다.

9. 申金론

자원(字源)	신(神), 교차로, 연마기, 은행, 분리, 분배, 이별, 눈물
계절	7월 입추
시간(時間)	15:30~17:29
선천수	칠(七)
방향	서남간

1) 영감이 뛰어나다. 申은 분리, 분배, 끊어버리는 기질이 있고, 나누어 먹는다, 쪼갠다. 사거리, 도로 중앙을 상징. 실리보

상, 申은 경제적 보상 측면에서는 긍정적이고, 애정적인 측면에서는 申中 壬水가 잉태, 수태, 애정을 여는 별이 되어, 애정, 이별, 눈물을 상징한다. ①군인 ②경찰 ③법무 ④회계 ⑤교육 ⑥단품종 요식업 ⑦유흥업 ⑧시설임대업 ⑨주차장 ⑩기술공학

시	일	월	년
丁	戊	庚	癸
巳	寅	申	丑

건명 식신격. 申 中 壬은 특이한 것, 개성 있는 독특한 것을 의미. 단품종 요식업자 사주. 申은 해외가 되니, 일본에서 라면을 배우고 들어왔다. 식신이 공망을 맞았다. 식신 공망은 부가가치가 높고 특이한 것 배불리 먹기에 아쉬운 것을 의미한다. 고로 라면이 팔자에 맞다. 잘나가는 일본식 라면 사장이다. 申간지의 속성으로 시내 중심가 도로변에 있다. 寅申沖으로 상업지구 시내 고객이 주류를 이룬다.

2) 申金의 종합물상론

곤충 서리 풍상 자라 치질 맹장 현침살 샘이 솟는 물이다. 외롭다 고독수

3) 지지 대 지지 관계

①申-子: 水局 삼합으로 辰을 견인한다. ②申-丑: 金 입묘 丑이 申을 보호한다. 火로부터 金의 손상을 보호한다. ③申-寅: 파괴지상 사고 송사 시비 수술주의 허리디스크 재충전 변동 청산

이동 ④申-卯: 乙庚 암합 묘신 원진 귀문관살 신경쇠약 정신착란 고집 집착이 강함. 귀문 중 가장 강하다. ⑤申-辰: 水局 子를 견인 土金이 허물어짐 乙庚 암합한다. 辰이 申을 土生金 한다. 辰이 희생되어 金을 돕고 결국 水를 만든다. ⑥申-巳: 巳申 合刑 납치 송사 시비 갈등 차사고 조심 먼저 合하고 다음 刑하니 의기투합하여 모였다가 결국 破한다. ⑦申-午: 火克金 격각살 申이 꺾인다. 丁壬 암합한다. ⑧申-未: 土生金이 안 된다. 丁壬 乙庚 암합 한다. ⑨申-申: 金旺 하다. 水를 생성한다. ⑩申-酉: 申酉金局. 결실인자. ⑪申-戌: 土生金 酉공협으로 金局이면서 격각이다. 申을 꺾는다. 寅 午 있으면 火局으로 변색된다.

시	일	월	년
	申	午	

戌이 오면 신유술 금국을 하려 하다 결국 오술 화국으로 변색된다. 고로 申 입장에서는 아군이라 생각했는데 알고 보니 적군이 된다. 일종의 배신 배반사다. ⑫申-亥: 金生水 한다. 害殺 작용. 구설 시비 스트레스 잔잔한 기술력. 申(神)酉(佛)戌(經)亥(禪) 求道를 의미한다(박제현선생 이론).

10. 酉金론

자원(字源)	술, 캔, 노래방, 화폐, 생강, 마늘, 과일, 유흥인자, 실속
계절	8월
시간(時間)	17:30~19:29
선천수	육(六)
방향	서쪽

1) 독기 있는 목소리, 불평불만이 내재하고, 단절, 끊어짐, 말조심, 구설 조심. 맥주 발효, 딱딱한 것, 깡통, 캔류, 화폐, 생강, 마늘, 후추, 둥근 과일을 상징하기도 하며, 공증품, 유흥인자, 천하태평도 된다. 대체로 유(酉) 있으면 의식이 풍족한 경우가 많다. 여자는 대체로 신병(神病), 이름 없는 질병 등에 노출이 잘 되고, 배우자 무정(無情)하여, 남편 복(福)을 논하기 어렵다. 남자는 타고난 간지에 酉있으면, 일단 30% 먹고 들어간다.

2) 酉金의 종합물상론

辛 맑고 여리며 날카롭다. 예리한 칼이다. 의리가 있고 완벽주의 끝장을 본다. 酉金은 불상이다. 건조하여 건성 피부가 많다.

3) 지지 대 지지 관계

① 酉-子: 귀문관살 신경쇠약 날카롭다. 두뇌 총명. ②酉-丑: 삼합 金국 허자 巳를 견인한다. ③酉-寅: 丙辛 암합 원진살 서로 원망하면서 헤어지지 못한다. ④酉-卯: 沖 파괴 수술 관재 시비 철쇄개금(의약 의료 특수 기술 모텔 숙박)⑤酉-辰: 육합 金局 서로 힘이 되어 도와준다. ⑥酉-巳: 삼합 金局 丙辛 암합 丑

을 견인한다. ⑦酉-午: 火克金. 金이 녹는다. 열매와 결실이 무의미해진다. ⑧酉-未: 土生金이 안 된다. 격각살 酉가 꺾인다. ⑨酉-申: 金局이 강화된다. ⑩酉-酉: 金局 自刑 분열 관재 시비 수 구설 많음 전문기술 특수성 법무 사업 의약 ⑪酉-戌: 金局 寅 午 있으면 변색된다. ⑫酉-亥: 격각살 酉가 꺾인다.

11. 戌土론

자원(字源)	창고, 공장, 수위, 이중생활, 부수입, 보일러, 인테리어
계절	10월
시간(時間)	19:30~21:29
선천수	오(五)
방향	서북간

1) 개는 이중성, 남자 팔자 술(戌) 있으면, 이중 살림하여 보고, 숨겨둔 애인이 있다. 물상론으로 ①굴뚝 ②보일러 ③가스레인지 ④인테리어 ⑤기술 정신의 창고(도문)종교 ⑥철학. 개처럼 돌아다니니 역마가 강하다.

2) 戌土의 종합물상론

水흡수를 잘한다. 火의 고장지(발전소 전기 배터리 가전제품 전기기술 의사 법관 역학자)나무가 뿌리를 못 내린다.

3) 지지 대 지지 관계

①戌-子: 음지 토류 戌癸 암합한다. 戌이 水를 견인한다. 고로

바람기가 있다. ②戌−丑: 丑戌 刑 소송 관재 시비 기술 가공 고치고 바꾸고 조정한다. 수술 위경련. ③戌−寅: 木克土 寅戌삼합午견인 火국이 된다. ④戌−卯: 묶이고 정지됨. 육합 음양합 애정합이다. 엉켜버림 답답함. 식구발전 자식득자. ⑤戌−辰: 沖 붕괴 관재 사고 재충전 변동 심고 뽑고 가색격. 의료 치과 건축 토목 ⑥戌−巳: 火生土 원진 귀문관살 천라지망 사랑하고 미워한다. 시비 관재수 있다 ⑦戌−午: 火국 寅견인 삼합. ⑧戌−未: 刑 관재 사고 구설 시비 조정 변동 기술 가공 ⑨戌−申: 丁壬 암합酉공협 격각 戌이 꺾인다. ⑩戌−酉: 申 공협 金局 철쇄개금살의약 교육 모텔 숙박업 ⑪戌−戌: 燥土 마른 땅이다. ⑫戌−亥:土流 丁壬 암합이다.

12. 亥水론

자원(字源)	핵무기, 핵심, 종핵, 폐품, 폐유, 중고품, 휴지, 오래된 것
계절	12월
시간(時間)	21:30~23:29
선천수	사(四)
방향	서북간

1) ①게으르다 ②늘어진다 ③이것 저것 ④잡것 ⑤중고 ⑥폐품⑦폐유 ⑧휴지 ⑨폼 안 나는 것 ⑩해조류 ⑪오래된 것 ⑫묵은것 ⑬부끄러운 것이 된다. 돼지는 버릴 게 없다. 실속은 있다. 6

음(陰)의 운동성으로 움켜쥐는 힘이 있다. 水克火 水生木 둘 다 잘한다. 역마지살 지혜 흑색 인내심 천문성(종교 철학). 일단, 팔자에 돼지 해(亥)가 있으면, 현대사회에서는 긍정적인 측면을 많이 가지고 있다. 亥中 甲은 바다에서 떠올라 새벽을 연다가 된다. 활인지명, 의료, 교육이다. 木은 종이류고, 새로움을 알리는 시작, 창출, 새 소식이 된다. 甲이 신문이 된다.

시	일	월	년
	辛	丁	
	巳	亥	

건명 상관격. 丁편관이 일지 巳에 통근하여, 세력이 있는 자타공인(천간:名) 직장이 된다. 亥중 甲이라 아침 일찍 새벽에 새 소식을 알린다. 직업이 조선(朝鮮)일보에 근무하는 신문사 기자.

 2) 亥水의 종합물상론

 돼지 식록이 좋다. 교체 바꾸고 싶다. 물고기 생선류 신경질적이다. 오래된 것. 亥中 甲 生物體(생물체) 살아있는 것.

 3) 지지 대 지지 관계

 ①亥-子: 水局 丑견인한다. ②亥-丑: 土克水가 안 된다. 방합 水局 甲己 암합한다. ③亥-寅: 木局 木生火를 잘한다 ④亥-卯: 木局 未견인 삼합작용. 습목이라 木生火가 안 된다. ⑤亥-辰: 원진살. 원망한다. 귀문관살 정신착난 집착성 戊癸 암합 ⑥亥-巳: 관재 송사 사고 수술 폭발 가스 핵 전기 석유 ⑦ 亥-午: 火

에 水분이 증발한다. 丁壬 甲己암합한다. ⑧亥-未: 木局 甲己 丁
壬암합 ⑨亥-申: 金生水를 잘한다. 害殺 시비수 관재 조정수 ⑩
亥-酉: 깨끗한 물 격각살 亥가 꺾인다. ⑪亥-戌: 土克水 천문성
(종교 철학 교육)지연 지체 丁壬암합

　⑫亥-亥: 自刑 관재 시비 구설 조정 변동 가공 특수 기술(의
료 교육 공학)

제3절

지지 대운(大運)의 이해

지지(地支) 인자론에서 운(運)을 해석할 때는, 대운(大運)에서 ①음양조후, ②계절, ③신살, ④육친으로 주로 적용하여 운(運)을 해석한다. 세운(歲運)의 해석에서는 주로 12신살과 육친을 위주로 ①사건, ②결과물로 통변한다.

용쌤: 지지(地支) 대운(大運)의 해석은 먼저 ① 대음양의 관계를 먼저 염두에 두고 접근한다. 가령, 子부터 亥까지 운의 흐름을 볼 때 양기(陽氣)의 운동성이 子(1양5음), 丑(2양4음), 寅(3양3음), 卯(4양2음), 辰(5양1음), 巳(6양) 이런 식으로, 순역으로 대운의 지지가 진행될 때는, 점차 양기(陽氣)가 시생하여 확산되고 있다는 큰 틀을 먼저 전제해 두고 해석한다. 즉, 陽운동의 방향성이 점차 강화되는 흐름이구나!! 이 정도 전제한다. 반대로 역행으로 가면, 양(陽)의 운동성이 점차 소진하여 가고 있음을 전제한다. 간지(干支)에서 음양의 조화와 균형을 먼저 체크를 하고, 각 간지의 ②물상과 ③신살, ④12운성, ⑤육친 등을 고려하여 해석한다.

1. 子대운

子시 子월에는 모든 사람이 활동적이지 않는다. 어둠의 공간으로서 역동적인 변화가 없는 구간이다. 대운(大運)은 항상 공간적인 측면, 큰 환경적인 조건을 염두에 두어야 한다. 그러한 환경 조건에 따른 행동성의 제약을 미리 염두에 두고 대음양의 운동성. 즉, 음양(陰陽) 관계를 보면서 사주해석을 하면 용신의 개념이 허무해진다. 애정사에 의한 번거로움이 따르고, 진행되는 일, 사건의 속성을 지연 지체시키는 양상이 된다. 어두운 공간과 시간에 일한다는 것은 환경적 제약을 의미한다. 따라서 제약된 조건에 의한 활동, 일, 사건은 항상 속도를 둔화 지체를 가져다준다. 정신적인 영역, 소극적, 교육적인 분야, 유흥임대 시설임대 등에 인연이 많다.

이런 운(運)에는 ①해외 사업, ②요식업, ③유흥 시설, ④임대업, ⑤교육업, ⑥직장생활, ⑦조직생활, ⑧프랜차이즈, ⑨대리점, ⑩용역업이 잘 맞다. 공부하는 수험생은 밤 시간이라 성적은 향상된다. 조용하게 밤에 웅크리고, 정신적인 것에 몰두하니 공부한다가 된다. 직장 사표는 쓰지 마라. 왜냐하면, 어둠의 공간에 그만두면 직장을 새로 구하여 시작하기가 힘들다는 의미. 기타 사업성의 외형발전, 명(名)을 향한 사업성 발휘는 매우 제한적이고, 해외 비즈니스나 인터넷 사업 정도는 팔자의 그릇에 따라 유명유실(有命有實)이 가능하다.

2. 丑대운

천지 만물이 음(陰)의 기운으로 가득 에워싸여 있는 상태를 의미한다. 運의 변화를 크게 느낀다. 천지 만물이 얼어붙어 음기(陰氣)에 에워싸여 돈을 벌면 쥐어짜듯 크게 번다. 또한 음기(陰氣)에 갇혀 사회적 발전이 더디고, 활동역량 발휘를 못 하기도 한다. 부귀빈천의 양(量)적인 변화가 매우 크기 때문에 잘 망하기도 하고, 크게 재물 발전을 유도하기도 하는 등 운의 변폭을 크게 만드는 구간이다. 따라서 조후와 사주원국과의 陰陽 관계 육친관계를 면밀히 세찰해야 한다. 돈은 벌었다 하더라도 이상하게 음성적, 폼이 안 나는 형태, 외향적인 발전보다는 실속 있는 형태의 사업성 발휘가 가능하고, 직장인의 경우는 폼이 안 나는 식의 감투 삭감, 시골 무대, 변두리, 후미진 곳, 권력, 힘의 중심지에서 이탈한다.

축(丑)대운은 ①종교, ②철학, ③교육, ④해외 비즈니스, ⑤밤장사, ⑥시설임대, ⑦유흥임대, ⑧음성소득과 인연이 많다. 결과론적으로 진술축미 대운에 부귀빈천의 변화량이 많고 활발하지만, 특히 축(丑)대운은 음기(陰氣) 태과에 따른 건강과 재물운의 변폭이 유독 강하게 나타나는 것을 면밀히 세찰해야 될 것이다.

3. 寅대운

사회적인 활동성, 변화량이 많다. 호랑이에 올라탄 기세로, 양기(陽氣)가 음기(陰氣)를 제압하고 일으키는 운동성으로, 木운동이 활발하여 상대적으로 金운동이 약화되어 현금보유가 쉽지 않다. 기존의 정해진 틀을 깨트리는 동작과 운동성으로 활발한 움직임, 사회활동, 역동성을 일으키는 인지가 된다. 신출(新出), 창신, 번거롭다. 호랑이를 탄 기세로 여러 가지 주변 혜택은 받으나 호랑이에게 물리기도 하니 건강 신수 불안도 동반되는 운이다. 이러한 **寅대운은 ①건축, ②토목, ③교육, ④해외 비즈니스, ⑤무역, ⑥유통, ⑦역마살, ⑧전문기술성, ⑨기술 개발 등** 인연이 있다.

4. 卯대운

해묘미의 운동성은 木, 완성품이 나오지 않는다. 木운동이 펼치고 벌어지는 운동이라 한자리에 머물지 못한다. 토끼처럼 뛰어다닐 일이 많은 운(運)으로 이 시기에 이사를 자주 다닌다. 재산의 형태도 불안정하며, 쉽게 망하지도 흥하지도 않는 운동성으로서 토끼처럼 예쁘게 단장하고, 꾸미고, 폼을 잡기도 하니, 허세를 부리거나 실속 없는 대운(大運)의 양상을 나타낸다.

능력의 완성. 프로. 경험을 많이 하게 되어 자타공인의 실력을 겸비할 수 있는 운동성을 가지지만, 돈을 벌었는지 까먹었는지, 본인도 모르고 남도 모르고, 분주히 바쁘고 외형의 모양새가 커지는 식의 명(名)은 따르나 실리성이 약화되는 운동이다. 단, 묘(卯)대운에 ①건축, ②토목, ③교육, ④이·미용, ⑤기술자격, ⑥연예인, ⑦상업예술, ⑧레이더, CCTV 전자 등 직장, 사업 비즈니스를 하는 경우는 팔자의 격(格)에 따라 성공 발전을 거듭하기도 한다.

시	일	월	년
己	庚	辛	丙
卯	辰	丑	辰

건명. 정인격. 팔자 자체에 묘(卯)가 있으니 동분서주, 이사 갈 일 많은 팔자다. 癸卯대운에 부친의 직업으로 인해 10년간 이사를 6번 옮겨 다녔다.

직업이 교직이라 발령 따라 움직이고 있다. 토끼는 집이 없다. 이곳저곳 돌아다닌다. 묘(卯)는 어린 씨앗이고 정재가 된다. 월급이 나오는 사회적 활동무대(정재)가 묘(卯)와 인연이 있다. 초등학교 선생님이다.

5. 辰대운

이것저것(乙, 戊, 癸) 종합선물세트, 진(辰)대운의 운동성은 5

양1음으로 양기(陽氣)가 크게 벌어진 상태를 의미. 벌어진 모양새로 명함판 정립, 양(量)적인 성장 발전 등 볼륨감을 키울 수 있다. 이 시기 龍의 기상으로 크게 발전을 구하지만, 안으로는 크게 쇠퇴한 모양새(지장간 癸비밀사)로 이중적인 인자를 가진다.

즉, 음양(陰陽) 관계에서 삼합(三合) 운동이 수시로 간섭하기에 외형적 발전과 내적인 아픔, 상처, 말 못할 눈물의 사연 등 이중적인 현실로 나타난다. 따라서 진(辰)대운에는 항상 마음속에 아픔의 인자를 가지고 가는 세월이 있겠구나!!. 진(辰)대운 ①건축 ②토목 ③교육 ④특수 기술 ⑤군 법무 사법 ⑥부동산 ⑦상업예술에 인연이 많다.

6. 巳대운

육양지처, 음양이 섞임. 속도(SPEED)는 있지만, 드러나는 모양이나 양상, 조건은 다양하다. 배신, 배반사를 목격한다. 카멜레온처럼 잘 속이기도 한다. 뱀은 독성을 가진 동물이다. 고로 무기로 장착된 巳대운에는 남을 밟고 일어섰다가 다시 한방에 내가 당하는 경우도 많다. 사(巳)대운에는 ①법무 ②경찰 ③의료 ④교육 ⑤정밀기술 ⑥역마성 ⑦고부가가치의 기술성과 인연이 많다.

시	일	월	년
壬	戊	戊	乙
戌	戌	寅	卯

곤명. 편관격. 신사(辛巳)대운에 보험회사에서 자타공인 승진을 거듭하여 유명세를 이뤘다. 그러다 갑작스러운 조직 내 문제로 순식간에 명예가 실추되었다. 사(巳)대운 끝 무렵 새로 직장을 옮기면서, 현재 오(午)대운 다른 보험사에서 직장을 다닌다. 巳대운에 어떠했냐 물어보니 롤러코스터를 10번 연속으로 탄 기분이라고 하였다. 오(午)대운 조직의 머슴격으로 조용히 직장생활을 잘한다. 대운은 환경과 같다. 午간지 속성상 자타공인 시내(火오행)에서 아주 큰 건물에서 근무한다. 양광(陽光)이 비치는 자리가되니, 층수가 꼭대기 층이다. 화(火)의 속성을 인성으로 그대로 취했으니 직장생활은 무난하다. 팔자의 그릇에 잘 맞다.

원명(原命)에 을묘 정관을 쓰나 자타공인 국내 최고 보험사에다니다 寅편관 지살 맞은 무서운 범 호랑이를 쓰니 잘나가는 유명 외국계 보험사로 이직하였다. 현재 외국계 보험사 재직 중.

7. 午대운

변화량이 많다. 지속적인 ①상승, ②번영, ③발전 또는 ④하강, ⑤쇠퇴, ⑥몰락을 만들어 내는 구간이다. 양기(陽氣)태과로 인해 지치고, 진 빠지는 흐름이다. 누시가 되면 점심을 먹고, 쉬는 구간이다. 대운(大運)도 예외일 수 없다. 쉬고 싶은데 쉬지 못하면 피곤하다. 지체, 장애가 발생하는 구간이라 정체에 따른 답답함을 가져오는 시기가 된다. 돈을 번다면 힘들게 고생하면서 돈을 번다. 거래처 결재가 자꾸 밀리면서 힘들다 결국 결재는 되는 식. 오(午)대운에 자리 잡고 잘나가는 사람은 대체로 대운(大運)이 끝나는 순간까지 세운에 상관없이 일관성을 유지해 간다.

반대로, 오(午)대운을 힘들게 쓰는 사람은, 세운에 상관없이 일관성 있게 힘들게 지나간다. 한 방향으로 방향성이 동일하다. 대운(大運)에서 빠져나와야 새로운 변화를 도모할 수 있다. 즉, 오(午)대운은 순일(純一)한 기운으로, 양(量)적인 변화를 유도하여 큰 부자가 되거나 크게 실패한 낭인을 만들 수도 있다. 일관성. 다만, 질(質)적인 변화로서 새로운 일을 시작하거나 새로운 사업 아이템, 새 출발 등의 질(質)적인 변화는 잘 안 된다. 고로 새로운 아이템이 돈 되는데 해 보까? 물으면 잘 안 된다. 순일(純一)한 기운으로, 10년을 채운다. (TIP. 통상 대운 7년 차 정도에서 세운 따라 변화는 있다.)

대체로 자(子), 오(午), 묘(卯), 유(酉)의 대운(大運)의 속성이 이러한 양(量)적인 순일(純一)한 기운을 가진다. 즉, 양(量)적인 변화는 크게 유도하고, 질(質)적인 변화는 매우 제한적임을 참작해서 해석해 보시오. (예시. 장난감공장 사장이 100원하는 장난감에 기능을 추가해서 1,000원으로 팔 순 있어도 전혀 다른 아이스크림 가게는 못한다.) 오(午)대운에는 ①언론 방송 ②전기 전자 ③통신 항공 ④ 정밀 기계 ⑤교육 ⑥의료계통과 인연이 많다.

8. 未대운

미확정, 주춤주춤. 午未는 같이 움직인다. 양(陽) 운동 끝단, 자축(子丑)과 오미(午未)는 육합(六合)으로 함께 움직이고, 속성 자체가 ①지연, ②지체를 상징한다. 미(未)대운은 조직의 속성이 잘 바뀌고, 진행되는 일, 사건, 직업, 가정 형편, 사회활동 등 대운 끝 무렵 잘 바뀐다. 未定구간 정답이 선명하게 안나온다. 어정쩡하게 걸쳐가는 운. 특히 남자들은 고달프게 쓴다. 홀 애비 대운 애정결핍. 미(未)대운은 ①의약 ②교육 ③건축 토목 ④ 특수기술 ⑤방송 언론 연예 ⑥스포츠와 인연이 많다.

9. 申대운

음(陰) 운동이 구체화되는 시기. 경제적인 보상 및 결실을 의미한다. 비겁운이라도 무조건 나쁘다 보지 마라. 申은 칼로서 자르고 분별 짓는다. 경제적 발전을 구하더라도 ①구설 ②시비 ③

단절 ④쪼개짐을 야기한다. 신(申)대운은 ①특수기술 ②전기 전자 ③자동차 ④선박 ⑤법무 치안 ⑥의료와 인연이 많다.

10. 酉대운

음(陰) 기운의 극단. 신음살, 고초살. 풀이 마른다를 의미한다. 인간관계의 단절, 내부적으로 메말라 버리는 아픔, 가을 추수기 먹을 게 많은 시기. 경제적인 성취 보상이 활발하다. 酉대운은 金대운이라 자체가 돈이고, 경제력이 된다. 다만 활동무대로 잘 쓰다가 구설 시비가 붙는 운이다. 인묘진, 목(木)을 귀(貴)하게 쓰는 명(命)의 경우에는 유(酉)대운 단절, 끊어짐, 숙살의 기운에 의한 목(木)의 손상으로 크게 건강과 재물 보상이 오히려 약화되는 경우가 있다. 유(酉)대운은 ①의약 ②정밀기계 ③반도체 ④컴퓨터 ⑤법무 ⑥스포츠와 인연이 많다.

11. 戌대운

지킨다. 세속적인 것, 임대사업, 목욕탕, 둔하게 어슬렁거리다 갑자기 움직인다. 정체되어 있다가, 폭발한다. 괴강이 머문다. 순식간에 변화가 발생할 수 있는 힘, 변화량이 뒤섞여 이것저것의 양상이 발생하는 구간. 개는 주인에게는 충성하고 집 지키는 유능한 인자로서 이 시기 계속 지키고, 버티고, 팔짱을 끼고, 기다리고, 큰 것을 노리는 식의 투기성도 발현되는 운(運)이다. 대체로 볼륨을 크게 키우면서, 안으로는 골병들기도 하는 식의 희기가 복잡하게 들어오는 운(運)이다. 대체로 남자는 힘들게 쓰고, 여자는 편하게 쓰는 양상.

직업적인 환경은 주로 ①시설임대, ②유흥임대, ③모텔, ④PC방, ⑤술집, ⑥기술사업, ⑦종교, ⑧철학, ⑨교육, ⑩역마성 직업, ⑪밤(夜)장사 등 인연이 많다.

12. 亥대운

돼지, 역동성이 떨어진다. 운동성이 육음(六陰). 사회적 보상이나 번영인자가 따르지만, 완벽히 내 것으로 쟁취하기에는 다소 약하다. 하나를 얻으면 하나를 내놓거나 투자하거나 빼앗아 가거나 하는 식의 희기(喜忌)가 같이 있는 구간. 돼지는 먹을 것이 많다. 申酉戌, 가을에 거둔 곡식을 봄이 올 때까지 창고에 보관하며, 소비하는 구간. 수시로 木 운동을 열려고 하니 사업을 시작하거나 새로운 일, 사업전환 등이 자주 발생한다. 대체로 버티고 안정을 구하는 게 실속이 있고 사회봉사, 적선(積善)으로 선용하는 것도 좋은 방편이 된다.

해(亥)대운은 ①생산 제조, ②역업, ③종교, ④해외 비즈니스, ⑤변화 없는 공직, ⑥반복된 업무, ⑦교육사업 등에 인연이 많다.

4절

합, 충, 형, 파, 해의 이해

1. 합(合)

합(合)의 글자는 ①합하다, ②만나다, ③생산하다, ④용도를 채운다는 의미. 팔자에 합(合)이 있으면, ①외교력, ②친화력, ③조직력이 좋다. 하지만 합(合)이 너무 많아도 합다유병(合多有病)이라 매사에 일과 성취가 더디고, 발전을 방해하는 별이 된다. 일단 합(合)이 있다는 것은 영업능력을 의미하니, 말로 먹고사는 ①접객성, ②대민상대 분야에서는 좋은 장점을 발휘한다. 연애를 해도 다정다감한 게 합(合)이 있는 사람들이다.

1) 천간 합(合)

천간의 글자가 서로 필요로 하는 운동성이 합(合)으로 연결됨으로써 생산적인 용도, 목적으로 발현되는 운동성을 의미한다. 이러한 운동성은 기운이 합(合)에 의해 소멸하는 것이 아니라,

새로운 합(合)의 운동성이 만들어지고, 이러한 합(合) 작용력이 오래도록 지속하면, 각각의 글자의 순수한 용도가 소멸하여 일종에 합탐(合貪), 합거(合去)로 인한 기능상실이 되기도 한다.

합(合)이 운(運)에서 오거나, 팔자 자체에 합(合)이 있으면, 합(合)에 의한 생산적인 용도의 기능적인 면과 아울러, 변색하여 탁으로 인한 두 가지 측면의 작용력을 해석해준다. 즉, 합(合)에 의한 생산과 탁에 의한 변색을 함께 통변한다.

시	일	월	년
	己	丙	辛

丙辛合=정인+식신=水(재성) 천간 丙辛합은 水재성을 만든다. 글과 학문을 통한 자격(정인)이 기술성 전문성(식신)을 발현하여 돈(水재성)을 버는 수단이 된다. 즉, 돈벌이 수단으로 자격을 취득한다. 다만 合에 의한 탁으로 그 용도와 자격이 기술자격 중심 상업적인 용도로 제한된다.

용쌤: 천간 합(合)작용은 원국에 있으면, 합(合)에 의한 생산용도로서 통변을 하고 운(運)에서 들어 올 때는, ①새로운 국면 전환, ②변화, ③변동수로 읽어 주면 된다. 그 뜻이나 해석의 길흉(吉凶)은 타고난 그릇의 간지 모양을 통해 해석의 융통

성을 살려야 한다. 무조건 좋다, 나쁘다 식의 통변이 아니라 변화하는 변곡점과 운동성의 양상을 읽어내는 연습이 필요하다.

갑기 합 土 = 중정지합(中正之合)

甲木운동이 己를 만나 신출(新出), 창출(創出) 동작이 진정국면을 만나 차분해진 상태를 의미한다. 甲기운이 둔화되고 조정됨. 甲이 소멸한 건 아니다.

운(運)에서 갑기 합(合) 역시 궤도 변경을 위한 새일 가담 등의 사건성이 된다. 甲선봉장 역할로 나를 따르라!! 원명(原命)에 있으면 성품이 순진한 면이 있고, 주변에 융화를 잘하여 이를 두고 갑기(甲己)를 중정의 합이라 한다.

을경 합 金 = 인의지합(仁義之合)

봄과 가을의 만남 春秋之合. ①문예춘추, ②두뇌 총명, ③예술성, ④창작성을 상징한다. 乙늦봄의 木기운을 庚이 감싸주어 乙을 보호하기도 한다. 수(水)일간이 乙을 식상으로 쓴다면 庚(정인)이 乙(식신)을 보호하는 작용력이 발생한다. 즉, 육친으로는 庚金 자격을 득(得)하여 木식상을 쓰는 형태로서 ①춘추 ②문예 ③창작 ④기술로서 木을 제한적으로 쓴다. 오랫동안 乙을 쓰게 되면 서서히 乙이 해체되어 그 용도가 점진적으로 소멸한다.

운(運)에서 들어와 발생하는 乙庚 합(合)은 사고 전환, 궤도 변경, 새일 가담 등의 사건성으로 드러난다. 원명(原命)에 있으면, 乙의 부드러움과 庚의 강직함이 서로 조화를 이루어 마음이 어질고, 의리가 있어 이를 두고 인의지합이라 한다.

병신 합 水 = 위엄지합(威嚴之合)

따뜻한 丙火 운동이 辛金 숙살의 기운이 와서, 水가 되어 비가 내리는 거와 같다. 병신 합 水는 ①창조 ②새것, 옛것과 구별되는 ③새로운 시작, ④새 일을 의미한다. 원명(原命)에 있으면 水을 만들어 내는 재주와 능력이 되면서 丙과 辛이 합(合)에 의해 탁(濁) 되는 양상이 다른 천간 운동보다 좀 더 강하다.

土일간이 丙, 辛이 있으면 글공부나 어휘, 표현력이 둔화되는데, 丙辛=水 재물을 만들어 내는 능력은 좋다고 통변이 되기도 하고, 丙인수가 지지(地支)세력이 강하면(월지가 巳, 午), 辛金식상이 재물보상을 위한 자격증이 되니 글과 학문이 바탕이 되는 ①금융 ②특수기술 ③교육(강사), ④의료 ⑤특수공공조직 계통에 인연이 되고, 인수는 돈 버는 목적으로 쓰게 되는 자격증이 된다.

※ 인성대세+식상=자격을 바탕으로 하는 식상을 쓰는 직업을 의미한다.

역시 운(運)에서 들어 올 때는, 새로운 국면 전환으로 해석한다. 원명(原命)에 있으면 외모가 반듯하고, 기품이 있으며 위엄이 있다. 이를 두고 위엄지합이라 한다.

정임 합 木 = 음란지합(淫亂之合)

丁火의 전문성 인자가 壬이라는 ①유일무이(唯一無二), ②특수성, ③희소성 인자와 합(合)을 하여 새로운 木신출(新出), 창조, 새것을 만드니 아이디어가 좋고 영리하다. 정임 합(合)은 상모가 미려하고, 인물이 좋고, 연애사 발생이 잘된다. 木이 외형석으로 보기 좋게, 희망차게, 밝고, 명랑하게 만드는 재주를 의미한다.

운(運)에서 정임 합(合)이 만들어지면 역시 국면 전환을 의미하는데, ①전문성, ②특수성, ③고부가가치의 기술성을 이루어 내는 힘이 되니, 대체로 丁壬 합(合)이 운(運)에서 간섭하면 상당한 기술력이나 전문성을 인정받는 계기가 한다. 원명(原命)에 있으면 애교와 눈웃음이 있고, 주변 사람과 화합, 사교력이 좋으나, 애정사의 아픔도 있다. 이를 두고 음란지합이라 한다.

무계 합 火 = 무정지합(無情之合)

戊양(陽) 운동이 癸음(陰) 운동을 만난다. 즉, 비와 이슬이 강렬한 양(陽) 운동을 만나 하늘로 올라가 확산하는 변화가 들어오니, 火운동을 발산(發散) 지기라 한다. 비와 이슬이 구름이 되어 둥둥 떠다니는 것과 같다. 이게 戊癸 합(合) 화(火)의 운동성에 의한 변화다. 또는 戊土를 불씨로 보고, 癸水를 기름으로 보아 화(火)를 촉발했다고 해석이 가능하다.

木일간이 戊癸가 있으면 ①자격증 사업 내지 기술 자격의 형태로 ②재무 ③금융 ④회계 ⑤자격을 구(求)하는데 그 분야는 화(火) 식상를 쓰니 말로 먹고사는 세월이 있다는 통변이 가능하다. 원명(原命)에 있으면 애정사가 드물거나 연애사에 情이 없다 하여 "『경(經)』에 이르기를, 戊와 癸가 합하면 젊은이와 늙은이가 합한 것과 같아서 서로 정이 없다."라고 하였다. 이를 두고 무정지합이라 한다.

시	일	월	년
	戊	壬	丁
	戊	寅	卯

곤명 편관격. 戊일간 입장에서 壬편재와 丁정인을 쓰는데, 壬丁合木이 지지(地支) 寅木에 根을 두어 천간 합(合)에 의한 관(官)의 뜻을 월지에서 채우니, 戊土는 명예지상 관(官) 중심으로 활동성을 삼아 그 뜻이 명예에 있다. 천간(天干)에 관(官)이 없어도 명예를 갈구하니 名 중심으로 살아가게 된다. 금융감독원에 근무하는 여자명조.

2) 지지 육합(六合)

지혜, 생산, 총명인자. 양기(陽氣)와 음기(陰氣)가 지지(地支)에서 합(合)으로 생산적인 용도를 채우는 것으로 부부지합이라 한다. 음양(陰陽)의 합(合)으로, 그 이면에 숨어서 작용함으로 귀하게 쓸 수 있는 긍정적인 의미를 내포한다.

(1) 子丑(합) 土: 비밀스러운, 은밀한 관계로 서로서로 긍정적인 관계로 합(合)을 하여 오행상 土를 생산하는 용도로 쓰나, 활발하게 土로 놀지는 못하고, 水로서 강력하게 작용하기도 한다. 직업은 주로 ①정보 ②비밀 ③연구직 ④종교 ⑤철학 ⑥시설 임대 ⑦유흥 ⑧펜션업 ⑨모텔업에 종사자가 많다.

(2) 寅亥(합) 木: 역마합으로 멀리서 합(合)에 의한 木의 작용력이 매우 강하게 드러난다. 직업이 ①역마성 직업(전기, 전자, 통신, 항공, 자동차) ②종교 ③철학 ④교육 ⑤의료 ⑥생산 ⑦제조 ⑧단품종 요식업 종사자가 많다. 庚일주가 지지에 寅亥가 있으면 천주귀인이라 식신생재가 강하게 일어난다. 금전, 재물복이 좋다.

(3) 卯戌(합) 火: 재주나 예술성이 뛰어나다. 합화된 火의 작용력은 미약하다. 卯戌은 지상에 뿌려진 春秋之合으로 문학, 예술,

문필, 교육의 별도 되고 직업이 휴식, 힐링 안식처를 상징하여 ①목욕탕 ②펜션업 ③유흥 ④시설임대업 ⑤의료 ⑥교육 ⑦종교 ⑧철학도 가능하다.

(4) 辰酉(합) 金: 봄과 가을의 합(合)으로 무예, 무술, 힘, 강권을 상징하여 강압적인 권력성, 기술성, 압력성을 내포한다. 직업적으로 ①금융 ②회계 ③법무 ④사법 ⑤기술 가공분야에 종사자가 많다.

(5) 巳申(합) 金: 역마와 망신의 합(合)으로 형(刑)작용과 합(合)작용을 같이 한다. 직업이 ①특수기술 ②가공 ③의료 ④법무 ⑤사법 ⑥군 ⑦경찰직에 종사자가 많다.

(6) 午未(합) 火: 공간적, 사회적인 합(合)으로 드러내고 공식화 분별 판단 능력을 상징한다. 주로 직업이 ①방송 ②언론 ③문학 ④상업 예술 ⑤교육 분야 종사자가 많고, 시간의 지연, 지체, 능률이 떨어지는 등의 작용력도 발생한다.

3) 지지 삼합(三合)

사회적인 합(合)으로 ①협동성 ②외교력 ③융통성 ④사회적 활동성을 상징한다.

신자진: 水국

해묘미: 木국

인오술: 火국

사유축: 金국

삼합(三合)으로 무리 짓는 운동으로 발생한 에너지는 하나의 국(局)을 형성하여 오행적인 기운으로 활발하게 움직이고 세력을 형성하게 된다.

三合은 12운성과 12신살에서 중요한 이론적 기초가 된다. 각 지지(地支)가 순서대로 3칸을 지나서 만나게 되는 기운이 3글자씩 무리 지어 합(合)을 이루고, 국(局)을 형성하게 된다. 삼합은 충(冲)을 만나면 해체되거나 국(局)의 운동성을 상실하게 된다. 12지지(地支)에서 子午卯酉의 중간 글자는 旺地로서 장성(將星)살이 되고, 앞 글자인 寅申巳亥는 시작을 의미하는 장생(長生)지로서 지살(地殺)이 되고, 뒤 글자인 辰戌丑未는 묘(墓)지로서 화개(華蓋)살이 된다.

4) 지지 방합(方合)

방합은 방위가 같은 지지가 모여서 합(合)이 되어, 해당 오행으로 변하는 운동성이다. 일종의 가족합이라 한다. 방합은 특정오행의 세력이 무리 지어 강화되는 것을 의미한다. 팔자원국에 있거나 대운(大運)과 세운(歲運)에서 들어와 방합을 형성하면, 특정오행의 기운이 강화되어, 하나의 국(局)을 형성하여, 세력을 가지게 된다. 이런 경우에 반대편에 해당하는 오행은 자연스럽게 위축되고, 제대로 사용하기 힘든 오행이 된다. 이런 논리를 대운에서도 적용하여 통변함으로써 대음양의 조건으로 해석할 수 있다.

방합은 다음과 같다.

인묘진=목(木), 사오미=화(火), 신유술=금(金), 해자축=수(水)

TIP

축인묘진 = 금(金)약화↓

진사오미 = 수(水)약화↓

미신유술 = 목(木)약화↓

술해자축 = 화(火)약화↓

팔자원명에 방합적 요소가 강하게 무리 지으면, 반대편 글자가 오행적으로 세력을 잃음으로써 문제가 발생한다. 대운과 세운에서도 통변을 할 때 반대오행이 무력화되는 양상을 관찰하여 해석할 필요가 있다.

즉 申년에는 木오행이 약화되는 고달픔이 따른다. 방합(方合)이 아니더라도 일단 들어오는 운(運)의 반대편은 위축되고 무력화되는 양상으로 오행적 허결함이나 문제점을 읽어줘야 한다. 申년에 寅을 관(官)으로 쓰는 사람은 직장문제, 이동수, 구설 잡음, 시비수가 동반되는 양상이 발생한다.

2. 충(沖)

沖은 역마 작용이 크고, 서로의 역량을 강화시키거나 삭감시키는 작용을 한다. ①충전 ②재생 ③경쟁의 조건을 의미하고 때로는 ④파괴의 작용도 발생한다. 수술 조정 형벌의 작용력으로 의료, 법무, 세무, 전문기술(건축 토목 기계 중장비 설계 디자인) 자격 분야의 종사자들에게 주로 나타난다

1) 천간 沖

"하늘끼리의 충은 스스로가 풀어낸다(적천수 천미)."

천간의 충(沖) 작용은 오행적으로 충돌하여 발생되는 것으로 자신의 오행과 7번째 만나는 오행과 충(沖)을 하게 된다. 그래서 칠충(七沖), 칠살(七殺)이라고 한다.

천간의 충(沖)은 순수한 오행이 가지는 본질의 차이에서 오는 것으로 일종의 극(克)하는 개념으로 접근할 수 있다. 따라서 하늘에 뿌려진 기운이 극(克)함으로 발생하는 정신적 갈등, 투쟁성 정도로 해석한다. 운(運)에서 들어올 때는 충(沖)에 의한 동요로 발생하는 사건성 정도로 확장하면 된다.

천간 충(沖) 작용은 일반적인 육친론적 해석으로 이해할 수 있다. 지지(地支) 상충(相沖)은 현실적 사건성 및 결과물이 다양하게 일어난다. 천간 충(沖)은 정신적 갈등 양상을 의미하며 팔자

원명(原命)에 있으면, 충(沖)과 관련된 직업(군, 법무, 건축, 토목, 기술 계통)에 쓰이기도 한다.

천간 충은 다음과 같다.
甲庚 甲戊 乙辛 乙己 丙庚 丙壬 丁癸 丁辛 戊壬 己癸

2) 지지 沖

양(陽)과 양(陽)끼리 충(沖)하고, 음(陰)과 음(陰)끼리 충(沖)하는데, ①역마작용 ②파괴 재생산 ③새로운 전환 ④변화 등의 발생을 의미한다. 고부가가치의 기술성, 특수성, 능력을 소유하며 법무, 사법, 의료, 세무, 회계, 금융, 전문 특수기술, 자격 분야에 두각을 나타낸다.

(1) 자오(子午) 충: 심성은 정직하지만 소심한 면이 있고 매사 신중하지 못하고 변덕이 심하다. 결정을 번복하는 경우가 많다. 직업은 ①법무 ②사법 ③의료 ④건축 ⑤부동산 ⑥엘리베이터 ⑦컴퓨터 의료분야(산부인과, 비뇨기과)에 인연이 많다. 건강으로는 신경 정신계통, 심장, 신장, 위장, 치질 등의 질병에 취약하다.

(2) 축미(丑未) 충: 재산, 토지, 문서로 인한 다툼, 손재수, 시비수가 많다. 직업은 ①건축 ②토목 ③전문기술(조경, 설계) ④

부동산 분야에 인연이 많다. 건강으로는 위장, 소화기 계통이
취약하다.

  (3) 인신(寅申) 충: 매사 서두르는 경향이 많고 투쟁심이 강하
며, 꾀돌이가 된다. 직업은 ①항공 ②무역 ③유통 ④판매 ⑤건
축 ⑥토목 ⑦해외 비즈니스 ⑧의료분야(치과, 정형외과) 인연이
많다.
  대·세운에서 인신 충은 직장변동, 주거 변동, 남녀 애정 관계
발생을 유도한다. 팔자에 寅申 沖 있으면 애정 문제, 이혼, 이별
의 아픔이 따른다. 건강은 혈압, 수족 장애, 심혈관계통이 취약
할 수 있다.

  (4) 사해(巳亥) 충: 소심한 성격, 구설, 시비, 논쟁이 많다. 대
인관계 각별히 조심해야 한다. 직업은 ①해운 ②무역 ③수산업
④종교 ⑤철학 ⑥유통 ⑦의료분야(정신과, 신경외과)에 인연이
많다. 건강은 신장, 방광, 심장, 뇌 질환 계통이 취약하다.

  (5) 진술(辰戌) 충: 심고, 뽑고, 가색격으로 ①법무 ②사법 ③
컴퓨터 ④정보 ⑤엘리베이터 ⑥시설임대업 ⑦건축 ⑧토목기술
⑨유흥 ⑩의료분야(치과, 한의대)에 인연이 많다. 건강은 위장
병, 심혈관계통이 취약하다.

(6) 묘유(卯酉) 충: 타인과의 충돌 시비수가 많다. 역시 꾀돌이 인자로 융통성이 뛰어나다. 주거 변동이 심하다. 무리한 투자나 사기를 조심해야 한다. 직업은 ①건축 ②토목 ③정밀기술 ④교육 ⑤의료분야(치과, 피부과)에 인연이 많다. 건강은 ①간 ②폐 ③신경계 ④수족계통의 질병에 약하다.

3) 천간 삼기(三奇)

엄밀히 보아 合은 아니다. 뜻을 이루어내는 ①목적성 ②확실한 자기 의사 표현 ③정신적인 목표 지향성을 상징한다. 천간 삼기라도 제대로 그 뜻을 발현하려면, 지지(地支)환경이 천간 삼기의 근(根)이 될 수 있는 구조로 지지(地支)에 세력이 잘 형성돼야 더욱 귀(貴)하게 쓸 수 있다.

유년의 해석에서 천간에 삼기를 채울 때, ①승진 ②사업장 확장 등의 변화가 많다. 천간에 삼기를 채우는 부부인연도 궁합론에서는 길(吉)하게 본다.

천간 삼기는 다음과 같다.

甲戊庚 乙丙丁 辛壬癸

시	일	월	년
	甲	戊	庚
	寅	寅	

건록격. 일간이 재관(財官)을 감당할 만하다. 천간 삼기를 형성하여 더욱 길(吉)하게 발전을 거듭할 수 있도록 정신적 충일성을 열어준다.

3. 형(刑)

형(刑)은 충(沖)과 유사하고, 수술, 조정, 깎고, 다듬고, 조정하는 직업분야에 인연이 있다.

(1) 인사신(寅巳申): 지세지형(막강한 힘을 믿고 과시하다 화를 당한다). ①정밀기술 ②수술 ③의료자격 ④규모 있는 무시무시한 것을 다루는 분야 ⑤역마 분야에 인연이 많다.

(2) 축술미(丑戌未): 무은지형(은혜를 모르고 배신한다). ①건축 ②토목 ③부동산 ④원예 농사 ⑤기술 분야 인연이 깊다. 육친의 상실, 시비 구설이 따른다.

(3) 자묘(子卯): 무례지형(예의 없는 짓을 한다). 이성 관계, 애정수가 많고 수술수, 구설 시비가 있다. ①법무 ②건축 ③토목 ④이·미용 ⑤의류 분야에 종사자가 많다.

(4)진진(辰辰), 오오(午午), 유유(酉酉), 해해(亥亥): 자형살(自刑殺). 서로 다투고 자학하는 별. 주로 ①전문기술 분야 ②건축

③토목 ④군 ⑤법무 ⑥사법 ⑦재무 ⑧회계 ⑨의료 ⑩한의학에
인연이 많다.

4. 파(破)

내부적인 조정, 변동, 기술 가공을 의미한다. 파(波)는 형(刑)
처럼 외부적인 가공, 기술 형질의 큰 변동, 변화를 도모하는 게
아니라 작고 내부적인 것, 크게 드러나지 않는 양상의 작은 조정
변화를 의미한다. 원명(原命)에 있으면, ①기술 분야 ②특수 행
정 ③회계 ④재무 등 전문분야에 인연이 깊다.

파(波)살은 다음과 같다.

子酉, 丑辰, 寅亥, 午卯, 戌未, 巳申

5. 해(害)

'해치다, 손해보다, 방해하다'라는 뜻. 육합을 방해하는 충(沖)
의 인자가 해(害)가 된다. 부부 합(合)이자 음양 합(合)인 육합을
방해함으로써 운(運)에서 들어올 때 여러 가지 ①구설 ②조정
③실수 ④건강 불안 등을 야기하는 부정적인 작용을 한다. 원명
(原命)에 있으면 사회활동에 따른 잔잔한 ①구설 ②시비 ③건강
불안을 암시한다. 항상 말조심, 행동조심으로 뜻하지 않은 오해
나 구설을 피해야 할 것이다.

해(害)살은 다음과 같다.

卯辰, 寅巳, 丑午, 子未, 申亥, 酉戌

제5절

각종 신살의 이해

1. 공망살(空亡殺)

하늘과 땅의 별자리의 각도가 어긋남을 의미한다. 육친적인 작용력이 상실된 것으로 용도를 채우기에 부실하여 더 많은 노력과 보상으로 충족됨을 의미한다. 대체로 원천적인 부실함은 극복이 어렵다. 공망의 모양을 그대로 취하는 게 피흉취길이 된다.

재관(財官)의 공망은 세속적 번영이 약화되고, 식상(食傷)의 공망은 건강과 수명 불안을 의미하며, 비겁(比劫) 공망은 형제무덕을 암시한다. 예를 들면, 임자일주의 경우 식상 공망이다. 자식 자리 불안, 내지 건강 불안이 따른다. 대체로 수명이 삭감된다. 부귀빈천의 굴곡이 강하다. 식상을 주거지로 통변하면 식상 공망을 주거 안정 불안(객지출향)도 된다. 사해 만리를 다니거나 발령 따라 움직인다. 또는 교대근무가 된다. 공망을 식상으로 쓰니 ①공갈빵 장사 ②말로 뻥치는 사업 ③종교 ④철학도 가능하다. 말빨로 먹고 산다.

공망은 일주와 년주를 중심으로 둘다 해석한다. 즉, 갑자가 일주 또는 년주면 戌亥가 空亡이다. 공망 조견표를 참조하시오.

※ 공망 조견표

갑자	갑술	갑신	갑오	갑진	갑인
을축	을해	을유	을미	을사	을묘
병인	병자	병술	병신	병오	병진
정묘	정축	정해	정유	정미	정사
무진	무인	무자	무술	무신	무오
기사	기묘	기축	기해	기유	기미
경오	경진	경인	경자	경술	경신
신미	신사	신묘	신축	신해	신유
임신	임오	임진	임인	임자	임술
계유	계미	계사	계묘	계축	계해
戌亥	申酉	午未	辰巳	寅卯	子丑

2. 12운성의 이해

12운성: 천간(天干)과 지지(地支)의 기운이며 시간의 변화 관계를 의미한다. 갑(甲)일간 입장이면, 亥子丑寅卯辰 운(運)을 만났을 때 자신의 기질, 에너지를 펼치는 힘이 강화되는 흐름으로 해석하며 단순한 길흉(吉凶)의 문제로 보는 것은 아니다.

辰巳午未 구간을 운(運)에서 지나가면 오행적으로 水가 약화되니, 水를 재(財) 관(官)으로 쓰는 사람은 사회적인 활동성의 위축을 가져오니 활발한 활동성은 제한된다.

이러한 운(運)의 변화에 따른 ①제한된 조건 ②환경의 기운적 운동성을 팔자 자체의 간지(干支)를 보고 운(運)의 흐름에 따라 간지의 기운을 읽어낸다. 재(財), 관(官)이 위축된 대운(大運)이라 하여, 반드시 망하는 게 아니다. 단지, 제한된 조건과 환경을 부여할 뿐이다. 그 조건과 환경에 순응하면 잘 먹고 잘살 수 있다. 다만, "역행하면, 그 해로움을 당하고 지나간다."라고 보라!!.

12운성은 주변 간지(干支)의 모양과 육친의 해석을 통해 전체적인 통변의 한 도구로써 활용할 때, 정확한 통변술이 나온다는 것을 잊어서는 안 된다.

12운성에 양생음사, 음생양사론이 있다. 양(陽)은 氣의 드러난 세계를 의미하고, 음(陰)은 質로서 양(陽)의 이면에서 작용하는 실질적인 힘, 기질, 기운을 의미한다. 丙이 酉에 死하면서 丁이 장생한다는 것은, "태양 빛의 에너지는 점차 약화되지만, 태양의 열에너지는 그 이면에 세력이 남아 있다."라는 해석이다.

구분	장생	목욕	관대	건록	제왕	쇠	병	사	묘	절	태	양
甲	亥	子	丑	寅	卯	辰	巳	午	未	申	酉	戌
乙	午	巳	辰	卯	寅	丑	子	亥	戌	酉	申	未
丙(戊)	寅	卯	辰	巳	午	未	申	酉	戌	亥	子	丑
丁(己)	酉	申	未	午	巳	辰	卯	寅	丑	子	亥	戌
庚	巳	午	未	申	酉	戌	亥	子	丑	寅	卯	辰
辛	子	亥	戌	酉	申	未	午	巳	辰	卯	寅	丑
壬	申	酉	戌	亥	子	丑	寅	卯	辰	巳	午	未
癸	卯	寅	丑	子	亥	戌	酉	申	未	午	巳	辰

12운성 조견표

(1) 장생(生): 비집고 뚫고 올라온 상태. 어둠을 깨고 올라온 기운, 사명, 소명을 가지고 나온 기상, 팔자에 장생지가 있으면 믿을 구석이 있다. 특유의 낙천성. 뱃속에서 태어난 아기와 같다. 명랑, 쾌활하다.

(2) 목욕(浴): 사리 분별력이 만들어지는 상태. 운의 상승 기운에 목욕은 희생, 소모도 따르니, 호주머니에 돈 나갈 일이 많다. 그러면서 귀엽다, 시선 집중의 별이 되니, 어린아이에서 소년기까지다.

(3) 관대(冠): 사모관대를 쓴다. 성장하여 어깨가 벌어진 상태. 몸은 성장했지만, 정신은 아직 미성숙한 몸만 커진 상태. 청년기의 이팔청춘. 팔자에 관대가 있으면 열정이 있고, 신분, 계급장이 만들어지는 단계인데, 대체로 철이 좀 없다. 내가 최고라는 자신감이 강하다. 겁 없는 10대의 기질이 있다.

(4) 건록(綠): 신분이 완벽히 형성되어 장성한 20대 후반~30대까지의 단계. 강한 의지력을 행사할 수 있는 실질적인 힘과 기운을 의미한다. 건록이 있으면 공직 조직생활 감투에 인연이 많고 성정이 강하다.

(5) 제왕(旺): 양보가 없는 최상의 전성기. 30대 후반~40대까지 단계. 자기 분야 전문가로서의 전성기를 의미하는 기운. 팔자에 제왕이 있으면 고집이 강하고 전문성이 있다.

(6) 쇠(衰): 활동성에 점차 둔화가 오기 시작하는 단계. 40대 후반~50세까지. 내부적으로 싸움을 싫어하고 전투력은 삭감된다. 능구렁이 같은 여유와 융통성, 노련함이 있는 시기. 팔자에 쇠지(衰)가 있으면 대체로 노련한 여유와 힘이 있다.

(7) 병(病): 은퇴 시기를 의미. 50세~60세까지로 활동성이 두드러지게 약화된다. 정신적인 여유나 철학적 사유는 깊어지고 외향적인 활동성이 둔화되니 종교, 철학, 교육성으로 쓰는 기운이다.

(8) 사(死): 사회적 활동성이 꺾인 상태. 60대 이후~70대까지. 팔자에 사지(死)가 있으면 ①종교, ②철학, ③교육의 별로 정신

적인 힘으로는 가능하다.

(9) 묘(墓): 거의 병(病)들어 죽음의 상태로 관속에 갇힌 형태로 운기는 미미하고, 모양은 없는 기운이다.

12운성상 월지가 병(病) 사(死) 묘(墓)지면 ①정신적인 일 ②교육 ③설계 ④디자인 ⑤아이디어 분야 인연이 있다.

(10) 절(絶): 더 이상 누구도 기억을 못 하는 추억이 돼버린 상태. 절처봉생으로 다시 새로운 시작을 위한 기운을 만들어내는 시기.

(11) 태(胎): 엄마 뱃속에 잉태된 상태. 역량이 조금씩 만들어지는 기운. 이때부터 양기(陽氣)의 기운이 점차 시생하는 단계로 묘절(墓絶)을 지나온 사람이 태지(胎)운으로 접어들면 숨통이 열리기 시작한다. 꿈과 희망을 꿈꾸는 시기.

(12) 양(養): 장생을 앞두고 뜻을 펼치기 위해 준비된 상태를 의미한다. 팔자에 절(絶), 태(胎), 양(養)이 있으면 아직은 장생하지 못한 음(陰)의 세계에서 꿈을 꾸는 단계. ①무형의 세계, ②정신적, ③종교적, ④교육적인 기질을 발현하고 남과 나는 다르다는 식의 묘한 정신적 투쟁성과 사고력을 가진다.

실전통변술에서 12운성 활용법을 예를 들면,

12운성	絶	胎	養	生	浴	帶	冠	旺	衰	病	死	墓
甲	申	酉	戌	亥	子	丑	寅	卯	辰	巳	午	未

己일간이 甲을 배우자로 쓰는 경우, 지지(地支) 환경에 신유술을 가지고 있으면 어떨까요? 잘 보시면, 甲이 절지(絶), 태지(胎), 양지(養)에 임하니 지지(地支) 세력이 약하다. 하늘에 있으니 명(名)중심의 관(官)이 배우자로 직장조직생활로 쓸 수 있지만, 현실의 경제적 실리는 약하니 사업하면 망한다.

반대로, 지지(地支)환경에 寅卯辰을 깔고 있으면 名實공히 자타공인이 되니 유명유실(有名有實)의 남편이 된다.

이럴 때 명예보상도 아주 크고, 격(格)이 좋으면, 사업도 가능하다. 수(水)일간이 甲木을 식신으로 쓰면 지지에 寅卯 록지(綠), 왕지(旺)에 임하면 자타공인 실력 행사 가능한 재능의 별로 다양하게 써먹는다. 하지만 지지(地支)에 申酉 절지(絶), 태지(胎)에 임하면 지상에 세력이 없어, 그 뜻이 ①정신적, ②종교적, ③교육적인 별로 식신을 쓰게 된다. 이런 차이를 염두에 두고 육신의 작용을 활용해서 추리한다.

> **TIP**
>
> 적천수에 이르기를 "양간은 氣를 따르고 세를 쫓지 않는다." 하였다. 양간(陽干)은 그대로 쭉 밀고 나가는 힘이다. 그래서 팔자에 양팔통이 고집이 세고 밀어붙이는 힘이 좋다. 음간(陰干)은 세력에 따라 모양을 수시로 바꾼다. 달(月)은 수시로 반달, 초승달 조건 따라 변모시키는 굴신성이 강하다. 이것이 음(陰)의 속성이다.

시	일	월	년
	戊	戊	
	寅	子	

　건명. 원명(原命)에 부인이 子정재다. 이런 경우 부인자리가 불안하다. 丙申년 子中 지장간 癸水정재는 申에 12운성상 사지(死)에 들어간다. 壬편재는 장생한다. 부인이 아파서 병들어 드러눕거나 바람을 피우기도 하고, 마누라가 도망가거나 이혼하기도 한다. 단, 떨어져 살면서 애인을 만나면 액땜하는 경우도 있다. 아무튼, 팔자 원명(原命)에 불안요소가 있고 운(運)에 걸리면 부인의 배우자로서의 역할이 삭감되거나 애정에 굴곡을 많이 겪는다. 지지인자론에서 申중 壬은 잉태, 생산, 애정사를 의미한다. 실제 이 명조의 주인공은 丙申년 바람이 났고, 아내는 몸이 아파 병원을 수시로 다니는 한 해가 되었다.

3. 양인살(羊刃殺)

　형벌을 맞는 살로서 횡폭, 성급함을 나타내기도 하고, 자존심과 독립심이 강한 특성을 나타낸다. 백호살과 괴강살도 양(陽)적 기운이 강한 신살이다. ①자기주장이 강하고 독립심이 있으며 ②사주원국에 오행 편중성이 심하면 강하게 작용되고 ③일주와 월주에 특히 강한 작용력이 발생한다. ④양인이 중첩하거나 백호살, 괴강살이 중첩되면 더욱 강하다 ⑤물고 늘어지는 기질 전투력의 상징이며 인성(印星)을 대용해서 취득할 수 있는 자격증, 유자격의 전문성을 키워주는 별이 된다. 큰 발전을 이룩할 수 있는 힘도 되지만, 때로는 본인도 양인의 칼에 살이 베이는 고통이 암시된다.

직업으로는 ①군인, ②경찰, ③법무, ④사법, ⑤회계, ⑥금융, ⑦의료, ⑧전문기술직 자격증 분야에 많이 나타난다. 양인살 대운(大運)은 큰 압력을 가하여 폭발적인 성장을 이루거나 재물을 크게 잃기도 하는 별이 된다. 직업적인 전문성은 강화되고 가족, 육친, 재물 손재가 붙는 경우가 많다.

시	일	월	년
庚	丙	戊	丙
寅	午	戌	辰

건명. 양인살과 괴강살이 중중하다. 현재 경찰공무원으로 재직 중인 팔자.
양인살은 다음과 같다.

일간	甲	乙	丙	丁	戊	己	庚	辛	壬	癸
양인	卯	辰	午	未	午	未	酉	戌	子	丑

4. 괴강살(魁罡殺)

북두의 천괴(天魁)와 천강(天罡)이 합쳐진 의미로 양(陽) 기운이 강한 신살이다. 괴강살이 있으면 유머 감각과 리더십이 있고 승리욕이 강하다. 타고난 팔자의 그릇에 따라 호불호가 있다. 원국이 극히 불미하면 인생이 뜻대로 되지 않는다. 범죄, 범법, 감옥 가는 별이 되기도 한다. 자신감과 독선이 공존하는 경우가 많다.

①군인 ②경찰 ③교육 ④특수 기술 ⑤엔지니어링 계통에 종사자가 많다. 괴강살은 사기주장, 독립심, 독선적 경향, 잦은 사고 출몰, 일주와 월주에 있을 때, 백호, 양인 등 중첩될 때 그 기질이 강화된다.

시	일	월	년
戊	戊	戊	甲
午	戌	辰	子

건명. 괴강살이 중첩되어 있고 지지(地支)에 진술 沖이 있다. 진술 沖은 심고, 뽑고, 넣고, 빼고, 오르고, 내리고가 된다. ①건축 ②토목 ③컴퓨터 ④정보 기술 ⑤의료 계통 인연이 있다. 이 명조의 주인공은 컴퓨터 프로그래머. 정보를 넣고, 빼고가 된다. 괴강이 중중하여 상당한 실력자로 인정받는 유능한 인재다. ①괴강의 힘과 ②백호대살 ③상충살의 압력이 유능을 만들어 낸다.

괴강살은 다음과 같다.

庚辰, 壬辰, 戊戌, 庚戌.

5. 비인살(飛刃殺)

　양인살에 충(沖)하는 지지(地支)가 비인살을 만들어 낸다. 비인은 날카로운 칼날과 같고 들어내지 않고 숨겨둔 무기. 기술적인 재능이 뛰어나다. 양인만큼 강렬함은 없지만, 은근히 강한 고집과 집중력을 상징한다. 사주 구조가 좋으면 상당한 실력자로 인정을 받고, 사주 구조가 불미하면 모험을 좋아하다가 한방에 파산하거나 남에게 사기도 잘 당하는 별이 된다. 직업적으로 자르고 붙이는 날카로움으로 ①금융 ②회계 ③재무 ④수사 ⑤정보 ⑥정밀한 기술공학 계통 종사자가 많다.

　비인살은 다음과 같다.

일간	甲	乙	丙	丁	戊	己	庚	辛	壬	癸
비인	酉	戌	子	丑	子	丑	卯	辰	午	未

6. 백호대살(白虎大殺)

　양기(陽氣)가 강한 신살이다. 자존감, 자신감이 강하고 고집이 쎄다. 자신이 옳다 믿으면 밀어붙이는 힘이 있고 장악하는 실력과 리더십이 따르니 사주 구조가 좋으면 매우 유능한 별이 되고, 그렇지 않으면 구설, 시비, 송사, 사고수로 통변이 가능하다.

①자존감 고집 ②잦은 사고수 ③일주와 월주에 작용력이 강하고 중첩되거나 괴강 양인이 중중할 때 더욱 강화된다. 직업적으로 ①군 ②법무 ③사법 ④금융 ⑤회계 ⑥의료 ⑦전문기술 ⑧가공분야 종사자가 많다. 대운(大運)에서 백호대살을 만나면 볼륨을 크게 키우는 효과가 있다. 즉, 외형의 발전을 크게 만들어 내는 별이다. 이 시기 팔자원국에 따라 잘못하면 크게 패(敗)하고, 재물 파산을 가져오거나 건강이나 육신에 장애가 따르기도 한다. 운(運)의 흐름이 좋으면 폭발적인 성장을 만들어내는 압력을 의미한다.

백호대살은 다음과 같다.

甲辰, 乙未, 戊辰, 丁丑, 丙戌, 癸丑, 壬戌.

시	일	월	년	乾命
庚	甲	庚	丁	
午	辰	戌	卯	

壬寅	癸卯	甲辰	乙巳	丙午	丁未	戊申	己酉	運路
75	65	55	45	35	25	15	5	

이 명조는 갑진일주. 백호대살에 괴강살이 중첩되어 있다. 진술 沖, 투쟁심이 있다. 현직 경찰공무원. 정미대운 천을귀인 대운(大運)에 입사하여, 연속 특진(임진년, 을미년)을 거듭한 건명(乾命)이다.

용쌤: 양인, 괴강, 백호, 비인살 대운(大運)에는 크게 성장하여 발전을 거듭하거나, 망거나 하는 식의 변폭을 크게 키우는 효과가 있다. 타고난 팔자의 그릇에 따라 긍정과 부정의 기운을 달리 쓰는데 보통 규모 있는 사업이나 명함을 뚜렷하게 만들고 금전, 재물 발전을 이루는 통로, 확장, 변화를 크게 유도한다. 다만, 팔자의 격(格)이 탁(濁)하고 그릇이 불안하면 이 시기에 크게 망하거나 재물의 쇠퇴를 유도한다. 원명(原命)의 타고난 격(格)과 그릇에 따라 길흉(吉凶)작용이 크게 유도되는 대운(大運)이니 면밀한 관찰이 필요하다.

7. 금여살(金與殺)

온후, 유순, 음덕을 상징하고, 몸가짐에 절도가 있고, 숨어있는 음덕(陰德)이 많다.

금여살은 다음과 같다.

일간	甲	乙	丙	丁	戊	己	庚	辛	壬	癸
금여	辰	巳	未	申	未	申	戌	亥	丑	寅

8. 암록(暗綠)

기본 의식주, 식록을 보호한다는 암시가 있다. 뜻밖에 귀인의 도움을 받는다는 별로서 영리하고 남모를 복록이 있다.

암록은 다음과 같다.

일간	甲	乙	丙	丁	戊	己	庚	辛	壬	癸
암록	亥	戌	申	未	申	未	巳	辰	寅	丑

9. 천을귀인(天乙貴人)

일간	甲	乙	丙	丁	戊	己	庚	辛	壬	癸
천을귀인	丑	申	酉	酉	丑	申	丑	寅	巳	巳
	未	子	亥	亥	未	子	未	午	卯	卯

천을귀인은 총명과 지혜가 있고, 흉(凶)이 변하여, 길(吉)해진
다는 최고의 길신을 의미한다. 팔자에 천을 귀인이 있으면, ①한
평생 복록이 따르고, 사회에 신용이 있으며, ②성정이 활발하고
조상 음덕을 받으며, ③사고가 나도 살아남을 수 있는 행운을
상징한다. 천을 귀인은 형, 충, 파, 해, 공망 되면 작용력이 삭감
되고, 왕성한 십이운성과 함께 있으면 복록이 강화된다.

오래도록 인연할 수 있는 문서나 일을 할 수 있는 힘과 저력을
상징하기도 하며, 대운(大運)에서 천을 귀인 대운(大運)이 들어
오면 ①노하우 ②전문성 ③금전 ④재물 ⑤발전 및 ⑥신분이 높
은 사람들과 교우할 수 있는 인간관계가 형성된다. 천을 귀인은

문창귀인과 함께 팔자에 있으면 더욱 길(吉)하고, 귀족과 같은
신분 상승의 별을 의미한다.

하지만 천을 귀인 中 축미(丑未), 신자(申子), 유해(酉亥), 인오
(寅午), 사묘(巳卯)와 같이 양귀(陽貴) 음귀(陰貴)가 중복되어 팔
자에 있으면, ①묘한 긍정심 ②왕자병 ③공주병으로 현실 감각
이 무뎌져서 오히려 사회 활동성에 장애의 별이 되기도 한다. 이
럴 때 사기를 잘 당하며 감언이설에 속아 크게 재물을 잃기도
하며 명예가 손상된다는 암시가 있으니 귀인(貴人)의 해석에 융
통성 있는 접근이 필요하다. 오히려 천을 귀인이 무능(無能)을
상징하는 별이 되기도 한다.

시	일	월	년
甲	丙	丁	丙
午	寅	酉	辰

건명. 부모궁인 월지(月支)에 酉정재가 천을 귀인이 있다. 부
친이 서울대를 졸업한 엘리트로 변호사다. 집안에 재산이 많고,
좋은 가문이다. 모친은 이화여대를 졸업했다. 이 명조의 주인공
은 고려대를 졸업하고 지방의대를 편입한 피부과 의사다. 시지
(時支)에 양인살의 압력과 자격증 甲편인이 寅에 록지(綠)라 자
타공인이 된다.

10. 홍염살(紅艶殺)

붉을 紅, 고울 艶으로써 붉고, 곱다는 의미를 가진다. 이성을 유혹하는 끼의 발산을 의미한다. 도화살은 시선 집중으로 사람들이 끌려오는 힘을 의미하고 홍염살은 사람들을 유혹해서 은근하게 끌어오는 힘을 의미하기도 한다. 도화살과 홍염살은 비슷한 속성을 가진다. 애정적인 별로는 홍염살이 끼를 발휘하는 능력이 좀 더 강하게 해석되고, 도화살은 프로페셔널 직업적인 별로서 더 강하게 해석한다.

아무튼, 도화와 홍염은 인기지상으로 사람을 끌어모으는 묘한 매력이나 힘이 있다. 그래서 도화와 홍염은 현대사회에서 있는 것이 좋다. 인기가 있어야 뭐든 먹고 살 수 있는 방편이 된다.

홍염살은 충(沖)을 받으면 잘 쓰지 못한다. 홍염살 대운(大運)의 경우에도 작용력이 있다. ①시선 집중 ②자타 공인 ③인기를 주도하는 환경의 형성과 ④애정사로 인한 구설도 동반된다.
홍염살은 다음과 같다.

일간	甲	乙	丙	丁	戊	己	庚	辛	壬	癸
홍염	午	午	寅	未	辰	辰	戌	酉	子	申

11. 천라지망(天羅地網)

戌亥가 천라(天羅)이고, 辰巳는 지망(地網)이라 한다. 팔자에 천라지망은 활동성의 제한, 지연을 주고, 자기 사업의 경우 굴곡을 심하게 유도한다. 따라서 천라지망살이 원명에 있으면 활인지명으로 ①종교, ②철학, ③교육 등으로 사용되고, 대체로 사회적인 보상이 작은 직장 조직생활에 인연이 많다. 인연법의 경우에도 천라지망 띠의 경우에는, 인간관계에 대체로 굴곡이 많다.

천라지망살은 다음과 같다.

戌亥, 辰巳

12. 귀문관살(鬼門關殺)

사주에 귀문관살이 있으면 엉뚱한 발상, 독특한 상상력 또는 원국이 불미하면 과대망상, 신경과민에 잘 빠진다. ①종교 ②철학 ③교육 ④연구직에 두각을 나타내기도 하고 ⑤특수한 재주나 ⑥기술로도 나타나는 별이 된다.

일지와 월지, 일지와 시지에 귀문관살이 같이 있으면 유독 집착성이 강하고 신경질적이며, 남이 안 하는 짓(특이한 짓, 생각, 공상)을 잘한다.

귀문관살은 다음과 같다.

子酉, 丑午, 寅未, 卯申, 辰亥, 巳戌

13. 평두살(平頭殺)

평두살은 "머리가 평평하다.", "머리를 깎아서 머리카락이 없다."를 의미한다. 즉, "사바세계를 떠났다"가 된다. 팔자에 4개 이상 이거나 3개가 있고, 대운(大運)에서 1개를 더 채우면 작용된다.

주로 과거에는 스님, 목사, 역술인, 무당이 될 팔자로도 보며 현대사회에서는 ①종교 ②철학 ③교육 ④학자 ⑤의료 ⑥공무원의 별로도 쓰며, 사주격(格)이 불미하면 애정 불안, 장애, 막힘, 사회성 둔화를 의미한다. 대운(大運)에서 평두살을 채우면 활동성의 제약, 제한, 구설, 시비를 야기하며, 주로 활동 가능 분야가 ①정신적인 것 ②종교 ③철학 ④교육 ⑤의료 ⑥분식점 ⑦폼 안 나는 형태의 규모 작은 자영업 정도 가능하다. 대체로 이 평두살이 채워지는 대운(大運) 구간은 애정 굴곡, 동거불안이 동반된다. 세운(歲運)에서는 작용력이 다소 약하다.

평두살은 다음과 같다.

甲, 丙, 丁, 壬, 子, 辰

14. 현침살(懸針殺)

팔자에 현침살이 있으면 ①의약 ②의류 ③의료 ④군인 ⑤이미용 ⑥종교 ⑦철학 등에 인연이 깊다. 현침살은 말을 함부로 하는 경향이 있다. 항상 구설, 시비에 조심해야 한다. 현침살 대운(大運)은 분리, 분쟁, 시비수가 따르니 매사 인간관계에 각별히 조심해야 한다. 호사다마격의 갈등 양상이 대·세운에 수시로 발생한다.

현침살은 다음과 같다.

甲, 申, 卯, 午, 辛

15. 문창귀인(文昌貴人)

두뇌 총명, 식신작용과 같다. 육친상 글, 공부의 경우는 문창귀인이 인성(印星)작용을 대용해서 쓰고 자기 재주를 발산해내는 능력, 기술성, 삶의 낙천성을 상징한다. 글공부 재능, 고부가 가치의 기술 능력 등 다양한 능력과 재능을 암시하니, 팔자 원명(原命)에 문창 귀인은 천을귀인과 더불어 아주 좋은 길신(吉神)이 된다.

문창귀인 대운(大運)은 ①활동성의 발전 ②새일 가담 ③규모 확장 등 외형발전을 유도하는 인자로 작용한다.

문창귀인은 다음과 같다.

일간	甲	乙	丙	丁	戊	己	庚	辛	壬	癸
문창	巳	午	申	酉	申	酉	亥	子	寅	卯

16. 격각살(隔角殺)

일지	子	丑	寅	卯	辰	巳	午	未	申	酉
격각	寅	卯	辰	巳	午	未	申	酉	戌	亥
	戌	亥	子	丑	寅	卯	辰	巳	午	未

一字가 간격된 것으로, 한 칸 떨어져 있는 것을 의미한다. 격각살은 일종의 역마살과 비슷한 작용을 한다. 또한, 격각살은 삼합(三合)의 운동성이 다르기 때문에 발생하는 압력 차이로 나타난다. 즉, 원명(原命)에 격각이 있으면, 역마살 작용으로 보고, 운(運)에서 들어 올 때는 격각 맞은 간지를 제대로 쓰지 못하고 제한된 조건부로 고달프게 사용하게 된다.

시	일	월	년
甲	丙	丁	丙
午	寅	酉	辰

정재격. 을미년에 유(酉)정재가 격각이 된다. 즉, 정재가 제 기능을 발휘하지 못하니 이 시기에 ①배우자 인연 불안, 동거불안, 건강불안 ②금전 ③재물 흐름에 굴곡 ④사회적 활동무대의 왜곡(구설, 시비수)이 발생한다. 실제로 乙未년에 부인이 교통사고로 입원을 했고, 손재수가 들어 많이 힘들었던 한 해가 되었다.(직업: 피부과 의사).

17. 음양차착살(陰陽差錯殺)

일주가 음양차착살에 해당하면 ①고독 ②외로움 ③이별수를 상징하고 배우자 인연을 제한하여 고독수, 공방수로도 본다. 대체로 음착살은 배우자 인연의 굴곡을 많이 주는 별이다. 여자 음착살의 경우, 그 집안에 남자가 희손(稀孫), 남자 형제가 드물고 성장과 더불어 객지로 떠나 남자 형제 인연이 박(薄)하다.

음착살은 다음과 같다.

丁丑, 丁未, 辛酉, 辛卯, 癸亥, 壬辰, 壬戌, 丙午, 壬戌, 戊寅, 戊申

18. 천의성(天醫星)

사주에 이 살이 있으면 ①의료, ②교육, ③봉사, ④복지 등 활인업에 종사하는 경우가 많다. 팔자에 격(格)이 낮으면, 남자는 기술 계통 엔지니어, 여인은 술집, 유흥인자로 쓰게 된다. 천의성은 다음과 같다.

월지	子	丑	寅	卯	辰	巳	午	未	申	酉	戌	亥
천의	亥	子	丑	寅	卯	辰	巳	午	未	申	酉	戌

19. 고신·과숙살(孤身·寡宿)

고신(孤身)살은 외로운 몸, 고독이며 과숙(寡宿)살은 과부를 의미한다. 이처럼 고신·과숙살은 애정운이 불미하다. 주로 년지(年)를 기준으로 보지만, 대운(大運)과 세운(歲運)에서도 작용력이 있으므로, 고신·과숙살 대운(大運)을 지날 때, 애정운이 불안하고 ①독수공방 ②배우자 동거불안(출장, 교대근무) 등 애정안정이 안 된다. 고신·과숙살은 다음과 같다.

과숙살	丑	辰	未	戌
	寅	巳	申	亥
년지	卯	午	酉	子
	辰	未	戌	丑
고신살	巳	申	亥	寅

20. 고란살(孤鸞殺)

여명(女命)의 일주에 해당하며, 고란살(孤鸞殺)이 있으면 고집이 세고 주관이 강하여 고독한 별이 된다. 대체로 혼자 살거나 성혼이 늦고, 애정 관계에 굴곡이 많음을 암시한다. 대체로 남편이 ①국가 공직 ②의료 ③교육 등 활인업 ④사해만리를 돌아다니는 해운업 ⑤해외 종사자로 동거가 불안할 경우는 작용력이 삭감되는 경우가 있고, 일반적으로 고란살이 있으면 부부궁이 불미하고 고독하다라는 암시가 있다.

고란살에 해당하는 일주는 다음과 같다.

甲寅, 乙巳, 丁巳, 戊申, 辛亥

21. 상문·조객살(喪門·弔客)

상문·조객살은 년(年)이나, 일(日)의 전후 두 번째 글자에 해당한다. 우환과 초상, 곡사를 의미하기도 하고 주로 대운(大運)이나 세운(歲運)에서 들어올 때 육친의 이별수로도 통변이 가능하다. 주로 가까운 친척이나 지인 중에 발생하는 초상, 곡사, 개인 사회 활동의 장애와 방해요소로 고달픔을 겪는다.

즉, 상문·조객살이 원명(原命)에 있으면 역마살 관련 직업(발령따라 움직이는 공직, 전기 전자 통신 항공 조선 분야 등 직업적인 환경으로 감당하고, 운(運)에서 들어 올 때는 ①역마(이동수) ②이별 ③곡사 ④초상이 따른다.

상문·조객살은 다음과 같다.

조객살	戌	亥	子	丑	寅	卯	辰	巳	午	未	申	酉
년지 일지	子	丑	寅	卯	辰	巳	午	未	申	酉	戌	亥
상문살	寅	卯	辰	巳	午	未	申	酉	戌	亥	子	丑

22. 탕화살(湯火殺)

탕화살(湯火殺)의 구성은 축(丑), 인(寅), 오(午)일에 출생자를 의미한다.

명조의 주인공은 반드시 축, 인, 오 일(日)이어야 하며, 2글자

이상이 팔자명조에 있거나 운(運)에서 들어오면 탕화살 작용이
발생한다.

특히, 운(運)에서 만나면 탕화작용이 가중된다. 탕화살을 지
닌 사람은 신약하면 정신쇠약, 우울증이 심하고, 신강하면 외골
수, 독불장군, 안하무인격의 성정을 드러낸다.

직업적으로는 ①약사 ②종교 ③철학 ④스님 ⑤위험물(가스,
기름, 화공약품, 소방용품)을 다루는 직업에 인연이 있다.

운(運)에서 탕화살 작용이 들어오면 건강, 화재, 인간관계, 사
고수 등 신수에 각별히 조심해야 한다.

23. 급각살

급각살(急脚殺)은 크게 다치거나 골절, 낙상, 고혈압, 신경통,
관절염이 잘 생길 수 있다. 급각살은 다음과 같다.

월지(月)	寅卯辰	巳午未	申酉戌	亥子丑
급각살	亥 子	卯 未	寅 戌	丑 辰

24. 단교관살

단교관살이 있으면 낙상 골절 고소공포증 신경통이 잘 생길
수 있다. 단교관살은 다음과 같다.

월지	子	丑	寅	卯	辰	巳	午	未	申	酉	戌	亥
단교 관살	亥	子	寅	卯	申	丑	戌	酉	辰	巳	午	未

제6절

12신살의 이해

1. 12신살(神殺)은 그 종류가 12가지가 되어 12신살이라고
한다. 12지지(地支)에 대비하여 지지(地支) 대 지지(地支)관계
에 따른 ①조건 ②변화 ③변동으로 발생되는 현상 관계를 의미
한다. 주로 년지(年支)와 일지(日支)를 각 지지(地支)에 대비하여
응용하고 구성 원리는 지지(地支) 삼합(三合)에서 근거하고 있
다. 우선 사주의 구성은 4기둥이고, 12신살은 지지(地支) 4개에
발생하는 지지(地支) 대 지지(地支) 신살 관계에서 발생하는 제
한된 ①환경 ②조건 ③한계를 의미한다. 실제 간명에서 12신살
은 상당한 적중률을 나타낸다.

특히, 대운(大運)과 세운(歲運)에서는 활용도가 상당하다. 또
한 월운(月運)과 일진에서도 확장해석이 가능한 영역이니 여러
분이 본 저서(著書)와 함께 많은 연구를 해보기 바란다.

2. 삼합의 첫 자는 지살(地殺), 중간자는 장성(將星)살, 끝 자

는 화개(華蓋)살

삼합(三合)의 첫 자 충(沖) 역마(驛馬)살, 중간자 충(沖) 재살 (災殺) 끝 자 충(沖) 월살(月殺), 삼합(三合)의 첫 자 다음 년살 (年殺), 중간자 다음 반안(攀鞍)살, 끝 자 다음 겁살(劫殺), 삼합 (三合)의 첫 자 앞 천살(天殺), 중간자 앞 망신(亡身)살, 끝 자 앞 육해(六害)살이 된다.

3. 12신살의 운(運)의 해석은 대운과 세운에서 큰 차이가 없다.
※ 12신살 조견표(年支 기준으로 보되, 일지는 참조하여 본다.)

일/년지	겁살	재살	천살	지살	년살	월살	망신살	장성살	반안살	역마살	육해살	화개살
寅午戌	亥	子	丑	寅	卯	辰	巳	午	未	申	酉	戌
申子辰	巳	午	未	申	酉	戌	亥	子	丑	寅	卯	辰
巳酉丑	寅	卯	辰	巳	午	未	申	酉	戌	亥	子	丑
亥卯未	申	酉	戌	亥	子	丑	寅	卯	辰	巳	午	未

1. 겁살(劫殺)의 이해

삼합 끝 자 다음 자(字)에 해당한다. 인(寅), 신(申), 사(巳), 해 (亥)가 겁살이 된다. 12운성상 절지(絶)에 해당하여 대외적인 활 동성이 위축되므로 향후 엎어버리기 위한 다짐, 계획, 투쟁심의 발현으로 목적을 실현하기 위해 숨어서 때를 기다리는 단계. 개 혁, 쿠데타, 투쟁심, 엎어버린다. 마음먹은 것을 해내는 각오, 다짐, 차압, 압수, 수색, 구속한다를 의미한다.

따라서 원명(原命)에 있으면, 직업군이 주로 ①군인 ②법무 ③사법 ④의료 ⑤교육 ⑥금융 ⑦회계 ⑧전문기술가공 자격증 등 권력성, 투쟁성, 기술성, 직업분야에 인연이 있다. 겁살 대운(大運)은 자기 존재 양식을 숨긴다. 즉, 포장하여 감추는 운동성으로 제한된 조건, 불편한 조건을 감당하고 이룬다는 별이 된다. 겁살이 세운에서 들어오면 생각지 않은 ①갑작스러운 조정 ②변화 ③발령 조건을 감당해야 하는 상태, 그러한 조건에 의해 희생 국면으로 진행될 수밖에 없는 환경을 의미한다.

이런 경우에 금전, 재물, 지출이 동반되고 일종의 역마살 작용으로 먼 곳으로 이동 발령, 출장, 중앙무대 이탈, 끄트머리, 외진 곳, 변두리, 먼 곳 이동 등 사회활동에 변화를 주기도 한다. 또한, 겁살 년에는 주로 수리, 보수 공사 등 고치고, 조정해야 할 일들이 많이 생긴다. 이 또한 겁살작용이다. 원명(原命)에 정록(正錄)이 겁살에 임하면 대부(大富), 대귀(大貴)의 조건이 충족되며, 재성(財星)이 겁살이면 강도나 도둑에 의한 탈재(奪財)를 의미하기도 하고, 세운에서 들어올 때도 그러한 양상이 발생한다. 그릇이 나쁘지 않고, 일종의 용신(用神) 역할을 겁살이 담당하면 해외, 무역, 유통, 전기, 전자, 통신, 법무, 사법, 계통 분야에 실력자가 된다는 암시가 있다. 그릇이 나쁘면 도둑, 깡패,

강도, 양아치의 속성을 가지고 살아가기도 한다.

겁살의 압력은 결국 도둑맞거나 도둑이 되거나 강권지살로 칼자루를 쥐고 흔든다가 된다. 여명(女命)에 겁살 맞은 관(官)을 두고 있으면 그릇이 나쁠 때 겁탈당하거나 남성 기피 혐오를 의미하고 그릇이 좋으면 배우자의 직업이 강권지살로 긍정적인 배우자로서 통변이 가능하다.

지지(地支)에 재성(財星)이 무력하고, 천간(天干)에 겁살이 임하면 돈에 도둑이 붙었다는 해석이 가능하다. 투자 손실이 잘 따르는 편이고, 비견이 겁살이면, 친구 때문에 돈을 잃을 수 있다.

1) 궁성론

(1) **월지 겁살**: 역마 관련 직업, 부모가 겁살 맞은 환경, 경제적으로 힘들었다. 돈 문제, 부모 형제 애정사 발생, 부모가 촌동네 시골동네가 고향이다. 객지출타 자수성가했네. 겁살 쓰는 직업 분야

(2) **일지 겁살**: 타지에서 만난 여인, 나보다 아래 그룹. 내 밑이다. 말발이 세다. 애정 불안은 따른다.

(3) **시지 겁살**: 떨어져 사는 세월, 말년에 애정 동거 건강 불안

시	일	월	년
壬	丙	庚	乙
辰	午	辰	卯

건명 편관격. 亥卯未생 기준 신(申)이 겁살에 해당한다. 申은 천간에 庚金과 같다. 지지(地支)에 무근(無根)하여, 투한 경(庚)은 천간 겁살에 해당한다. 돈만 생기면 노름에 투기하고 돈 빌려주고 돈 떼이고, 일용직을 전전하는 신세로 전락했다.

2. 재살(災殺)의 이해

재살은 삼합 가운데 자(字)와 충(沖)하는 자(字). 재살이 원명(原命)에 있으면 ①스파이 ②비밀사 ③두뇌 총명 ④꾀돌이 기질이 있다. 일명 수옥살(囚獄殺)이라 한다. 12운성상 태지(胎)에 해당. 자(子)오(午)묘(卯)유(酉)에 임하는 재살(災殺)은 송사, 시비, 관재, 망신, 구속 등 재난살이 된다.

정인(正印)이 재살에 해당하면 감옥 갔다 나오는 혁명가와 같다. 재살은 새로운 에너지의 기운이 축적되어 반전을 위한 발판이 된다. 즉, 겁살 대운(大運)에서 고군분투했으면 재살 대운(大運)에서 대반전의 서막을 알린다. 겁살 대운(大運)에 죽을 고생을 했으면 재살 대운(大運)에 숨통이 열린다. 참을 만큼 참아 왔다, 뭔가 보여주겠다. 자신의 실력을 키워 오다, 재살 대·세운에는 객지 이향, 타향에서 조건부로 성공, 발전, 번영의 기틀을 마련한다. 시비송사가 많이 발생한다. 그러므로 관재(官災)를 조심해야 하며, 일종의 역마작용으로 먼 곳 출입, 이사, 이동수가 많이 붙는다.

재살이 원명(原命)에 있는 사람은 권력 지향적이고 타인을 압도하는 눈빛, 언어 구사능력, 상황판단능력이 탁월하여 꾀돌이다. 새로운 변화를 위한 설계, 행동적 충일성, 가치실현의 에너지이며, 역마살로 ①해외 출입 ②발령 따라 움직이는 직장 ③조직 생활 ④무역 ⑤유통 영업 ⑥대민 상대업 등 인연한다.

재살띠 하고는 동업이나 돈거래를 하지 말라! 꾀돌이한테 당한다. 격(格)이 낮고 명(命)이 탁(濁)하면 범법자, 사기꾼, 도둑놈이 많고, 격(格)이 높고 명(命)이 청(淸)하면 군경, 수사기관, 권력자가 된다.

여자 팔자에 관성(官星)이 재살(災殺)이면 남편 이향 살이, 먼 곳 출입, 사해만리를 다니거나 감옥에 가거나 동거관계를 불안 동요케 한다. 남편(배우자)과 송사(訟事)할 일거리가 많이 발생한다. 세운의 해석에서도 대운과 비슷한 양상을 보이니 같은 논리로 해석한다.

1) 궁성론

(1) **월지 재살:** 역마살 직업(항공 무역 해외, 자동차, 전기, 전자, 통신, 부동산) 조상과 부모궁 궤적이 다르다. 조상 인연의 왜곡, 잘나가는 조상이 부모 때에 무너지거나, 조상 인연의 왜곡이 따른다.

(2) **일지 재살:** 인생관이 다른 배우자, 삶의 양식 해결수단이 다르다. 극복하기 힘든 인생관, 장녀, 장남과 인연 고집 이 세다.

(3) **시지 재살:** 자식과 떨어져 사는 세월 직업이나 부모 사업 계승 불가, 인생관 가치관이 다른 자식, 독자 사업, 면허 증 인허가 관련 특수직 종사. 재살에 도화살이 묻으면 인기인, 유명, 연예 방송 인터넷, 강사 교수 등

시	일	월	년	甲午	癸巳	壬辰	辛卯	庚寅	己丑	戊子	丁亥	運路
己	癸	丙	庚	78	68	58	48	38	28	18	8	
未	亥	戊	戊									

건명. 잡기에 정인격. 丁亥대운 겁살 대운(大運)
에 丙정재 절지(絶)에 겁재 대운 겁살을 맞아 집안
이 망했다. 온 집안에 차압 딱지가 붙었다.

절처 봉생하여 무자대운 재살(災殺) 대운(大運)에 해외로 이
민을 간 후, 고생 끝에 점차 자리를 잡고, 己丑대운 지나 庚寅대

운 지살 대운(大運)에 정재 병(丙)장생하면서 무역, 유통, 납품업을 대기업(己未편관)과 손잡는 형태의 작은 규모의 사업을 시작하여 해외에서 성공 발전을 이룬 고무 가죽류 납품 용역회사 사장님 명조.

3. 천살(天殺)의 이해

천살은 삼합의 첫 자(字)의 앞 자(字). 12운성상 양지(養)다. 신(神)과 조상이 있는 방향이며, 천살이 월지(月支)에 있으면 대체로 긍정적이고 직업 환경의 조건으로 쓴다.

주로 ①종교 ②교육 ③의료 ④부동산 ⑤세무 ⑥회계 ⑦기술 자격증과 관련된다. 천살 대·세운에는 하늘의 왕명, 염라대왕의 조건으로 활동성에 제약이 따른다. 마음 편히 할 수 없는 조건을 부여한다. 즉, 손윗사람의 도움으로 일을 추진하는 것은 크게 설치지 않고 가담하면 보상이 따르고 본인 개인사업을 독자사업으로 추진하거나 일을 벌이면 일에 막힘과 장애가 따른다. 천살이라는 활동성의 제약조건에 맞지 않기 때문이다.

천살 대·세운에 오는 질병은 ①중풍 ②뇌출혈 ③하반신 마비 등 중증질환이 잘 발생하고 병에 걸리면 쉽게 낫지 않는다. 천살 방향에는 종교 물상(불경책, 성경책, 염주 등)을 두어서는 안 된다. 태어난 시(時)에 천살이 놓이면 자식이 임금 노릇 하니 많은 것을 희생하고 보태줘야 하는 자식인연이 된다. 일지(日支) 천살은 배우자가 왕 노릇 한다. 때로는 일지(一支) 천살을 직업성으로 배우자의 직업이 의료, 교육, 사회복지 등 일에 종사하는 경우도 있다. 천살 세운은 실속 없는 껍데기 운(運)을 만들지만 때로는 일종의 횡재수, 안 팔리던 부동산이 매매되는 경우도 많다.

천살은 대·세운에서 올 때 대체로 불편한 조건과 상황을 만들어 남의 눈치를 보면서 행동하니 제약이 많다. 임금님(천살) 행차로 손발이 불편해지고 자꾸 고개를 숙여야 하는 상황을 연출한다.

1) 궁성론

    (1) 월지 천살: 대체로 직업적으로 긍정적, 고상하고 기품 있는 유명한 직장 조직 등, 부모궁에 천살이라 종교성이 짙다. 일지보다 천살이 윗그룹이면 부모에게 도움을 받는 성향, 부모는 자식을 챙겨야 하는 불편한 현실이다. 천살은 하늘을 바라보는 기운이라 강한 에너지가 내재하여 있다.

    (2) 일지, 시지 천살: 큰 욕심, 자기가 神처럼 행동하는 특유의 성향, 정신적인 불안성도 따른다. 고상한 것을 추구한다.

시	일	월	년	乾命	庚辰	辛巳	壬午	癸未	甲申	乙酉	丙戌	丁亥	運路
甲	辛	戊	乙		78	68	58	48	38	28	18	8	
午	亥	子	卯										

식신격. 丙戌대운은 띠를 중심으로 천살이자 백호대살에 임하고 12운성상 丙정관 입묘(墓), 乙편재(부친)입묘(墓), 식신 子격각 되어 부친의 사업이 크게 실패하여 망하였다. 丙戌대운 甲戌년, 천살세운, 백호대살이 든 해에 해병대에 지원, 자원입대 후 훈련 중에 손과 어깨를 심하게 다치는 사고를 겪었다. 2006년 丙戌년 천살세운에 러시아로 직장문제로 파견을 갔다. 러시아에 거주하면서 러시아 현지 여인과 결혼 후, 수산물 유통회사(외국계 기업)에 근무.

4. 지살(地殺)의 이해

삼합의 첫 자(字)이고 12운성상 장생지(長生)다. 이사, 변동, 새 출발, 새 일 가담 등 역마성 인자를 상징한다. 지살은 스스로의 변화·변동에 의한 움직임 시작, 새로운 무대 발판 변동을 의미하는데, 원명(原命)에 있으면 먼 곳 출입, 재화의 변동이 빈번한 많은 사람을 상대하는 접객성, 대민상대 출장, 교대근무가 많은 직업에 인연이 많다.

지살이 놓인 간지는 인(寅)신(申)사(巳)해(亥)가 되는데, 주로 해외, 무역, 유통, 법무, 사법, 의료, 교육, 회계, 금융, 기술가공분야(먼 곳에 재화의 출입이 빈번한 수출입 관련)에 인연이 많으며,

대운(大運)에서 지살대운이 오면 새로운 시작, 출발, 무대 활동을 크게 열어 쓰는 등의 활동성이 강화된다. 대운(大運) 양상이 좋은 흐름이면 크게 발전하는 계기·발판이요, 운의 흐름이 나쁘면 점진적으로 힘들게 망해가는 발판이 된다. 지살은 세운(歲運)에서도 자의에 의한 새로운 활동무대 변동을 의미한다.

간판을 걸 때는 지살 방향으로 거는 게 좋으며, 역마살 방향은 부정적인 의미가 있다. 팔자 원명에 지살이 재성과 관성으로 쓰는 명(命)은 대운에서 육해살이 들어오면 지살인 재관(財官, 활동무대)이 움직이지 못하는 답답함을 심하게 당한다. 세운에서 육해살운에 걸리면 진행되는 사건, 프로젝트 활동 등이 일시 정지, 멈춤, 휴식기로 들어간다.

예를 들어, 기(己)土 일주가 寅 정관을 지살로써 활동 무대, 조직 직장으로 쓰는 명(命)이면 육해살이 되는 유(酉)년에 범이 닭에 몰려 도망가는 꼴이 되어, 필시 조직 내 분란 사고, 문제 갈등 구설이 심하게 들어온다.

유독 지살(地殺)을 재(財)관(官)으로 쓸 때 육해살이 들어오는

세운은 세밀한 관찰이 필요하다.

지살은 교통수단이 되므로 버스(寅), 기차 지하철(申), 비행기(巳), 배(亥)가 된다. 재성(財)이 지살이면 돌아다니며 돈 버는 직업이고, 배우자를 돌아다니다가 만났다는 암시가 된다.

원명(原命)에 지살이 세운에서 형(刑), 충(沖) 될 때 노상사고 및 교통사고 등 사고수에 조심해야 한다. 지살이 인(寅)이나 사(巳)에 임하고 관인에 해당하면 항공사, 관광, 무역업, 승무원이 많다.

지살이 인성이면 어학분야에 인연이 있고, 沖맞으면 해외 유학 길을 간다.

팔자(八字) 원명(原命)에 지살이 있으면 대체로 운동신경이 좋다. 지살, 역마는 스피트, 순간 동작을 의미한다.

1) 궁성론

(1) **월지 지살**: 항공, 무역, 유통, 해외, 전기, 전자, 통신, 특수자격증 등 인연이 따르고 부모 자수성가 새로운 가업을 이루어냄

(2) **일지 지살**: 배우자 객지 인연, 전문가, 자격증 특수 면허, 부모로부터 혜택을 받은 배우자

(3) **시지 지살**: 부모 조상 뜻의 부합하는 자식 객지 번영

시	일	월	년
壬	壬	乙	戊
寅	申	卯	辰

곤명. 상관격. 신(申)지살이 편인에 임하고, 무(戊)토(土)편관과
소통(申辰 삼합). 寅申沖과 申辰合으로 충(沖)중에 봉합(縫合)이
라 꾀돌이 기질로 머리가 영리하다. 항공사 승무원. 지살이 편인
이라 어학이 뛰어나다.

5. 년살(桃花殺)의 이해

도화살은 년살(年殺)로 삼합의 첫 자(字)인 지살(地殺) 다음 자
(字)다. 12운성상 목욕지(沐浴)로 함지살이라고도 한다. 도화살
은 붉은 복숭아꽃으로서 촉촉한 연못지에 핀 함지(咸池)에 비유
한다. 눈웃음과 볼우물이 매력 있는 사람은 도화살이 있다. 치
장하다, 꾸미다, 가꾸다, 예쁘다, 사교력의 상징으로 자타공인 시
선 집중의 능력을 의미한다. 남들에게 과시할 수 있는 폼 나는
무기, 눈에 보이지 않는 묘한 매력의 상징도 된다. 도화살은 기
(氣)의 집중을 의미하니 유능을 상징한다.

태어난 시(時)에 도화살이 있으면 자랑할 만한 자식, 인기 연
예 인자로서 사람들의 관심과 주목을 통해 활동하는 분야, 대민

상대, 접객성 인자로도 가능하다. 대운(大運)의 간섭이 불리하면 도화살의 긍정적인 영향력은 삭감되어 빛을 발하기 어렵다.

대체로 도화살은 긍정적인 기능을 가지지만, 타고난 사주 격(格)과 그릇에 따라 풍류성 인자로 유흥, 소비, 골칫거리, 지출의 별로도 볼 수 있다. 도화살 대·세운은 자타공인 유명을 상징하나 대체로 소비 지출이 많고, 예쁜 옷, 예쁜 집, 폼 나는 가게, 남자는 고급 자동차가 좋아 보이는 시기가 된다. 유능으로서 인정도 받지만, 풍류, 유흥으로 인한 여러 가지 분란과 갈등 구설도 많이 들어온다. 이 시기에 병원 출입 등의 건강 신수 불안요소도 있는데, 이것은 도화가 옷을 벗는 동작을 상징하여 옷을 갈아입고 병원에 드러누우니 병원 출입 건강 불안도 된다.

육친에서는 일종의 상관성과 유사하다. 아무튼, 팔자 원명(原命)에 있으면 자기 분야 프로페셔널 실력자로 보며, 대운(大運)과 세운(歲運)에서 들어올 때는 시시한 거, 폼 안 나는 것 하기 싫고, 때깔 좋은 거, 폼 나는 게 예뻐 보이고 자타 공인 시선 집중의 별이 되니, 이 시기 많이 벌고 많이 쓰고, 생산, 소비, 지출, 건강 불안 등도 동반되는 흐름으로 통변 가능하다.

가령, 신(新)제품을 개발하여 등록, 특허(자타공인)를 통해 제품 판매 시 돈을 많이 버는 것도 되며, 이로 인해 주변에 품위유지로 많은 지출을 하고, 그러다 보니 스트레스 누적에 따른 건

강 불안으로 병원에 입원도 하게 되는 운이다. 이런 내용을 종합
적으로 통변할 수 있다.

도화살이 천을 귀인이면 ①유흥업 ②모텔업 ③보험업 ④대민
상대 영업 ⑤여자와 관련된 여성업종이 잘 된다.

1) 궁성론

(1) **월지 도화**: 부모가 고상하고 이쁜 거, 유흥 인자, 나의 직
업이 시선을 모으는 인기, 폼, 대중 상대, 유명을 의미

(2) **일지 도화**: 배우자 인기, 유명, 프로페셔널 장남 장녀 고
상한 거 폼 나는 소비 지출이 많은 조건부 배우자

(3) **시지 도화**: 자식이 유명 인기인, 소비 지출이 많은 잘난
자식이다. 대운이 불미하면 골칫거리 자식이 된다. 시지
에 도화를 두면 자식 자리에 돈 들어갈 일 생기거나 자
꾸 신경 쓰인다. 소년 시절 사춘기 진통의 자식이 있다.

6. 월살(月殺)의 이해

월살은 삼합의 끝 자(字)와 충(沖)하는 자(字)다. 일명 고초살이
라고 한다. 12운성상 관대지(冠帶)다. 辰戌丑未에 임하는 월살은
고갈(枯渴)을 의미하여 무자(無子), 허영, 접신(接神), 우울증, 무
기력을 야기한다. 때로는 상속, 증여, 주변에 따른 타의(他意)에

의한 혜택을 가져온다. 음성소득, 눈에 드러나지 않는 정신적, 종교적, 교육적, 유흥 임대, 시설 임대 등도 월살 작용과 관련있다. 결혼을 택일할 때는 꼭 월살 일을 뺀다. 고초(枯草)라는 것이 씨가 마른다는 의미라 결혼, 성혼에는 흉(凶)일로 간주한다.

명(命) 내에 월살과 화개살이 있으면 신체상에 장애를 앓아 보거나 금전 재물, 부모 혜택의 삭감, 가족 건강문제로도 본다. 월살 대·세운은 뜻하지 않은 상속, 증여의 별로 금전, 재물의 음성적 취득 또는 종교, 철학, 교육, 해외 비즈니스(달빛 아래라 해외로 통변)의 별로 사업의 변모가 이루어지거나 폼이 안 나는 형태의 사업장 변경, 변화를 유도한다.

월살 대·세운에는 신약사주의 경우 무기력증, 우울증, 공허감이 생긴다. 월살을 팔자 명조에서 쓰고 있는 사람이 세운에서 화개살 세운이 간섭하면 화개작용과의 충(冲)에 의한 삭감으로 제한적으로 쓰는데, 대체로 흉(凶)할 때는 몰락, 퇴직, 수술 등으로 보고, 길(吉)할 때는 개편, 정리, 새 출발의 시발점이 되기도 한다.

월살이 있는 사람은 대체로 **빼빼** 마른다. 신약사주가 원명(原命)에 월살이 2개 이상이면 정신적인 목마름에 신흥 종교나 무속에 빠지기 쉽다. 월살을 직업궁으로 쓰면 달빛 무대(어둠, 폼 안 나는 곳)에 내 직업이 있다. 즉, 달빛이라는 환경의 제한된 조건으로 쓰니, 그 형태가 폼이 잘 안 난다. 달빛은 밤이요, 정신을 상징하니, 교육, 의료, 먼지 날리는 곳, 폼이 안 나는 후미진 곳에 사업장이나 직장이 있고, 유흥, 시설 임대, PC방, 노래방, 호프집, 포장마차, 분식집 등 가능하고, 공직의 속성을 취하면 교대 근무(남들 다 잘 때 나는 일한다)가 된다. 또는 달밤에 출근하는 야간대학 교수, 밤에 일하는 직업, 먼지 날리고, 기름때 묻은 공장지대, 시골 촌 동네 속성을 가진다.

1) 궁성론(년지 기준)

(1) **월지 월살:** 역마 관련 직업(항공, 무역, 유통, 부동산, 먼 곳출입), 금융, 회계, 연구직(夜中), PC방, 유흥 임대, 호프집 등, 부모가 월살 맞은 환경, 객지 이향 살이, 조부와 부모가 갈등, 돈 문제, 조상 가업, 제사 문제 등 궤도가 달랐다.

(2) **일지 월살:** 달빛 아래 내 아내가 있다(교직, 연구직, 변화적은 직장 생활, 가정주부, 종교성이 짙다), 알 수 없는 아내, 이해 불가 궤도가 다름

(3) **시지 월살:** 떨어져 사는 세월, 먼 곳, 객지 나간 자식, 부동산 문서 재산 중심, 외국 해외 인연, 남들 눈을 속이는 재주, 이중성, 이중 직업, 꾀돌이 기질

시	일	월	년
辛	癸	戊	甲
酉	巳	辰	寅

곤명. 정관격. 寅생 기준 辰정관 직장이 월살이다. 월살이 정관에 임하였다. 무(戊)정관이 월지에 통근하였고 백호대살로 세력이 있으며 인(寅)상관이 간섭한다. 상관속성으로 교육분야로 갔고, 직장이 월살 맞아 국립대 야간대학에 출강하는 시간 강사가 되었다.

7. 망신살(亡身殺)의 이해

망신살은 삼합의 가운데 자(字) 먼저 앞의 자(字)다. 12운성상 록지(綠)가 된다. 망신이란 구설, 시비, 잡음의 대명사로도 해석한다. '비웃음거리다'라는 의미. 처녀, 총각이 옷을 벗어 비웃음거리가 되는 것은 연애 인자로 해석하여 결혼, 성혼의 시기가 되었다로 본다. 이성이 잘 붙는다. 나이 든 노인(老人)이 옷을 벗으면 병원 출입으로 확장해석이 가능하다.

망신살이 원명(原命)에 있으면 주로 주목받고 알려지고 관심이 집중되는 별이며 유머 감각이 있고 재야(在野)의 학자, 선비가 된다. 남자는 대체로 호연지기가 있고 여자는 여장부 기질이 있다. 월지(月支)가 망신이거나 인성이 망신이면 모친이 재취로 들어왔거나 한(恨)이 많다.

일지(日支)가 망신이거나 재성(財星)이 망신이면 금전, 재물로 망신 보는 일이 생기거나 배우자에 대한 불만이 많다. 어디든 장소 불문하고 마누라(배우자) 흉(凶)을 잘 보아 망신스럽게 만든다. 시지(時支)가 망신이거나 자식별이 망신이면 자녀 일로 망신스러움을 당한다는 암시가 있다. 망신살이 생왕(生旺)하고 길신(吉神)이면 이러한 흉(凶)은 사라지거나 반감된다.

망신살 세운(歲運)은 오래 묵었던 숙제를 다 풀고 평가를 기다리는 운(運)으로 긍정적으로는 ①시험 합격 ②승진 ③직장을 구함이 특히, 망신살 세운에 가능하다. 부정적으로는 신상에 ①망신수 ②부끄러움 ③비난의 대상이 되기도 한다. 망신살 대운(大運)은 사회적 활동성이 활발하고 신분 상승, 사회적 안정을 도모하면서 발전하는 흐름이며, 운(運)이 나쁘게 작용하면 과욕(過慾)으로 인해 무리한 일을 도모하다가 망신을 당한다가 된다.

즉, 망신살 대·세운은 타고난 그릇에 합분(合分)하여 발전을 구하면 성장, 발판의 동력이 되고 안정을 구할 기회를 제공받지만, 감당하기 힘들 만큼의 투자, 투기 확장, 대출을 구하거나 직장인의 경우 말실수로 인해 크게 망신을 보거나 실패(失敗)를 자초할 수 있는 운(運)이기에 그에 맞게 처신하는 지혜가 필요하다. 팔자 원명(原命)에 망신살이 있으면 남들 보기 부끄러움을 감당하고도 내가 해야 하는 일종의 사명(司命), 숙명(宿命)으로도 해석이 되고 스스로가 극복하거나 감당하여 하고 싶은 것, 이루고 싶은 일종의 꿈이 망신살이 된다.

망신살 간지를 직업 분야로 삼으면 매우 오래도록 쓰게 되는 인연이 되고 남들보다 대체로 잘하는 무기가 된다. 망신살은 인(寅)신(申)사(巳)해(亥)가 해당되며 주로 속성이 이사, 이동, 해외 출입, 먼 곳 출입과 관련되고, 분야로는 법무, 사법, 종교, 철학, 교육, 특수기술 가공분야에 상당한 실력자로서 활동할 수 있는 특징이 있다.

대운과 세운에서 들어오는 망신살은 역마작용이 일단 들어옴과 동시에 불평, 불만이 동반됨을 의미한다. 식상(食傷)과 관성(官星)이 망신이면 하는 일과 직장이 부끄러움을 감당하거나 남의 이목과 시선을 감당해야 하는 고충이 따르고, 재성(財星)이 망신이면 아내가 부끄러운 짓을 잘한다. 남들 앞에 들어 내놓기에 왠지 부끄럽다, 또한 말실수를 잘한다. 비겁(比劫)이 망신이면 형제가 부끄럽다. 사회적으로 부끄러움을 감당해야 하는 직업, 남들 이목과 시선을 집중 받는 직업을 가진 형제가 있다. 이를테면 환경미화원, 중고차 매매, 식육점, 외판 영업사원, 고물상, 배 타는 직업, 역술인 등. 이처럼 육친성을 바탕으로 확장해석을 해보면 다양한 통변이 가능하다.

1) 궁성론

(1) 월지 망신살: 역마살 직업(항공, 무역, 해외, 자동차, 전기, 전자, 통신), 쑥스러움 우스깡스런 직업(개그맨, 강사), 부모가 객지 이향 살이 고생을 많이 했네.

(2) 일지 망신살: 배우자 자리에 망신이 있다. 신분이 높은 직업(공직, 자타공인 유명 직장), 와이프 흉을 잘 본다. 때론 망신 짓을 당하는 아내

(3) 시지 망신살: 유명 인기 강사, 개그맨, 시선을 모으는 직업의 자식 인연, 유머 감각이 있다. 인기가 있다. 먼 곳 출입 객지에 자식이 떨어져 산다.

시	일	월	년
壬	辛	丁	壬
辰	亥	未	申

곤명. 편관격. 신(申)생 기준 해(亥)상관이 망신살이다. 해(亥)상관을 사회활동의 구체적인 도구로 쓰게 된다. 현재 직업이 대기업 해운회사에 재무회계를 담당한다.

未편인에서 투출된 丁편관은 대기업이 되고 亥상관에 지장간 甲정재가 월급봉투며 상관 기술성을 쓰니 회계직으로 돈을 다룬다. 亥未合으로 官과 관련되니 직장의 돈(甲)을 다루는 일을 한다.

또는 亥中 甲木이 바다 위에 둥둥 떠다니는 배가 되고, 해운

회사가 되며 未土천살(함부로 다루기 불편한 영역)이 돈 통이 되니, 해운회사에서 재무(財務)를 담당한다.

8. 장성살(將星殺)의 이해

장성살은 삼합의 가운데 자(子)로 재살(災殺)을 沖하는 자(子)다. 12운성상 왕지(旺). 장성이란 중앙을 장악 지배하는 힘, 중심을 의미한다. 사회적인 중심 역할, 자유로운 영업직, 새일 가담, 프로젝트, 특수 임무 수행을 의미한다. 원명(原命)에 장성살이 있으면 자기중심적인 기질, 개성이 뚜렷하고, 고집이 있다.

대운과 세운에서 장성살 운(運)은 상기 내용처럼 특수 임무, 프로젝트에 가담하는 일들이 자주 발생한다. 즉, 사회적으로 주동적인 역할을 수행하는 운이다. 자(子)오(午)묘(卯)유(酉) 왕지(旺)의 특성상 쉽게 양보하지 않고 밀어붙이는 힘이 있고, 사회적 명예(名) 인기는 긍정적으로 보나 대체로 경제적 실리보상 및 건강적인 측면은 매우 제한적이며 장애가 따를 수 있다.

장성살 운(運)은 항상 주변 사람, 인간관계, 구설 시비, 금전 시비, 재물관계, 건강 신수(과로)에 각별히 주의해야 한다. 자오묘유 일주(日柱)는 다 고집이 세다. 자존감이 강하고 개성이 뚜렷하며 자의식이 강하다.

1) 좌표론

   (1) **월지 장성살**: 대체로 직업적으로 긍정적, 직업성이 뚜렷, 자타공인 자격 면허증 직장에 색깔이 좋다. 개성이 뚜렷, 자기중심적 기질, 부모가 장녀 장남 고집이 세고 뚜렷한 직업성 한길 인생 장인정신이 돋보인다

   (2) **일지 장성살**: 배우자 장남, 장녀 많고 고집이 세다.

   (3) **시지 장성살**: 자식이 고집 세다. 직업성이 뚜렷 전문기술 사격증 분야 인연

시	일	월	년	乾命	丙戌	丁亥	戊子	己丑	庚寅	辛卯	壬辰	癸巳	運路
丙	丁	甲	辛		73	63	53	43	33	23	13	3	
午	巳	午	未										

건록격. 이 명조는 띠 기준 辛卯대운(장성살) 癸巳년, 巳역마살 세운에 직장생활이 적성에 맞지 않아 회사를 그만두고, 자유롭고, 독자적인 일을 하고 싶어, 필리핀으로 여행사 가이드로 취업하러 떠났다. 척추 측만증이 심해 군대는 면제를 받았다.

이처럼 장성살 대운(大運)은 ①독자적인 사업이나 ②특수 임무, ③자유 영업직으로 방향 전환이 잘 이루어진다.

건록격에 甲정인은 유자격 형태의 자기 사업이 가능한데 년간 辛편재의 간섭이 직장생활보다 자기 사업이나 일 프리랜서(성과

급)에 관심을 가지며 조후가 火득세하니 해외로 나가버린 케이스. 이처럼 조후실조는 외국계 해외와 인연이 많다. 조후실조에 甲정인은 통상 유학을 많이 간다.

시	일	월	년
甲	辛	庚	甲
午	酉	午	寅

건명. 월지(月支)에 午편관이 띠를 중심으로 장성살에 임하여 세력이 있고 당당하며 甲寅에 오행 대세를 받고 있다. 지살 寅과 午가 삼합(三合)으로 무리 지어 官이 세력이 좋아 자타공인 대기업(○○전자) 간부가 되었다.

※ 용쌤 인(寅)지살은 전기, 전자, 통신, 항공, 무역에 인연이 깊다.

9. 반안살(攀案殺)의 이해

반안살은 삼합의 중간 자(字) 다음 자(字)다. 반안살은 높은 자리 말안장으로 해석된다. 귀(貴)한 것을 숨기고 있는 ①보석함 또는 자타 공인의 ②자격증이 된다. 반안살은 천살을 충(沖)하여, 천살의 통제를 벗어남을 의미하니, 구속받지 않고, 프리하게 일하고 싶어 한다. 실속 있게 융통성 있게 살려고 한다. 실리 위주의 별로 긍정적인 의미를 가진다. 원명(原命)에 반안살이 있으면 대체로 자기 분야의 전문가로서 실력이 있다.

다만, 반안살은 묘한 자기 긍정과 현실 도피의 속성이 있어서 대기만성형, 게으름, 지체, 지연의 별이 된다. 팔자 원명(原命)에 반안살이 2개 이상이고 운(運)에서 겹치면 막힘, 장애, 실수로 인한 망신 등 활동성의 위축을 가져다 준다.

대·세운에서 반안살은 크게 성공 발전을 이루기 위한 활동성, 사업 확장, 새일 가담 등에는 대체로 부정적이고, 안정적인 기반 마련 등의 ①보수성 ②안정성 ③현상유지에는 긍정적인 암시가 있다. 반안살은 인생살이에 편리한 도구, 무기가 되기 때문에 원명(原命)에 있으면 긍정적이다.

1) 궁성론(년지 기준)

(1) **월지 반안살**: 전문 자격증 분야, 허레의식보다 실리 추구형, 부모가 실리 추구 경제적 실속이 있다. 이중성, 이중직업 투잡 가능

(2) **일지 반안살**: 배우자 자격증 분야, 실속 있는 배우자

(3) **시지 반안살**: 실속 있는 자식, 자격증 분야, 부동산 토지 문서 인연

10. 역마살(驛馬殺)의 이해

역마살은 삼합의 첫 자(字)를 충(沖) 하는 자(字)다. ①소문 ②소식 ③타의(他意) 변동에 따른 먼 곳 출입을 의미한다. 식상과 관성이 역마살에 놓이면 예술, 예능, 언론, 방송, 교육, 해외 출입, 교대 근무, 출장 많은 전문직종에 인연이 깊다. 일지(日支)에 역마살이 있으면 항상 분주하고, 배필 인연을 구할 때 지방, 객지, 자동차, 버스, 여행 중에 연애사로 성혼(成婚)하며, 직업적 특성도 상기 설명해 드린 직종에 인연이 많다.

대·세운에서 상관(傷官)이 역마면 시비, 구설, 잡음의 동반을 암시하며, 역마살과 지살이 형(刑), 충(沖) 할 때 사고수를 조심해야 한다.

역마살 운(運)은 대체로 객지 출입으로도 해석하며, 삼재의 출발점으로서 여러 가지 구설, 잡음, 활동성에 피곤함을 동반한다.

팔자 원명(原命)에 역마살은 일종의 유능 인자로서 해석이 가능하고 꾀돌이로도 통변한다.

1) 궁성론(년지 기준)

(1) **월지 역마살:** 직업(항공, 무역, 유통, 해외, 전기, 전자 등), 부모 타향살이

(2) **일지 역마살:** 자동차, 지하철 등에서 만난 배우자 인연

(3) 시지 역마살: 자식 먼 곳 출입, 나의 무대가 객지에 인연
이 많다.

시	일	월	년	坤命
癸	庚	丙	戊	
未	申	辰	辰	

戊申	己酉	庚戌	辛亥	壬子	癸丑	甲寅	乙卯	運路
80	70	60	50	40	30	20	10	

편인격. 甲寅대운 역마살 대운(大運)에 庚寅년 역마살 세운에
아랍 항공사에 취업을 하면서 두바이로 이사하였다. 辰辰 自刑
은 龍이 붕붕 날아다니는 물상으로 비행기가 된다. 일지(日支)
申지살 및 申辰 삼합은 영업력 외교력 사람 상대 인연인데 직업
이 항공 승무원이 되었다.

11. 육해살(六害殺)의 이해

육해살은 삼합의 끝 자(字) 앞 자(字)가 육해살이다. 일종의 저
승사자라고도 표현한다. 사람이 감당하기 힘든 강력한 힘, 에너
지로 본다. 팔자 원명(原命)에 육해살이 있으면 오랫동안 앓고
있는 질병이 있다. 일종의 만성질환을 의미한다.

역마살은 삼재의 출발점으로 육해살로 진입하는 통로로서의
이동 수단이고, 육해살은 본인이 감당하기 힘든 강력한 존재(저

승사자)가 된다. 강력한 존재가 옆에 있기에 폭발적인 성장 발전을 이루기도 하고, 크게 실패하기도 한다. 천살의 대행자로서 육해살은 내가 함부로 감당할 수 없는 조건이나 환경을 부여한다.

옛글에는 원명(原命)에 육해살이 있으면 지체 장애가 따르고 매사에 발목을 잡힌다 하여 부정적인 해석이 많다. 요즘은 다양한 실전 사례를 통해 부정적인 요소 외에 긍정적인 여러 가지 상황 조건을 확장해서 해석할 필요가 있다.

조직생활자의 팔자에 육해살이 있으면 대체로 손윗사람의 덕(德)을 암시한다. 다만, 공망(空亡) 되면 삭감되고 반감된다. 직업을 육해살로 쓰면 초능력을 쓰는거라 통상 남들이 쉽게 하기 힘든 분야로 관인소통이 좋으면 금융, 회계, 재무, 법무, 감정, 사법, 의료, 교육계통이고 관인소통이 약하면 전문기술, 자격증, 전기, 전자, 통신, 자동차, 항공분야에 종사하는 경우가 많다.

1) 궁성론(년지 기준)

(1) **월지 육해살**: 교육, 종교, 철학, 공무원, 전문자격증 분야 (고상한 것), 금융, 판단, 감정, 의료, 부모 장녀, 장남, 전문직 인연, 품위 있는 고상한 부모 인연

(2) **일지 육해살**: 신분이 고상한 배우자, 장녀, 장남, 나보다

높은 직분 신분 배우자, 쉽게 넘기 힘든 배우자

(3) **시지 육해살:** 자식 출세 인자, 잘나가는 자식 인연(금융, 의료, 교육, 공공성)

시	일	월	년
戊	甲	癸	甲
辰	子	酉	寅

건명. 정관격. 이 명조는 월지(月支) 酉정관이 육해살에 해당한다. 육해살 관(官)이라 상당한 실력과 힘이 있는 조직이다. 월간 癸정인이 일지 子에 근(根)을 두어, 관인소통이 되었다. 다만 子酉파에 의한 배우자 갈등 및 직장 내 구설이 많을 수 있다. 금융감독원 직원 사주.

시주에 편재가 있다 큰 돈통을 辰子合으로 안고 있으며 월지 직업궁 酉와 辰이 육합으로 무리 지어 재관(財官)을 직업으로 쓰니 금융감독원이 맞다.

12. 화개살(花蓋殺)의 이해

화개살은 삼합의 끝 자(字)다. 화개는 종교, 신앙, 예술, 학문에 해당한다. 화개살이 3개 이상이면 종교계에 귀의하거나 독신이 많다. 사회적인 활동성의 재정비, 재조정, 무대 재편을 의미한다. 원명(原命)에 화개살은 ①종교 ②철학 ③교육 ④의료 ⑤예술 ⑥문화에 인연이 많다.

도화살이 단장하고 치장하고 예쁘게 하는 동작이면 화개살은 화려함을 덮고 마무리 갈무리 포장하는 것 예쁘고 귀(貴)한 것을 정리하여 감추는 행위와 동작을 의미한다.

인성이 화개살이면 모친이 종교성이 깊고, 재성이면 배우자, 관성이면 직업, 비겁이면 형제가 종교, 철학, 교육 등에 인연이 있다. 화개살 대운(大運)은 활동성의 팽창 발전보다는 재생산 반복, 마무리, 중복된 일의 연속성을 상징한다.

화개살대운에 투자하는 등 사업 확장에는 장애가 많다. 종교성, 학술성, 교육성이 주로 발생하고, 시설임대, 유흥, 전문기술 가공 등 폼이 덜 나는 형태의 보수적인 형태의 작은 개발 사업 정도가 인연이 있다. 아무튼, 화개살 대운과 세운은 대체로 답답함을 안고 가니 투자나 사업 확장 등 외형적 확장은 신중해야 한다.

1) 궁성론(년지 기준)

(1) **월지 화개살:** 직업(교육, 종교, 철학, 공무원, 전문 자격증 분야(예술, 의료, 교육), 부모가 종교 인연

(2) **일지 화개살**: 종교 인연, 예술, 교육계 배우자,

(3) **시지 화개살**: 자식 종교성, 예술성, 전문직(금융 회계) 등
인연.

시	일	월	년
庚	癸	甲	甲
申	酉	戌	寅

곤명. 이 명조는 寅을 기준으로 戌화개살 정관을 두었다. 戌
중 戊土(화개살)가 官이 되어 戌물상으로 앉아서 도(道) 닦는 도
인과도 같다. 남편이 스님이다.

실전 사례
연구편

1편에서 신살에 관한 주요 이론들을 정리해 보았다. 2편 신살 강의 실전 사례 연구편은 간지물상과 신살을 중심으로 하는 실전 추명술이다.

1편에서 신살에 관한 주요 이론들을 정리해 보았다. 2편 신살 강의 실전 사례 연구편은 간지물상과 신살을 중심으로 하는 실전 추명술이다.

※ 아래 예시 사례 명조들은 시일월년 역순으로 표기되며, 신살은 년지 기준으로 12신살을 적용한다.

👤 사례 1) 경찰공무원

甲午	辛未	乙亥	甲寅	乾命	癸未	壬午	辛巳	庚辰	己卯	戊寅	丁丑	丙子	運路
장성살	반안살	겁살	지살		74	64	54	44	34	24	14	4	

1) 정재격. 寅中 丙火 正官이 직장이다. 寅재성에 간섭되고 일지에 未편인과 소통을 이룬다. 亥 중 戊土, 寅中 戊土 지장간에 인수가 세력이 암장되어 있다. 즉, 관인소통을 쓴다. 亥水 상관이 財를 보니 식상생재도 가능하다. 조직성, 직장생활과 자기 사업이 가능한데, 辛일간이 지지(地支)에 비견, 겁재, 독립성이 약해 쉽게 자기 사업을 할 수 없다. 무인대운 중반부까지 호텔에서 서비스업을 하였다. 2006년 병술년 경찰공무원시험에 당당히 합격하였다.

2) 직업: 경찰공무원

합격사유는 ①병술년 寅 중 丙官이 세운에서 투출(✎용쌤: 지장간의 투출이 세운에서 들어올 때 사건성이 발생), 戌화개살작용(✎용쌤: 묵었던 것 오래도록 해오던 일, 사건, 숙제 진행되는 것들이 마무리 청산) 2005년 酉육해살운에 일간 록지(綠)에 따른 투쟁심 발현(주경야독). ② 2006년 병술년 합격

👤 사례 2) 경찰공무원

庚午	甲辰	庚戌	丁卯	乾命	壬寅	癸卯	甲辰	乙巳	丙午	丁未	戊申	己酉	運路
육해살	반안살	천살	장성살		74	64	54	44	34	24	14	4	

1) 편관격. 庚편관 투출 인수가 辰 중 癸정인 숨어있다. 년지에 양인살이 있고 官이 세력 있다. 2번째 대운 무신대운 官세력을 돕는다. 官 대운(大運)에 입시를 하면 계급장, 감투, 군복, 경찰이 멋있어 보인다. 폼을 잡고 싶다. 힘이 있다. 양인의 힘과 편관이 개 戌 字 괴강살(庚戌)에 올라타서 조직으로 들어간다.

天殺에 투한 庚 편관. 왕명을 받아 움직이는 직업(①공무원, ②교사, ③의료계통 인연) 직업: 경찰공무원

2) 합격사유: 2010년 庚寅년 입사(편관 칠살 투출, 地支 甲일간 록지(綠), 년지 기준 망신살(亡身殺) 출현)

丙申	丙戌	甲子	癸丑	乾命
망신살	반안살	육해살	화개살	

丙辰	丁巳	戊午	己未	庚申	辛酉	壬戌	癸亥	運路
73	63	53	43	33	23	13	3	

1) 정관격. 甲편인과 癸정관이 천간에 관인소통을 이루고, 子월 근(根)을 두어 힘이 있다. 직장 조직 생활이 길하다.

직업: 일반행정 공무원(7급)

2) 2016년 병신년 승진 가능한가?

용쌤: 승진보다는 횡액, 구설, 시비수, 관재수 조심하시오.

※ 己未대운 상관대운에 官 불안 동요를 겪는다. 대운(大運)에서 월살대운에 진입하여 조직 활동성에 장애 발생이 따르면서 丙申년 천간 丙火 지지인자론 丙 3개 일종의 근심사, 발목 잡힌다. 판단력 실수, 신(申)망신살에 癸수 12운성상 사지(死) 정관이 약화됨. 壬水 편관 칠살 장생(長生), 호승심 발현, 일지 戌격각살, 식신 불안, 시지(時) 申金 편재, 지살(地殺)작용, 활동성, 새일 가담 등의 무대 활동은 활발하나, 정관을 쓰는 자(者)는 입지가 불안하다. 망신살이 삼합으로 동(動)하면서 정관 불안은 ①구설 ②시비수 ③관재수 조심해야 한다)

✎ 2016년 丙申년, 丙申월, 망신(亡身)년 망신(亡身)월에 음주 사고 발생.

戌 중 辛금 정재, 배우자는 개 술(戌)자 반안살에 똬리를 틀

고 있는, 辛金 세력이 있다. 즉, 반안살(안장 머리, 계급장, 자격
증, 조건이 부여된 안정된 직장 내에 있는, 세력 있는, 마누라 辛
정재, 지장간 戊土로부터 세력을 받은 정재라 모양이 좋다. 반안
살의 힘이 실려 있다)에 조건이 부여된 세력 있는 여자(배우자
직장: 공무원 5급 사무관).

👤 사례 4) 경찰공무원

丁 卯	甲 申	丁 丑	己 未	乾命
장성살	겁살	월살	화개살	

2007년 丁亥년 지살해 입사

용쌤: 申편관 칠살 → 겁살 官(①법무 ②세무 ③회계 ④금융 ⑤기술가
공 인연). 丁亥년 지살작용, 편인운, 관인소통을 열어준다.

👤 사례 5) 경찰공무원

己 卯	庚 寅	丁 卯	己 亥	乾命
장성살	망신살	장성살	지살	

1986년 丙寅년 망신살해 입사

용쌤: 丁火 官 → 장성살에 투간된 官(①특수조직 ②규모 있는 조직)

※ 장성살: ①특수성 ②가공성 ③자립성 ④힘 ⑤세력 있는 신살이다.

TIP

직장생활이나 사업 등 새일 가담, 시작을 진행할 때, 12신살에서 지살(地殺)과 망신살(亡身殺)해에 이러한 변화가 많이 일어난다. 육친의 속성을 감안하면서 신살의 조건을 참조하면 ①현재 처한 상황 ②조건 ③현실 ④양상을 정확히 읽을 수 있다.

👤 사례6) 행정공무원

己	辛	丙	甲	坤
丑	未	寅	子	命
반안살	천살	역마살	장성살	

2006년 丙戌년 재학 중 공직시험 합격

용쌤: 丙火 官 → 역마살(천을귀인)에 투간된 正官(공무원, 규모 있는 조직)

※ 천관귀인(地支 천을귀인(天乙貴人) 자리에서 투함): 규모, 볼륨을 키워주는 효과 → 접객성으로 사업을 구하면 손님, 고객 사이즈가 좋다.

2006년 丙戌년, 천간 丙官 출현, 地支 축술미 三刑, 寅戌 三合으로, 官이 세력을 득함. 乙酉년 비견의 투쟁심으로 글공부에 매진하여, 丙戌년에 합격하였다. 月干 정관은 국립자 대학으로 간다(부산대 졸업).

👤 사례7) 항만청 특수공무원

戊午	癸亥	庚寅	辛酉	乾命
도화살	역마살	겁살	장성살	

2006년 병술년 공무원 시험 합격

용쌤: 時干 戊토 정관, 午도화살에 투함(시선 집중, 자타공인의 별) 월지 寅겁살 맞은 상관(특수성 부여)에 戊土가 12운성상 장생지(長生)를 득함(戊토의 뿌리가 겁살+도화살에 근(根)하여 세력이 있다).

寅申巳亥, 권력성 속성에 겁살(劫殺)에 투한 時干 정관, 亥역마속성의 간섭(겁살과 역마살은 이사, 이동, 발령 따라 움직임, 시끄럽다, 압력성, 특수성을 내포함). 발령 따라 움직이는 국가 공직으로 항만청 특수직 공무원으로 입사하였다.

甲申년, 乙酉년 공부하여, 丙戌년 寅午戌 三合, 재성이 강화되면서 戊土정관의 근(根)이 되어 세력을 가지면서 丙戌년 반안살 운에 합격하였다.

※ 반안살은 ①유자격 ②면허증 ③기술자격 ④음식 장사 인연

👤 사례8) 세관 공무원

戊寅	庚午	甲戌	己未	乾命
망신살	육해살	천살	화개살	

2006년 병술년 천살(天殺) 합격
- 편인격. 2010년 庚寅년 망신살(亡身)해 승 진, 2013년 癸巳년 역마살(驛馬) 발령.

용쌤: 地支 신살 戌未 형(刑): ①기술 ②특수성(법무, 사법, 의료, 교육, 세무, 회계) ③생산 ④제조인연.

정인 己土가 천을귀인 미(未)土에 근(根)하여 년간에 투한 己정인(①공공성 ②국가급 조직 ③큰 조직 ④역사가 오래된 조직 인연)이라 유명 조직의 결재권을 의미.

※ 경인(庚寅)년 인오술 화(火)局 官득세하여 승진시험 합격.

👤 사례9) 세관공무원

戊申	丁未	癸未	庚申	坤命
지살	천살	천살	지살	

2004년도 갑신년 지살(地殺)해 합격

용쌤: 2004년 甲申년 지살(地殺)작용 새일 가담 申中 壬정관 장생.

신사(辛巳)대운 갑신년. 정재 庚金이 申지지 록지(緣) 세력을 얻음. 팔자 원명(原命)에 양인이 중중하니 권력성이 있고, 未천살은 하늘에 돈 통을 깔고 있는 것. 갑신년 합격

2013년 계사년 승진.

※ 승진사유: 일간 丁火의 巳왕지+癸 편관 칠살이 들어온다. 原命에 일간이 지지(地支)에 양인의 힘이 있고, 세운에서 巳왕지(旺)가 들어와 癸(칠살)을 감당하였다.

👤 사례10) 농협 근무

己 亥	辛 未	辛 巳	庚 午	坤命
겁살	반안살	망신살	장성살	

2013년 계사년 망신살(亡身)해 입사

뱀巳 망신살, 정관(신분 상승 규모 있는 큰 조직). 일지(日支) 반안살 유자격 형태의 직장, 전문성 있는 직업(배우자의 경우도 전문성, 특수성 조직 인연/배우자: 경찰공무원). 地支 官 득세는 이놈 저놈, 나를 부르는 놈이 많다. 접객성, 대민상대 직업 인연이다. 직업: 농협은행 근무

※ 巳지지인자론: ①중앙무대 ②자타공인 ③권력성(법무, 세무, 회계, 의료), ④특수 기술성(전기 전자 통신 항공 분야 등) 인연.

👤 사례11) 사회복지 공무원(2016년 합격)

己 巳	己 酉	乙 亥	甲 戌	坤命
망신살	육해살	겁살	화개살	

2016년 병신년 합격

酉육해살, 문창귀인 두뇌 총명, 년간 甲 정관이 직장이 된다. 亥中에 甲이 투간 되었다. 甲정관 국립대(부산대) 졸업. 2016년 丙申년 사회복지직 공무원시험 합격(사회복지는 食神 酉인자의 간섭).

용쌤: 문창귀인, 두뇌 총명에 정관(正官)의 조절인자가 투출되어 있다. 丙申년 丙정인이 일지(日支) 酉中 辛金과 丙辛 합(合)으로 정인을 견인(合에 의한 유인력으로 끌어다 쓴다)하여 쓰고, 申천을귀인 상관은 재성(財星)을 열어주는 창구가 되어 문창(文昌)의 힘과 丙정인의 글공부 노력으로 丙申년 사회복지공무원 시험에 당당히 합격하였다. 상모가 반듯하고, 언변에 자신감이 있으며, 예의가 바른 학생이었다. 화개살 戌中 丁火 편인, 어머니는 독실한 불교 신자.

👤 사례12) 공인중개사(부동산업)

戊辰	甲戌	辛亥	壬寅	坤命
월살	화개살	겁살	지살	

癸卯	甲辰	乙巳	丙午	丁未	戊申	己酉	庚戌	運路
78	68	58	48	38	28	18	8	

1. 편인격. 1996년 丙子년 공인중개업 시작

2. 38세 정미 대운, 48세 병오 대운, 폭발적으로 부동산 재산 증식 등 재물 취득. 동산, 부동산 포함 100억대 자산가.

용쌤: 기본 그릇 자체 재복이 있음(사유: 진술(辰戌) 沖 투쟁성, 亥 겁살 움켜쥐는 힘, 능력, 시지 편재의 힘)

亥지지인자론: 이것저것, 주섬주섬 모으는 힘, 조건만 부여되면 돼지의 번식력을 발휘, 이것저것 끌어모은다. 辛정관을 壬水가 생조 하면서 빛을 잃지 않게 하고 일간 甲을 克하는 작용을 순화시 킨다. 壬水가 亥에 根을 두어 인성이 세력이 있다.

정미 대운 ①반안살 대운 ②천을 귀인, 재성이 안정적이며 이 시기 부동산을 매입함. 丙午 대운 장성살 대운, 戊土 편재 왕지(旺). 주동하여(장성의 힘) 자기 사업을 확장함.

이 시기 기획부동산 사무실 3곳 오픈. 丙午 대운(大運)에 투자 실패로 재물 손재도 있었고, 간간이 건강, 신수 불안으로 병원 출입이 수시로 있었다. 하지만 12운성상 편재의 힘이 강화되고, 亥水에 甲일간이 장생(長生)하고, 辰土에 착근하여 일간이 기세가 당당하다. 편재를 감당할 힘이 있다. 부드럽고, 말을 편안하게 하면서도 눈빛에 카리스마가 있는 여사장이다. 배포가 크고 돈을 쓰면 확실히 쓴다.

(반안살: 안정적이고 정적인 사업성 발휘, 장성살: 주동하여 확장 일을 펼침)

♟ 사례13) 금융조직 (국○은행 근무)

己 酉	壬 申	壬 戌	戊 午	坤 命
육해살	역마살	화개살	장성살	

2001년 辛巳년 망신살 해 취업

편관격. 2001년 辛巳년 입사사유: 망신살+천을귀인+戊土 오행대세 및 록지(祿)

년간 戊土 편관이 투간하고, 장성살에 왕지(旺)의 세력을 받아 힘이 좋다.

월지 戌화개살: 귀(貴)한 것을 담아내는 그릇, 보관 지키는 힘.

※ 戌지지인자론: 개처럼 움크리고 지킨다. 재물을 지킨다, 나라를 지킨다. 일지(日支) 신유술, 地支 인수 방국을 이룬다. 전형적인 직장 조직 패턴이다. 일지 申역마살 배우자 申지지인자론: ①칼 ②권력 ③금융 ④법무 ⑤기술 전문 분야 ⑥발령 따라 움직이는 직업. 배우자 직업은 경찰

공무원. 丙申년 육아휴직으로 쉬고 丁酉년 복직함.

※ 2017년 丁酉년 육해살: 왕궁의 부름을 받는다. 천간 壬+丁=木, 새출발, 丁정재 월급을 받는다.

용쌤: 육해살 세운은 나보다 센 힘 있는 신분의 부름에 따라 움직인다, 적극적인 사업을 주동하면 힘들다. 즉, 육해, 천살, 망신운은 노력에 대한 대가 보상은 따르나, 사업을 주동하거나 일을 펼치고, 시작하고, 윗분의 도움 없이 독자적인 노선의 사업성은 굴곡을 많이 겪는다는 암시가 있다.

👤 사례14) 요식업 운영(일식 뷔페식 레스토랑 운영)

甲午	丙申	癸酉	己酉	乾命
도화살	망신살	장성살	장성살	

2001년 신사년 지살(地殺) 요식업 시작

2001년 辛巳년 요식업 사유: 지살+일간 록지(綠)+ 천간 正財

팔자 자체가 부자 팔자다. 丙일간 시(時)에 午양인 왕지(旺)을 보고, 재성이 세력이 강하다. 신왕재왕격.

년간 己상관, 장성살, 酉(長生)에 투간

※ 상관의 속성: ①기술성 ②전문성 ③언론 ④방송 ⑤예능 ⑥스포츠 ⑦요식업 ⑧교육

酉酉 자형(自刑)살: ①자르고 ②붙이고 ③기술 가공 ④특수 능력 ⑤법무 ⑥사법 ⑦의료

酉 지지인자론: ①정밀한 것 ②예리한 것 ③기술성 ④예쁜 것 ⑤고부가가치 에너지의 집적 ⑥캔 ⑦술 ⑧약물

용쌤: 酉자형(自刑)살을 무기로 재성이 득세하고, 일간(日干)도 시지(時支)에 양인의 칼을 두고 있어 강하다. 일식 뷔페식 레스토랑 운영, 종업원 20여 명. 대운(大運)의 양상에 큰 기복 없이 대체로 잘 먹고 잘사는 팔자다.

이처럼 타고난 격(格)과 그릇이 좋으면 대체로 운의 큰 굴곡을 겪지 않고 잘 산다.

※ 타고난 그릇 70%, 운의 흐름 30%

👤 사례15) 요식업 운영(일식 초밥 전문점 운영)

庚申	戊寅	戊寅	乙丑	乾命
망신살	겁살	겁살	화개살	

2012년 壬辰년 천살(天殺) 요식업 시작

2012년 壬辰년 천살년 부친(일종의 왕명)의 도움(조상궁 년지 丑천을귀인)으로 일식 초밥집을 창업하였다(대학 전공: 식품영양, 일식요리 자격증 취득).

용쌤: 申酉 식상 공망(空亡)은 ①고부가가치 기술성 ②무형의 기술로도 본다(※무형의 기술: 종교, 철학, 교육, 요식업(분식, 일식류), 특수기술).

2016년 병신년 申망신살은 인신(寅申) 충(冲), 배우자 궁과 부모궁을 충(冲)하면서 결혼을 한다. 배우자 띠: 己巳生(戊일간의 12운성 록(綠)띠 처자인연)

寅중 丙火 투출, 편인 문서 결혼(망신살 작용) 자격을 득함.

👤 사례16) 요식업 운영(한정식집 운영)

戊寅	乙未	丙辰	癸卯	坤命	甲子	癸亥	壬戌	辛酉	庚申	己未	戊午	丁巳	運路
망신살	화개살	반안살	장성살		75	65	55	45	35	25	15	5	

1998년 戊寅년 망신살, 12운성 상관 장생(長生), 요식업 시작 월간 丙상관과 정재 辰이 상관 생재 되어 ①식품영양 ②상업예술 ③이·미용 가능인데, 년지 록(綠)과 일지 未편재를 보고 이것저것 뒤섞인 것을 파는 음식점으로 갔다(한정식 식당운영).

일간 乙이 지지(地支)세력이 좋고 상관 생재 기본 재물 그릇이 좋으나 비견, 겁재에 의해 수시로 土재성이 운(運) 따라 분탈을 겪는다. 官이 명(命) 내에 없어 폼은 안 나는 평범한 식당이지만 官대운을 만나 대발하여 손님이 줄을 쓰는 유명 맛집이 되었다. 申겁살대운 사거리 시내, 외곽지역 나름 중심가에 위치하여 천을귀인효과로 입소문이 나기 시작했다. 辛酉대운 재살대운 지지요소가 불안 동요를 일으키나 관(官)대운의 속성상 손님은 많다,

간간이 ①구설 잡음 ②손재수 ③인간관계 문제로 머리 아픈 일을 겪고 있다(2008년 戊子년, 믿었던 지인에게 사기를 당함, 辰정재 합탁(合濁)으로 허물어지고 未토 원진살 작용, 子卯 록(綠)의 刑).

하지만 손님은 여전히 많다. 건강은 불안하다. 편관대운 辛酉 음(陰)대운 숙살의 늦가을 기운으로 木이 메말라 시력과 간 기능 저하로 항상 골골하다.

용쌤: 丙申년 申 중 庚(정관)이 地支 辰中 乙, 未中 乙과 乙庚 합하여 官(조직)과 손잡는 형태의 새일 가담(천을귀인 효과)이 이루어진다(지역방송에 맛집으로 소개되면서 더욱 유명세를 타게 되었다).

👤 사례17) 요식업 운영(김밥, 분식포함 식당운영)

甲寅	癸亥	甲寅	戊戌	坤命
지살	겁살	지살	화개살	

1998년 戊寅년 지살(地殺) 식당업 시작

상관격. 寅지살+상관: ①교육 ②의료 ③요식업 ④식품영양 ⑤특수기술 ⑥역마성 직업 분야. 일지 亥겁살: 배우자 궁, 겁살(지살) 남편, 운송업(역마 속성 돌아다니는 직업).

용쌤: 寅 지지인자론: 삼거리, 도로변, 역마 속성 의미

➡ 사업장이 삼거리를 끼고 있는 정거장 부근 분식집 운영

👤 사례18) 대학병원 간호사(정형외과)

戊辰	己巳	甲辰	壬申	坤命
화개살	겁살	화개살	지살	

2014년 갑오년 대학병원 취업

2014년 甲午년 辰화개살에 투한 甲 정관 1등 직장 조직 감투. 甲이 辰에 뿌리내어 강하다.

용쌤: 진(辰)은 피부, 미용, 부동산, 종교, 의료, 교육, 법무, 박멸과 인연이 있고 이것저것 뒤섞인 형태, 화려한 것, 종합성과 관련된다.

※ 巳정인 겁살(劫殺): ①차압 ②압수 ③수색 ④법무 ⑤사법 ⑥의료 ⑦박멸 관련 자격증. 대학병원 간호사(甲 지역사회 1등 국립대학이다)

👤 사례19) 병원 간호사(산부인과)

庚戌	壬子	癸亥	癸酉	坤命
반안살	육해살	역마살	장성살	

2014년 갑오년 대학병원 취업

비견, 겁재 중중(重重)함. 일지 子육해살 壬일간 양인살, 칼자루 쥔 여인.

용쌤: 비견 겁재가 많다는 건 나와 同種의 일을 하는 무리가 많다. 규모가 있다. 반안살에 투한 庚편인 자타공인 전문기술자격증분야 인연.

직업: 성모병원 간호사(戌: 종교재단 병원이다)

👤 사례20) 대학병원 간호사(피부과)

丁 酉	丙 辰	丙 辰	癸 酉	坤命
장성살	천살	천살	장성살	

2016년 丙申년 망신살해 대학병원 취업

辰식신 천살은 종교, 철학, 교육 의료의 별. 辰 중 乙木정인이 세력이 있다.

년간 癸정관 酉장성, 도화에 오행세력이 있으니 잘생긴 官이 되었다.

이름 되면 알만한 유명한 대학병원(東OO병원 간호사)

※ 辰 중 乙木인성 木(東, 慶, 高 인연).

용쌤: 辰辰자형 ①기술 가공, 이 미용, 피부 ②상업예술 ③의료 ④ 교육, 사회, 복지, 봉사 ⑤법무 ⑥건축 ⑦토목 ⑧군(軍) ⑨경 찰 ⑩ 항공사, 항공기술 자격증 분야에 인연이 있다. 진(辰) 천살은 ①종교 ②역업(易業)에도 인연이 깊다.

👤 사례21) 외국계 대기업 회계부서 부장(고려대 졸업)

丁 酉	辛 丑	乙 未	辛 亥	坤命
재살	월살	화개살	지살	

1994년 갑술년 외국계 기업 취업

편관격. 월지 未中 丁火가 시(時)상 丁투간 편관격. 丁이 酉장생지에 투간 세력이 있다. 월지 未土 편인, 을미 백호살, 丑未 형(刑), 기술 가공, 쪼개는 힘, 압력(①금융 ②회계 ③재무 ④법무 ⑤사법 ⑥기술가공) 일간 辛이 시지(時支) 酉에 록(祿) 망신의 힘이 있다. 亥水가 왕(旺)한 인성과 비견의 힘을 소통시켜주고, 관성과 인성, 일간(主星)이 세력을 겸비하였다.

未중 丁火 관(官)이 장성살에 투하여 멋있는 官이다. 인성과 소통이 되어 명문대학인 고려대 경영학과에 입학하였다.

용쌤: 甲戌년 천살년 왕명의 부름을 받고, 시상(時上) 편관을 쫓아 외국계 대기업 취업(時: 해외, 지방/ 月: 국내/ 年: 국가급 자타공인 큰 조직).

2016년 丙申년 丙官 출현, 빛나는 보석이 되고, 申겁살 갑작스러운 인사발령과 함께 일간 辛의 申왕지 득세하여 승진하였다.

남편 未 중 丁편관 남편 지지(地支) 축미 형(刑), 백호대살의 압력, 힘 있고 세력 있는 남편이다. 애정은 불안하다(남편: 의대 교수)

TIP

천살년에 취업은 팔자 원명에 따라 다소 차이는 나지만 보통 ①해외, ②외국계 기업, ③고시성 시험 또는 ④큰 조직, ⑤대기업에 취업하는 경우가 많다. 또는 천살이 부정적으로 작용할 때는 ①회사를 그만두고, ②하늘을 보고 원망하는 격의 막힘이 많고, ③무슨 일을 해도 잘 안 된다. 천살은 삶의 변폭을 크게 주기 때문에, 이런 가능성을 염두에 둬서 통변해야 된다.

壬 子	戊 子	庚 寅	丙 辰	坤命
장성살	장성살	역마살	화개살	

1998년 무인년 디자인회사 취업

편인격. 무인년 地支 寅편관 출현, 년간 丙火 장생, 천간 戊가 戊을 보니 군신대좌.

※ 군신대좌: 일간이 운(運)에서 같은 천간을 볼 때(戊-戊), 군신대좌라 한다. 이 운(運)에는 ①자기의 꼴을 바꾸는 일 ②사건 변동 ③새 출발을 의미한다. 보통 군신대좌 운(運)에 사회적 활동의 변화를 유도하되, 대운(大運)의 흐름이 좋으면 큰 성장의 발판 운(運)이 되고, 나쁘면 고생문이 열리는 시작으로도 해석한다. 군신대좌는 대체로 한 방향만 보고 달려가게 되는 고달픔과 외로움을 유도한다. 군신대좌를 운(運)의 변곡점으로 관찰하라!!

戊寅년 직장을 구하면서 객지 이동하여 지방으로 간다(부산→울산)

2005년 乙酉년 월간 庚식신+乙정관 合 결혼하였다. 거의 실무에서 이런 경우 백발백중의 확률이다. 젊은 나이를 고려하면 최소한 연애라도 한다.

2016년 丙申년 지살(地殺)작용, 인신(寅申) 沖, 부동산 변동수 발생, 오래 묵었던 빌라를 처분하였다.

용쌤: 丙申년 寅申 沖, 역마 沖(먼 곳에 있는 빌라)의 압력+신자진 水가 득세, 식신이 편관을 沖하여, 버티고, 묵었던 오래된 문서를 청산하여 재성(財星)이 局을 이루니, 부동산 청산을 통한 재물을 득재(得財) 하였다.

정확히 병신년, 무술(戊戌)월에 매매되었다(寅申沖, 辰戌沖, 沖에 의한 불안, 동요, 변동). 그다음 기해(己亥)월 망신(亡身)월 편재운(運)에 목돈을 쥐게 된다. 망신(亡身)月 돈 좀 벌었다, 소문이 난다, 춤추고, 들뜬 기분이 든다. 자랑할 일 생긴다.

👤 사례23) 외국계 항공사 승무원

壬子	戊子	己未	戊辰	坤命	己亥	庚子	辛丑	壬寅	癸卯	甲辰	乙巳	丙午	運路
장성살	장성살	천살	화개살		78	68	58	48	38	28	18	8	

2016년 丙申년 지살(地殺) 외국계 항공사 취업

未中 丁정인. 천살과 양인살에 세력이 있는 인성이다. 관성은 未중 乙木 정관, 양인살 천을귀인 자리에 앉아 있다. 기본적인 관인소통의 흐름이 좋은 것은 아니지만, 천을 귀인이 자리 잡고,

일지(日支), 시지(時支) 장성살이 子水에 투하여 물 위에 떠 있는 土다. 이것 자체를 역마로도 볼 수 있다. 둥둥 물 위에 떠다니는 土가 된다.

子辰의 삼합 궤적은 ① 외교력, ② 정치력, ③ 화합력, ④ 대민 상대 서비스 인연 천살을 쓰는 유자격에 삼합인자를 견인하여 항공사 승무원으로 취업하였다. 비겁태왕에 숨어있는 官印을 쓰니 국내 항공사 인연이 약하다. 고로 해외 취업을 노려라….

용쌤: 大運이 甲辰대운 白虎대살의 압력에 龍을 타는 甲의 물상을 붕붕 날아다니는 물상으로 해석하고, 地支에 子辰三合을 견인하면서, 인생궤도 변화를 크게 변동시켰다. 화개살이 있어 예술성 인자를 겸비하였고, 장성살은 프리랜서가 많다. 역시 천살과 천을귀인에 임한 丁정인 자격은 폼이 나는 유자격의 형태를 취하니 예쁜 유니폼을 입고 해외를 다니는 승무원이 되었다. 未중 乙목 새처럼 날아다니는 직업으로 動하였다.
실제 명조 해석에서는 외국계 기업이 국내 기업보다 정서적으로 더 잘 맞을 것으로 통변하였다.

👤 사례24) 대학병원 간호사

戊辰	己卯	辛巳	庚午	坤命
월살	도화살	망신살	장성살	

2012년 임진년 대학병원 취업

상관격. 2012년 壬辰년 壬정재 와 午중 丁火편인과 합(合)으로 견인해서 정재를 쓴다. 壬丁 合으로 木官을 만들어 내니 직장이 된다.

임진년 천간(天干) 정재는 ①새로운 사업 ②직장 ③활동무대를 열어주는 의미가 있으며, 辰월살은 지방에 있는 종합병원이다.

용쌤: 辰지지인자론. ①종합성 ②이것저것 모아서 벌어진 것 ③유명(有名) ④화려함. 壬정재를 달고 들어오니 월급 나오는 곳이 유명(有名) 화려한 곳에 있다. 월살(月殺)이란 ①중앙에서 멀어져 있는 곳 ②시골 무대 ③지방을 의미한다. 辰중 乙木이 편관 직장이다. 인성이 火를 쓰니 火기(氣)가 강한 동네에 위치하였고, 병원이 木과 土를 쓰는 유명한 병원이 된다(陽山에 위치한 부산대학병원).

남편의 직업은: 卯편관이 남편이다. 木을 쓰니 자수성가하여 총칼(편관)을 쓰는 직업이다. 여름에 卯가 水 부족이니, 해운대 출신인 남편이 들어오는데, 卯편관 경찰관이 남편으로 들어왔다. 배우자 띠도 일지(日支)법 인연으로 卯생이 정통으로 들어왔다.

👤 사례25) 대학병원 간호사

乙 巳	壬 午	丙 寅	甲 戌	坤命
망신살	장성살	지살	반안살	

편재격. 寅지살(地殺) 식신(①의료, ②교육, ③상업예술, ④언론, ⑤방송). 인오술 火국 재성(財星)이 왕(旺)하고, 일간이 약하다. 직장 조직의 머슴격 팔자 巳망신살을 따라간다. 직장: 대학병원 간호사

용쌤: 巳망신살 직업(①의료 ②교육 ③법무 ④사법 ⑤전기 ⑥전자 ⑦통신 ⑧언론 ⑨방송)을 따른다, 戌 중 辛金 정인이 자격증이 되고 寅巳 형(刑)의 기술을 바탕으로 한다. 자르고 붙이고 정형외과 간호사다. 甲을 따라 木字(東, 高, 慶 등) 들어가는 대학병원이다. 동아대(東亞大) 병원.

👤 사례26) 대학병원 간호사

壬午	乙丑	丙寅	甲戌	坤命
장성살	천살	지살	화개살	

상관격. 丑천살. 丑戌刑(①의료, ②교육, ③건축, ④토목, ⑤부동산) 命내 비견, 겁재가 중중(重重)하여, 규모 있는 조직에 인연이 있다. 甲木을 쫓아 동아대(東亞大)병원 축술 형(刑)을 따라 성형외과 간호사.

※ 축술미 三刑은 ①정형외과 ②성형외과 ③건축 ④토목 ⑤부동산 ⑥농축산 인연이 있으며 팔자에 비견, 겁재가 많으면 "무리 짓는 동료가 많다."를 의미하니 규모 있는 큰 조직이 된다.

👤 사례27) 인쇄소 사업 운영

癸 亥	戊 申	戊 辰	甲 辰	乾命
망신살	지살	화개살	화개살	

편관격. 辰월 戊土 비견에 싸여 있다.

년간 甲의 소통처 인성이 없다. 비겁과 식신이 재(財)를 본다. 독립성(오행대세)이 있어 자기사업을 구한다. 辰은 천연색, 종합성, 이것저것, 화려하다. 辰화개살은 ①예술성 ②상업예술 ③문예 ④창작의 별. 지살이 申이고 인성이 없어, 글과 학문이 아닌 기술성이 가미된다. 경쟁 관계가 강한 직업 분야 내지 같은 동종(同種) 업(業)을 하는 자(者)들이 무리 지어(비견이 많으므로) 일한다. 辰辰 자형을 전문기술 사업으로 쓰고 亥망신살은 ①종이 ②폐품 ③복사용지 ④중고품 ⑤재활용이 된다. 직업: 인쇄소 운영.

👤 사례28) 커피숍 사장

乙 亥	己 未	甲 寅	戊 午	坤命	丙 午	丁 未	戊 申	己 酉	庚 戌	辛 亥	壬 子	癸 丑	運路
겁 살	반안 살	지 살	장성 살		77	67	57	47	37	27	17	7	

정관격. 년지 午편인과 甲정관이 소통되어 글과 학문을 통한 직장 조직 안정을 구할 수 있는 패턴이다. 己未 양인 일주에 時에 편재가 있어, 조직생활을 일정 세월 가담하다가, 조건만 부여되면 편재를 보고 사업을 할 수 있다.

용쌤: 壬子대운 재성대운에 자오(子午) 相沖으로 글, 공부에 제약이 따른다. 전문대학을 졸업하고 바로 금융회사에 취업하여 직장을 구하였다. 辛亥대운 겁살대운에 午중 丁과 亥 중 壬이 정임 합 木으로 인생궤도 수정이 겁살에 따른 갑작스러운 변동을 일으킨다. 돌연 30세 丁亥년 겁살대운 겁살년 壬丁 合 木으로 사표를 쓰고, 종합병원의 편의점에 낙찰받아 입점하게 된다. 甲寅을 병원으로 쓰니 자타공인 유명 종합병원이다.

亥대운 겁살대운 ①변두리 ②끄트머리 ③시골 무대 지역 병원이다.

庚戌대운 화개대운 초입 2014년 甲午년 병원 편의점을 팔고 새롭게 新시가지에 커피숍을 오픈하였다. 화개대운 원명의 寅午와 戌이 삼합작용(三合은 인생궤도 변화을 크게 만든다)으로 새 출발, 새로운 정리(화개작용)로 甲이 천간에 들어올 때 새 출발을 한다. 甲午년 木火가 화려하게 벌어지니 커피숍이 학교와 관청이 무리 지어 있는 新시가지(○○신도시)가 된다. 丙申년 묵었던 부동산 청산 가능 여부를 물어보았다. 2016년 병신년(寅申

沖, 沖에 의한 부동산 정리) 己亥월(정재)에 문서가 정리되고, 목 돈을 벌었고, 다시 김해에 땅을 샀다.

(午 중 丁火편인+亥 중 壬정재 합 木신생(新生), 새로운 것, 투자가 된다)

👤 사례29) 커피숍 사장

甲 午	辛 亥	辛 未	甲 寅	乾命
장성살	겁살	반안살	지살	

정재격. 亥水 겁살(劫殺) 자리에 상관을 쓴다. 寅亥 六合을 견인, 접객성, 대민상대, 상관은 ①유흥 ②임대 ③상업예술 ④특수성 ⑤투기성 ⑥고부가가치 단품종 요식업을 의미한다. 인(寅) 정재가 공망살을 맞았다. 亥未 합하여 누나와 커피숍을 동업으로 운영한다.

용쌤: 정재 공망(空亡)은 보이지 않는 기술성, 공갈빵을 의미한다. 일종의 가짜로 유혹하는 별이다. 寅木은 어린싹이 올라온 물상이라 고객이 어린 학생들이 주류가 된다. 未中 丁火 관(官)의 간섭을 받아, 학교 근처에 커피숍을 한다. 未土는 양기(陽氣)의 끝단을 의미하여, 장소가 양광(陽光)이 비치는 자리가 된다. 양산(陽山)에서 커피숍을 한다.

👤 사례30) 곰탕집 운영

辛 酉	戊 申	丙 寅	己 未	乾命
재 살	겁 살	망신 살	화개 살	

戊 午	己 未	庚 申	辛 酉	壬 戌	癸 亥	甲 子	乙 丑	運 路
72	62	52	42	32	22	12	2	

편인격. 월지 편관에 인수가 월간에 투출되어 편인격을 이루었다. 인수 丙火가 土에 설기되고 있다. 지지에 寅申 冲과 申겁살과 酉도화살이 金식상으로 세력이 좋다.

年月의 기운을 먼저 써서, 관인국으로 일정 세월 직장생활을 가담하다가 자영업으로 개인사업을 하게 되었다. 재성이 없는 명조이지만, 비겁의 투쟁심과 식상이 金이라 쥐는 능력이 좋고, 申 중 壬이 소통처가 된다. 다만, 편인이 비견, 겁재에 에워싸여 규모 있는 큰 사업장은 조절력이 약화(인성의 세력이 약함)되므로 규모조절에 신경 써야 하는 運命이다. 외양의 발전을 크게 구하거나 빚을 많이 내어 사업성을 펼치면 고충이 많이 따른다.

용쌤: 인성(印星)은 재성과 관성을 조절하는 브레이크, 제어 장치 역할을 한다. 인성이 투간 된 것은 좋으나, 비겁에 의해 항상 도전받는 모양새라 규모조절에 신경을 잘 써야 한다. 癸亥대운 지살대운, 丁亥년(2007년) 지살세운에 직장을 그만두고 학습지를 주 종목으로 하는 책방을 하였다(지살: ①새 출발 ②새로운 시작 ③변화 ④변모를 도모, 申지살은 壬편재 장생지라 새로운 사업이 하고 싶어진다).

부업으로 2012년도 壬辰년에 치킨집을 운영하면서, 두가지 사업을 병행했다. 壬辰년은 원명 申중 壬水가 투간 하여, 처 동업 형태(재성이 세력을 가지는 형태)로 사업을 진행했다. 2015년 乙未년 화개살 세운, 천을 귀인 세운에 새로운 출발과 변화를 도모한다. 화개살은 오래도록 진행된 사업의 청산 정리와 未土 천을귀인에 새로운 출발을 모색한다. 천을귀인 효과는 오랫동안 가담하여 새 일을 할 수 있는 ①발판 ②인간관계가 형성되는 무대가 된다.

을미년 화개살 세운에 모든 사업(책방, 치킨집)을 정리하고, 壬戌대운 백호, 천살대운, 乙未세운에 처 동업 형태로 곰탕집을 시작했다.

2016년 재 문점 사유는 장사가 잘되어 사업장을 하나 더 하려고 하는데 가능하냐이다.

辛酉	戊申	丙寅	己未	乾命		戊午	己未	庚申	辛酉	壬戌	癸亥	甲子	乙丑	運路
재살	겁살	망신살	화개살			72	62	52	42	32	22	12	2	

2016년 丙申년 겁살년에 24시간 영업이 가능한 형태로의 사업성의 조정을 발휘할 것을 제안하였고, 더 이상 외양의 규모를 키우지 말 것을 권유하였다. 그 이후 24시간 영업형태로 전환, 인력을 24시간으로 가동하여, 매출액이 1/2 정도 상승하였

다. 壬戌대운 백호대살, 천살대운은 주동하여 독자적인 사업성을 크게 발휘하기 힘들다. ①동업이나 ②처 동업 형태는 가능하다. 24시간 영업은 대운이 壬戌대운이라 개는 밤낮을 가리지 않고 집을 지키는 물상이다. 상관이 강하여 주류(酉상관 지지인자론: ①술, ②고부가가치, ③유흥, ④상업성)를 팔아도 잘 된다. 寅申 沖을 써서 역마 손님이요, 밤손님도 가능하다. 도로변에 가게가 있어, 택시기사들도 많이 들어온다. 역시 팔자의 沖의 인자 덕분이다.

매년 신수를 상담하는 분인데 2020년 현재까지 사업에 무리가 없고 잘 되고 있음.

TIP

용쌤의 팔자해석 주요 포인트는 格을 구분하여 用神을 찾는 관법이 아니라 ①팔자에 타고난 간지의 구조, ②인자(因子)론, ③신살(神殺)의 조건을 따져서 그대로 取하는 것을 우선으로 해석한다. 물론, 기본적인 육친론에 따른 기본 格의 흐름은 파악하데, 가장 잘생기고, 세력 있고, 멋진 간지가 무엇인지를 찾아내고, 타고난 그릇을 참작해야 할 것이다.

👤 사례31) 음악학원 원장

辛巳	乙未	乙卯	癸亥	坤命
역마살	화개살	장성살	지살	

癸亥	壬戌	辛酉	庚申	己未	戊午	丁巳	丙辰	運路
79	69	59	49	39	29	19	9	

건록격. 년간 癸편인이 지살(地殺)에 투하여 세력이 있다. 일지(日支) 未화개살이 편재를 보고 있어 ①예술성 ②상업성 인자를 가지고 있고, 월지(月支) 卯장성살은 어린 것을 키워내는 운동성으로 해묘미 삼합(三合)으로 공부(인성)를 통해 어린 새싹을 키워, 돈(재성)이 되는 구조를 원명(原命)에 안고 있다. 巳亥沖은 역동성, 움직임이라 卯(새싹)을 차량으로 이동한다. 시지(時支) 巳火상관은 음악 소리가 사방팔방 울려 퍼지는 것을 의미하고, 해묘미 삼합(三合)은 ①외교력 ②교섭력 ③영업력으로 쓰인다. 辛金 편관은 역마, 간판이라 차량에 학원 이름이 된다. 신(新)도시에 자타 공인 가장 잘 나가는 음악학원 원장님 명조다.

丁巳대운 역마대운에 지살을 沖하고, 卯 장성을 격각하여, 조건부로 서울에서 음악강사를 파트타임으로 직장생활 하였다. 戊午대운 육해살대운(大運)에 신분 상승을 위한 토대로서, 결혼 후 배우자의 도움과 친가 식구들의 경제적 도움을 바탕으로, 新도시에서 음악학원을 乙未년 오픈하였다. 2016년 丙申년부터 지역 동네에서 1등이 될 것으로 감정하였다. 얼굴이 예쁘고 화사하다.

용쌤: 乙未년 화개살 세운에서 역시 묵었던 사업이나 일의 청산과정이 이루어지고 새로운 발판의 토대를 마련하고, 戊午대운 육해살 대운에 丙申년 丙火가 午대운 양인 왕지(旺)에 세력을 가지면서 상관이 살아난다. 대운(大運)이 육해의 압력과 상관이 재성(財星)을 돕는 구조로 신분 상승을 이룰 것으로 보았다.

역마살 대운(大運)은 주로 ①타의(他意)에 의한 새일 가담 ②이동 ③먼 곳 출입을 통한 사회적 활동무대를 의미한다. 해석의 중요한 포인트로 전제해 두고 보아야 한다.

육해살 대운(大運) 역시 子午卯酉의 기본 인자의 속성을 해석의 융통성으로 삼으면서 큰 신분 상승의 통로 역할로 급상승과 급하강을 유도하기도 한다. 대체로 주변 혜택, 특히 높은 사람, 친지, 형제의 도움을 통한 발판으로, 육해살 대운(大運) 전체 10년을 가득 채워 쓴다.

이 시기 운명적인 부귀빈천이 뚜렷하게 만들어지는 효과가 있다. 단, 子와 卯는 부귀빈천의 정도가 午와 酉보다는 약하다. 일단 육해살 대운(大運)은 극단성을 의미하니 잘 봐야 한다.

대운(大運)은 큰 환경, 틀, 조건을 부여함으로 이러한 대운(大運)의 조건을 먼저 전제하고, 세운(歲運)에서 육친과 12운성, 인자(因子)론을 분석해서 사건성을 간파해 나가는 연습을 해야 할 것이다.

👤 사례32) 변호사

辛卯	辛巳	丁亥	乙未	乾命
장성살	역마살	지살	화개살	

己卯	庚辰	辛巳	壬午	癸未	甲申	乙酉	丙戌	運路
73	63	53	43	33	23	13	3	

편재격. 월간 丁편관이 지지에 巳, 未中 丁火에 통근하여 근(根)을 얻었다. 未중 己土편인이 三合에 의해 탁색(濁色)되었지만 亥水상관성이 두뇌 총명을 보좌한다. 丁편관(官)의 통제력과 亥상관성, 未인성을 기본 바탕으로, 金 生 水 生 木 生 火 오행 구

전되었다. 관살(官殺)을 월지(月支) 상관이 조율하면서, 乙酉대운 해자축 세운에서 식상이 관성과 짝을 이루면서, 인성의 부족함을 식상으로 극복하면서 金水 상관격의 기질을 발휘하여, 서울대 법대에 당당히 합격하였다. 丁火官을 빛나는 官으로 亥월卯시에 세상을 밝히는 달빛이 되어, 은근하고 고요하게 만인의 등불이자 달빛이 되어 法官이 되었다.

용쌤: 甲申대운 겁살대운은 甲이 丁火 등불의 땔감이자, 木生火 하여 거듭 승진 발전을 이루었나.

> **TIP**
>
> 겁살 대운은 강권, 힘, 압력으로 직업적 성공을 구하는 업(業)이 통상 ① 법무, ②사법, ③의료, ④교육계통 격(格)이 탁하면 ㉠전문기술, ㉡가공분야로 통변한다.

癸未대운 화개대운(반복된 패턴)은 큰 변화 없이, 법원 근무를 줄곧 해오다, 壬午대운 육해살 대운 丁官이 지지에 火대세를 이루면서 법원에서 큰 발전 신분 상승, 승진을 거듭하였다.

> **TIP**
>
> 망신, 육해, 천살대운은 삶의 변곡점을 크게 이루는 발판이 된다. 망신살대운은 일종의 새로운 활동무대의 통로 역할, 육해는 볼륨을 크게 키우거나 크게 줄이거나 하고, 천살은 주변 육친의 희생과 상실을 동반하면서 발전을 구하거나, 크게 엎어지는 운이 된다. 이런 시기에 ①인자론 해석과 ②육

친의 해석 ③반대편 간지의 약화하는 흐름 등을 참조하여 해석을 한다. 무조건 좋다, 나쁘다 식의 희기론이 아니라 일어날 수 있는 ①범주와 ②폭 ③양상 등 큰 틀을 보면서 해석을 한다. 결국, 두드러진 사건성은 당해 연도의 세운에서 사건성이 발생하니, 이러한 사건의 ①규모 ②범주 ③폭 등을 가늠하는 중요한 조건이 대운(大運)에서 전제된다는 것을 고려해야 한다.

辛巳대운 역마대운, 겁재 庚장생에 따른 타의(他意)에 의한 인사 변동(승진 누락), 및 활동 변화를 이루면서 법원 생활을 마감 후, 대학교수로 변모하였다.

현재는 변호사로 활동 중이다. 성품이 고결하고, 담대하며 약자를 보호하고 불의에 타협하지 않는 모범적인 법관 출신이다.

👤 사례33) 대기업 법무팀 근무(세무사 자격증 취득)

壬寅	丁卯	丁亥	乙卯	坤命	乙未	甲午	癸巳	壬辰	辛卯	庚寅	己丑	戊子	運路
망신살	장성살	지살	장성살		77	67	57	47	37	27	17	7	

정관격. 편인 乙木이 지지(地支)에 통근하여 세력이 좋다. 글과 학문이 바탕이 되고, 乙木 자격증 인연이 깊다. 亥水 정관, 관인소통도 된다. 자격증 중심의 직장 조직 생활이 인연이 있다. 지지(地支)에 비견, 겁재가 없어, 자영업 독립성은 약하다.

寅망신살을 직업적인 개성으로 취해서 ①법무 ②사법 ③의료계통 인연으로 쓴다. 관인소통의 영향으로 부산대 경영학과를 졸업하고, 1998년 戊寅년 寅(정인)망신살해에 신분 상승 합격의 발판으로 세무사 시험에 당당히 합격하였다. 공인회계사, 고시성 시험은 많은 노력을 더욱 보태야 한다. 亥水공망과 비견, 겁재가 없어 투쟁심이 다소 약하다. 金이 없어 결단력, 마무리가 약하다. 글공부 자격을 구하는 시험에 최고는 안 된다. 세무사를 잘 선택했고, 공인회계사 낙방 후 세무사로 전향 바로 붙었다.

2012년 壬辰년에 직장을 들어가고 싶어 상담했다. 비견, 겁재 투쟁심이 약해 세무사 영업이 쉽게 잘되지 않았고, 스트레스가 많았다. 2012년 壬辰년 원명(原命)에 천을귀인 亥水 편관이 천간 壬으로 드러나고, 辰반안살에 드는 해가 되어, 좋은 조건의 자타 공인 대기업에 취업했다. 2016년 丙申년에 사고수를 보았다. 사유는 申겁살에 시지(時支)에 寅申 相冲이 들어 교통사고수로 통변하였다.

2016년 丙申년 丁酉월 천간 군신대좌(丁-丁)에 지지(地支) 卯酉冲, 亥酉 격각, 寅酉 원진, 酉 재살, 수옥살이 들어 자동차 사고를 심하게 겪으면서, 병원 입원 및 사고에 따른 관재 구설이 따랐다.

웃는 얼굴에 밝은 표정, 항상 주변을 배려하는 마음이 드러나는 여인이다. 생각이 건전하고 바르며, 옷을 예쁘게 잘 입는다. 전형적인 커리어 우먼이다.

👤 사례34) 휴대폰 매장사업

己丑	丙戌	乙未	丙辰	乾命
반안살	월살	천살	화개살	

癸卯	壬寅	辛丑	庚子	己亥	戊戌	丁酉	丙申	運路
72	62	52	42	32	22	12	2	

정인격. 官이 드러나 있지 않고, 未土 천살에 투간된 乙정인이 있다. 지지환경은 丑戌未 三刑殺이 간섭하고, 정인을 쓰는 직업으로 간다. 즉, 지지 삼형살은 ①기술 자격 ②가공 ③고부가가치의 기술사업, 축술미 3土는 ①부동산 ②토목 ③건축 설계 ④조경 ⑤농산물 등 인연이 있고, 주로 라이센스, 乙木은 자격증을 의미하니 官을 대신하여 간판이 된다. 육친상 식상(食傷)을 쓰므로, 접객성, 대민상대, 서비스도 가능하다. 즉, ①건축 ②토목 ③조경 ④부동산 ⑤농경 ⑥기술가공 ⑦요식업 ⑧고부가가치의 상품 ⑨영업성 ⑩대민상대 서비스 분야 가능하다.

용쌤: 戊戌 대운 월살 대운은 역마 속성으로 고향을 떠나 기술, 가공, 축술미 三刑(상관)을 써서, 제과 제빵, 기술 관련 요식업 분야로 일을 했다. 서울로 가서 제과점에서 직장생활을 하다, 己亥대운 망신살대운에 다시 부산으로 낙향 亥水 천을 귀인 작용, 새로운 시작, 새 출발, 관(官) 과 손잡는 형태의 휴대폰 매장사업을 시작했다. 亥水를 따라가니, 바다, 수변, 강변이 된다.

영도 섬에서 휴대폰 매장사업을 하면서 상당한 재물을 축적하게 된다. 갑오, 을미년 넘어오면서 매장사업이 대체로 힘들어진다. (甲午: 편인, 양인작용 재살에 따른 활동성 위축/ 乙未: 천살작용 乙정인 리메이크 새집 계약을 하였다.) 丙申년 지살(地殺) 작용으로 이사를 갔다. 己亥대운 천을귀인 대운에 상당한 재물 성취를 이루었다. 휴대폰 매장은 2006년 丙戌년 군신대좌(새로운 변모, 새 출발)에 시작하였다.

일지(日支) 화개살을 놓아, 아내가 종교성이 깊다. 천살에 투간된 乙정인은 공증된 자격증으로 ①요리사 자격증 ②제빵 제과 자격증 ③사회복지사 자격증을 취득하였다. 향후 사회복지 관련 일을 병행하고 싶어 한다.

👤 사례35) 골프샵 사장

庚子	壬申	癸未	乙卯	乾命
도화살	겁살	화개살	장성살	

乙亥	丙子	丁丑	戊寅	己卯	庚辰	辛巳	壬午	運路
76	66	56	46	36	26	16	6	

상관격. 未중 乙木 년간에 투간하여 상관격. 상관은 정관의 규정화된 틀을 싫어하고 자유분방하다. 卯에 투한 乙이 장성살에 올라타서, 상관의 기질이 유독 강하다. 성정이 매우 까칠하다. 未中 丁火 정재가 묘미 합을 견인하고 申中 壬水와 암합 丁+

壬= 木을 이룬다.

　대운(大運)이 辛巳대운 역마대운이 편재대운이라 글공부 방해가 들어오면서 식상과 재성이 유정하여 식상생재를 따르고, 그 뜻이 상관의 기술성 고부가가치 융통성(①언론 ②방송 ③상업 ④예술 ⑤의상디자인 ⑥이·미용 ⑦건축 ⑧토목 ⑨특수성)을 견인하여 예술대학에서 공예를 전공했다(卯+未=예술, 창작, 공예, 의상디자인). 庚辰대운 반안살 대운(大運)에 옷 가게를 크게 하다가, 대운 초반부 庚辰년에 기울기 시작하여 辛巳년에 망했다. 庚辰년 천간 庚金편인, 地支 신자진 삼합, 비견 겁재가 강화되고 식상과 재성이 불안, 동요를 겪다가 辛巳년 卯木상관 격각살, 역마살(삼재살)에 動하면서 일지 巳申 형(刑)작용으로 망했다.

　丁亥년 지살세운 亥中 甲장생(長)하면서 골프채 사업으로 재기의 발판을 삼고, 己卯대운 장성살 대운에 상관을 쓰면서, 크게 발복하여 많은 재물을 취하였다. 이 시기 주변, 인간관계, 갈등으로 주변 지인, 가족과 멀어지고, 건강 불안으로 병원 출입이 많았다. 직업: 골프채 매장 사장

용쌤: 卯 지지인자론: 꾸미고 치장하고 이쁘다, 未: 만들고, 제작하고, 세워 올리고, 돌아다닌다. 卯未 합(合)을 견인, ①예술 ②창작 ③디자인 ④건축 ⑤토목으로 쓴다. 庚辰대운 반안살 대운은 대체로 큰 발전, 사업 확장을 구하기는 힘든 대운이

다. 작은 규모의 사업성 정도로 타고난 팔자의 격과 그릇을 잘 지키면 체면 유지는 가능하다. 즉, 반안살 대운(大運)에는 ①투자 ②투기 ③사업 확장은 세운 따라 굴곡을 많이 겪게 되는 구간이니 운(運)의 해석에 신중하여야 한다.

지지인자론 申: 일지(日支) 겁살을 맞은 편인을 골프채로 매매 사업을 한다. 인터넷을 통해 판매를 한다. 겁살은 일종의 역마작용과도 같다. 대운(大運)은 일종의 날씨, 환경, 계절로 보라.

운(運)이 아무리 좋다고 해도 타고난 그릇에 재복이 약하면 큰 발전을 구하기 는 힘들다.

> **TIP**
>
> 壬水 일간이 未土가 있으면, 대체로 재물복이 좋다. 未 中 丁火정재가 정관 未에 보호를 받으며 양인살에 놓여 있어 세력이 좋고, 일간과 合을 하기에 재성의 세력이 좋다고 통변한다. 경험적으로 대부분 재물복이 좋고, 사업수완이 좋았거나 결혼 후 재성인 처가 들어오면서 발복하는 경우를 많이 보았다.

👤 사례36) 변호사

辛未	甲午	壬寅	丁巳	乾命
월살	도화살	겁살	지살	

甲午	乙未	丙申	丁酉	戊戌	己亥	庚子	辛丑	運路
71	61	51	41	31	21	11	1	

건록격. 丁火 상관 득세 두뇌 총명이 있다. 木火 양기가 태과하여 金水를 반긴다. 庚子대운 金의 기운이 壬水를 보조하여 글공부를 보좌한다. 시험 치는 세운이 壬申, 癸酉, 甲戌, 乙亥 세운으로 官운과 인성운이 보조되면서 부산대학교를 입학하였고, 己亥대운 역마대운에 서울 신림동에서 공부하여 甲申년 편관 칠살, 망신살 세운에 사법고시에 당당히 합격하였다.

용쌤: 조열한 명조에는 한습한 기운이 필요한 고로 원명(原命)에서 천간 辛, 壬의 간지는 사주의 균형을 잡아주는 중요한 별이 된다. 대운(大運)과 세운(歲運)에서 보조가 들어오니, 글공부 발전을 이루었고, 辛정관(국립대)을 보고, 부산대학교 법학과 입학하였다.

법학은 寅巳 刑의 작용력이 따랐다. 상관의 기질은 말로 먹고 사는 직업이 되고 형살(刑殺)이 붙어 있어, ①기술 ②가공 ③고부가가치 ④법무 ⑤의료가 된다. 의사로 가는 경우나 대기업의 기술엔지니어도 가능한 명조다. 대운(大運)이 비겁대운을 향하니 조직성이 약화되고, 상관의 기질을 발휘하여 변호사 사무실을 개업하였다.

辛 未	甲 午	壬 寅	丁 巳	乾命
월살	도화살	겁살	지살	

👤 사례37) 건축토목기사(여성)(서강대 졸업)

丁丑	庚戌	丁未	壬申	坤命	己亥	庚子	辛丑	壬寅	癸卯	甲辰	乙巳	丙午	運路
반안살	월살	천살	지살		76	66	56	46	39	29	19	9	

천살(天殺)에 투한 丁火정관이 양인의 힘이 있다. 아쉬운 건, 정임 합으로 탁(濁)색이 되었다. 지지(地支)는 丑戌未 三刑을 쓰니, ①기술(건축, 토목, 부동산) ②가공 ③전문직(금융, 회계, 재무) ④특수직에 인연이 있다. 乙巳대운 겁살(劫殺)대운에 역마작용으로 부산을 떠나, 서울에서 대학을 졸업하고, 직장을 구하였다.

甲辰대운 화개살대운에 지금 다니고 있는 직장생활을 정리한 후, 새롭게 외국에서 박사학위 공부를 하여 교수가 되고 싶어 한다. 丑戌未 삼형(三刑)이 간섭하여, 현재 직업이 건축설계사. 천살에 투한 정관은 종교재단의 대학이다. 가톨릭 재단인 서강대를 졸업했다. 2017년 정유년 酉도화세운에 회사를 그만두고 학위취득을 위해 미국으로 갔다.

👤 사례38) 선박 폐유 운반업

庚午	己亥	乙未	辛酉	乾命		丁亥	戊子	己丑	庚寅	辛卯	壬辰	癸巳	甲午	運路
도화살	역마살	월살	장성살			74	64	54	44	34	24	14	4	

양인격. 己일간 월지 양인살에 乙木 편관격. 午도화살 정인과 乙木 편관(국가)이 연관되어 국가로부터 공인된 자격을 바탕으로, 亥中 甲木. 바다에 떠다니는 선박에서 폐유를 운반받아 처리하는 폐유 운반 처리업을 동업하고 있다.

壬辰대운 천살대운은 폐유 운반 관련 회사에서 직장생활을 하였고, 辛卯대운 재살대운에 해묘미 삼합(三合)작용, 묘유 沖작용, 癸 水 장생(長生)으로 동업의 형태로 작은 사업체를 운영하고 있다.

※ 지지인자론 卯대운: 재산의 형태가 불안정하며, 토끼처럼 예쁘게 단장하고, 꾸미고, 폼을 잡기도 하고, 허세를 부리는 등, 실속 없는 대운(大運)의 양상을 나타낸다.

명조의 주인공은 이것저것, 왔다 갔다, 양기(陽氣)의 발산으로 경제적 실리보상보다는 명함판 정립으로 나름 자리는 잡았으나, 경제적 보상은 약하다. 그럭저럭 망하지도, 흥하지도 않고, 체면 유지 정도로 밤낮으로 열심히 일하고 있다. 남자가 양(陽)대운을 쓰니, 고달프게 돈을 번다. 卯는 토해낸다는 의미도 있다. 욕심내면 부도날 수 있다 조언하였다.

♟ 사례39) 바(BAR)운영 후 옷가게로 전향

乙巳	丁未	癸未	庚申	坤命
겁살	천살	천살	지살	

乙亥	丙子	丁丑	戊寅	己卯	庚辰	辛巳	壬午	運路
78	68	58	48	38	28	18	8	

편인격. 이 명조는 丁일간 양인살과 천살이 중첩된 명조이다. 庚金 정재가 지살에 투하여 세력이 있다. 식신 未土를 직업으로 하여 ①요식업 ②이·미용 ③옷 가게 ④유흥 ⑤교육 ⑥의료계통에 인연이 있다. 庚辰대운 화개살 대운, 상관대운 辰인자의 간섭에 의한 접객성, 사람상대, 유흥으로 바(BAR)를 운영하였다. 정확히 庚辰대운 庚寅년에 시작하였다. 乙庚 合으로 ①새로운 인생궤도 수정 ②새일 가담의 별이 되고 丁火일간은 어둠 속에서 조명이 되고, 庚辰대운 辰土는 ①화려함 ②시내 중심가 ③물에서 솟구쳐 올라 龍이 사는 곳이 되니, 시내 중심가 바다 근처 남포(南浦)동에서 사업장(BAR)을 오픈하였다.

庚辰대운 꾸준히 재물 증식을 이루며 상당한 재산을 모았다. 庚辰대운 丙申년 申지살작용으로 새로운 일이 하고 싶다. 己卯대운 양(陽)대운을 앞두고, 술 냄새가 지긋지긋하다. 묘(卯)가 예뻐 보이기 시작했다. 바(BAR)를 접고, 토끼처럼 예쁜 아기자기한 여성복 옷 가게를 오픈하였다. 원명(原命)에 庚申간지를 써서 인터넷 판매를 주로 한다. 수입이 잘 나온다.

※ 申지지인자론: ①전기 ②전자 ③통신 ④인터넷 ⑤법무 ⑥항공 ⑦의료

용쌤: 辰대운에 여인들이 돈을 벌면 고달프게 번다. 신자진 삼합 (三合)으로 수(水)운동은 애정사에 굴곡을 많이 만들어 내고, 양기(陽氣)의 덕(德)을 흡족하게 보기 힘든 조건이라, 고달픔 속에서 열심히 살아가는 운(運)이 된다. 육친으로 상관이 작용하여 정관(正官)이 약화되니, 규정화되고, 틀에 짜인 생활이 안 된다. ①탈법, ②범법, ③가짜, ④눈 가리고 아옹식의 변칙으로 돈을 버는 시기다. 결과적으로 유흥업이 이 여자분한테 잘 맞는 직업이었다.

👤 사례40) 유명 맛집 주방 총 책임자

庚寅	丙戌	癸巳	丙午	坤命	乙酉	丙戌	丁亥	戊子	己丑	庚寅	辛卯	壬辰	運路
지살	화개살	망신살	장성살		77	67	57	47	37	27	17	7	

이 명조는 월지 사(巳)망신살이 록(綠)을 보아 세력이 좋다. 비견, 겁재가 중중(重重)하고, 식상을 반기나, 아쉽게 丙일간 양인 午가 공망을 맞았다. 칼은 칼인데 장난감 칼이다. 직업이 ①요식업 ②의료(간호사) ③교육 ④기술 ④이·미용 등 인연이 있다. 己丑대운부터 천살대운, 상관대운에 식당에서 주방 일을 시작하였고, 삶을 힘들게 살아왔다. 음식 솜씨가 소문이 나고, 자리안

정을 구하기 시작한 것은 천살을 나오면서 子대운 재살대운부터다. 재살대운에 큰 한정식 식당의 총 주방책임자로서 자리를 잡았다. 눈물겨운 재살(災殺)대운에 자리를 잡기 시작했다. 그 힘은 록(祿)과 양인의 투쟁심이다.

용쌤: 재살(災殺)은 결국 "해내고 말겠다."라는 ①투쟁심 ②결심을 가슴에 품고, ③이겨내는 눈물겨운 승부처가 된다. 자(子)대운 정관대운이 재살의 환경에서 이름이 나기 시작한 것은 역시 정관의 긍정적인 직용력이다. 戊子대운에서 戊土는 비와 이슬인 癸水를 제압한다. 배필 덕 없이, 일해야 하는 외로운 숙명을 가진 여인이다. 이 환경은 역시 자(子)인자가 음(陰)기가 강하여, 양(陽)의 덕(德)이 허물어졌음을 의미하며, 이 명조에서 양인인 午를 子대운에서 제한하고 있으니, 활발한 자기 사업이 아닌, 규모 있는 부잣집 식당의 주방을 책임지는 지위에 오르게 된다.

👤 사례41) 대기업 자동차회사 연구원

丙寅	己未	乙未	丙寅	乾命	癸卯	壬寅	辛丑	庚子	己亥	戊戌	丁酉	丙申	運路
지살	반안살	반안살	지살		78	68	58	48	38	28	18	8	

편관격. 이 명조는 양인살이 중중(重重)하고, 寅정관, 丙정인

이 관인소통을 이루었다. 편관, 정관, 혼잡요소가 있지만. 丙火가 년간에서 멋있게 소통해 주고 있으며, 양인살의 힘이 있어, 팔자가 격(格)이 좋다. 년지 정관, 지방 국립대 인연으로 지방국립대 기계공학과를 졸업하고, 현재 대기업(현대자동차) 연구원으로 근무한다.

丁酉대운, 육해살(문창귀인) 대운 경인(庚寅)년 정관, 지살세운에 취업하였다. 지살(地殺). ①새 출발 ②새로운 시작을 의미하고 육친상 정관으로 범처럼 무시무시한 힘 있는 ③역마 분야(전기, 전자, 통신, 자동차 등) 직장에 인연하였다. 戊戌대운 화개대운 戌처럼 자동차 연구에 매진하고 있는 팔자다. 원명(原命)에 일찍이 부친(癸)을 여의고(편재 입고), 모친(어머니)과 함께 살았다. 어머니는 시장에서 일하는 상인이다. 자식 자랑에 입이 마를 날 없는 엄마의 사랑을 받고 자랐다. 己土일간인 이 명조는 丙火 엄마 사랑을 바탕으로 집안에서 아빠로서의 역할을 충실히 하며, 모범적인 생활로 장학생으로 지방국립대를 당당히 졸업하였다. 월지 ①양인과 ②未土에 癸水편재 입고는 부친의 인연에 굴곡을 의미한다.

👤 사례42) 대기업 건설회사 재직 중, 해외 파견 근무

庚午	甲申	丙辰	癸卯	乾命	戊申	己酉	庚戌	辛亥	壬子	癸丑	甲寅	乙卯	運路
육해살	겁살	반안살	장성살		72	62	52	42	32	22	12	2	

정인격. 이 명조는 일지 申편관, 칠살을 겁살(劫殺)로 쓰는 命이다. 직업이 해외에서 근무하는 건설회사 간부이다. 申겁살과, 卯양인이 힘이 좋다. 월간 丙식신이 목화통명의 구조를 이루었다. 해외 파견근무는 辛亥대운 지살대운, 甲申년 겁살년에 갑작스러운, 인사발령 조정으로 베트남으로 파견을 갔다. 그 이후 수시로 파견근무를 하면서, 한국과 아시아를 왕래하면서 직장생활을 하였다.

庚戌대운 천살대운, 괴강살 대운에 건강이 악화(①庚편관작용 ②丙火식신입고)되기 시작하여 병신년 귀국하여 국내에서 일을 하고 있다.

용쌤: 천살(天殺)대운에 아프면 쉽게 낫지 않고, 고생을 많이 한다. 겁살 맞은 신(申)편관, 칠살을 직업으로 쓰니 ①발령 따라 움직이고 ②사해 만리를 돌아다니는 힘 있고 파워풀한 ③건설업에 종사하게 되었다. 겁살(劫殺)은 강권, 압류, 압수, 수색, 차압, 법무, 사법, 무시무시한 것(전기, 전자, 통신, 항공, 자동차, 건설, 토목)과 인연이 있다.

👤 사례43) 경찰공무원

乙 卯	癸 未	戊 寅	乙 卯	乾命
장성살	화개살	망신살	장성살	

식신격. 寅상관 망신살 형살. 未편관 군, 경찰, 법무, 언론, 방송, 스포츠, 특수기술 분야 인연. 식상 득류. 인성 부족. 승진이 잘 안 된다. 일지 화개살은 배우자 종교 인연이 깊다(불교에 심취한 배우자). 상관이 망신살이라 구설 시비가 잦다. 주로 사람 상대 서비스분야 인연. 직업: 경찰공무원 지구대 근무.

👤 사례44) 조선소 근무

甲 午	辛 酉	丁 亥	乙 卯	乾命
육해살	재살	지살	장성살	

정재격. 亥상관 지살에서 투한 甲정재 월급봉투. 亥상관 지살 경찰, 군, 법무, 특수기술가공분야인연. 年에 편재간섭으로 자기 사업으로 유흥업소를 운영하다가(호프집, 노래방 등) 정리하고 조선기술(亥水상관)을 배우고 부산에서 타지(울산)로 이사를 함. 2012년 임진년부터 조선소에서 일하고 있다. 직업: 조선소 기술자

👤 사례45) 골프선수

甲 午	辛 未	戊 申	壬 子	乾命
재살	천살	지살	장성살	

상관격. 申지살에서 투출된 상관은 법무사법 특수기술 스포츠 분야인연. 申金 금속(골프채). 지살에 투한 戊정인 자격증 취득. 임자대운부터 크게 발복하여 교육 사업에 진출함. 직업: 골프선수

子대운: 공자 맹자. 한 분야 전문가로서 칼을 찬다. 비겁과 인수다자에 상관대운을 반겨 쓴다. 처복이 있다. 未중 乙木 편재. 부동산이 많고 천살에 앉은 아내가 되어 종교심(불도)이 깊다. 辛일간이 壬이 투간되어 일신이 신왕에 상관이 힘이 좋아 식록이 좋고 부자그릇이 된다.

👤 사례46) 룸살롱 사장

壬 辰	辛 亥	庚 子	丙 辰	坤命
화개살	망신살	장성살	화개살	

상관격. 辰子合水 亥상관 망신살. 유흥업소에서 일하다, 甲午년 천을 귀인운에 룸살롬 영업사장으로 지분을 사고 들어감. 월간 庚金겁재와 동업하다 실패 辰정인 문서 계약 이권을 子辰합으로 庚에게 빼앗김. 현재 지분사장으로 룸살롱 경영에 참가하여 병신년부터 크게 재물성취함. 기해년 亥망신살 벤츠를 구매. 庚子년 나름 잘나감.

👤 사례47) 치과 의사

乙 巳	壬 申	癸 酉	甲 辰	乾命
겁살	지살	도화살	화개살	

정인격. 酉정인 도화살. 시선집중 金生水 水生木 인성의 실력으로 식신을 쓰니 전문가 사주. 巳申 刑 의약 짜르고 붙이고 기술 가공인데 정인격이라 학문이 바탕이 되니 격조가 높다. 巳는 壬일간의 천을 귀인 申지살 편인이 있으니 이곳저곳 다니면서 감투도 하나 달고 있다. 辰巳 천라지망. 직업: 치과의사

👤 사례48) 해운회사 재무회계 담당

壬 辰	辛 丑	庚 辰	乙 卯	乾命
반안살	월살	반안살	장성살	

상관격. 壬상관 辰화개살 辰中乙편재 재무회계담당. 官이 없다. 직업을 여러 차례 옮겨 다녀서 한 직장에 1년 이상 근무를 못함. 현재 경자년에도 회사를 그만두고 싶어 함. 무관성에 상관을 쓰니 상사와 갈등이 생기면 사표를 제출함. 월지 辰정인 화개살은 모친이 종교심이 깊다.

팔자에 火가 없는 것 역시 조직생활을 오래 하기 힘든 구조다.
직장: 해운회사 재무회계 담당

👤 사례49) 공인회계사

丁 未	丙 子	戊 辰	甲 寅	乾命
반안살	재살	월살	지살	

편인격. 갑인 인성이 세력이 있다. 편인 문서 자격이권으로 상
관을 쓰는 직업. 조직성이 약하다. 辰월생 甲은 최고의 무기가
된다. 두뇌 총명 辰 재무회계 기술력 寅권력성. 조직보다는 프리
랜서에 가깝다. 시지 未반안살이 앉아 자유직으로 가고 싶어 한
다. 인성의 힘으로 면허증 중심으로 프리랜서 형태의 직장생활
에 임하고 있다. 직업: 공인회계사

👤 사례50) 유흥업소(단란주점)사장

丁 亥	乙 未	壬 子	丁 卯	坤命
지살	화개살	도화살	장성살	

편인격. 겨울 乙木이 亥시에 丁火달을 띄어 이쁘다. 겨울 을목이 얼어 있어 火土를 반기니 未편재 돈통을 깔고 있어 재물복이 있다. 수시로 亥卯未 木국으로 재물 분탈이 따르니 돈 벌었다 입소문 나면 귀신같이 돈 빌려달라고 사람들이 모인다. 재물관리를 잘해야 한다. 丁 이 사주 구조 전체를 살렸다. 월지 子도화로 밤에 피는 꽃이 되었다. 未화개살은 예술성 있다. 예술 예능 유흥 인자. 직업: 단란주점 사장

👤 사례51) 유흥업소 사장

丙 午	壬 申	癸 酉	甲 子	乾命
재살	지살	도화살	장성살	

정인격. 월간 겁재. 년지 양인살. 시간에 丙편재가 午양인에 투하여 힘이 있다. 남자가 사주에 陰기를 채웠고 재성이 힘이 있어 재물복이 있다. 酉도화살은 술병이 된다. 재성이 편재라 유흥업이 가능한데 사채 금융업과 유흥업을 병행하여 큰돈을 벌고 있다. 편재가 재살에 임하면 전국 무대를 쓴다. 금융업을 크게 하고 유흥업소도 지방에 여러 개 두고 있다. 직업: 유흥 단란주점 및 사채업 사장

1. 갑자(甲子)일주

인정 많고 자신감. 낙천적 기질 자부심, 아집, 언변 유창, 유들 유들, 다소의 거만, 맨 처음의 일주로 자신이 늘 매사에 앞장을 서야 한다는 사명감이 있다.

타인의 어려움을 잘 해결하고 포부가 크며 모든 상황을 낙관적으로 보려는 경향, 방랑벽, 위엄, 품격, 영감, 직관력, 종교에 귀의하는 사람도 많다. 바람기, 승부사 기질, 감수성, 자유, 예술적인 사랑을 꿈꾸기도 하며, 유흥, 풍류, 허영심, 허황한 욕심, 이상주의자, 말부터 하고 보는 성격.

싫증을 잘 내며, 변화무쌍하고, 이리저리 잘 다닌다.

일지 자(子)정인. 표현력에 절제 있고, 인내 노력을 통하여 매사를 긍정적으로 풀어 나갈려 한다. 술(戌)해(亥) 천문이 공망(空亡)이다. 고상한 것에 뜻을 두고 살아가는 모양. 세속의 일에 능숙하지 못할 수 있다.

조직성. 금(金)이 있으면, 관인상생. 공직에도 어울림. 금(金)이 약하면 글과 능력에 맞는 조직 인연이 약하므로, 교육, 육영사업이 잘 맞다.

토(土)가 약하면 정착이 잘되지 않으므로 역마성이 있다.

직업과 전공분야

해운, 운수, 항공, 무역, 사업은 토(土) 재성에 화(火) 식상이므로 부동산, 건설, 토목, 화학, 전기, 전자, 인화성 물질 관련 분야

연(年)월(月)에 편재 있을 때 사업인연 빠르고, 일지 인수는 정직하게 취하려 하니 금융 분야 조직, 은행, 증권에 인연한다.

---

2. 을축(乙丑)일주

진흙 속에 핀 연꽃. 소 위에 앉은 새. 까다롭고 예민하고, 소심하면서도 잡초와 같은 강한 생명력과 끈기를 보유하며 웃음 속에 칼을 감춘 사람. 후각이 발달하여 향기에 민감하고, 신경과민, 간 기능주의. 온순, 우직하며 남을 돕는 배려심이 많고 내성적이며 사람을 가려 사귀는 편이다.

타고난 일복이 많으며 인내심, 대가 없이 베푸는 기질, 활인업에 어울리는 일주다. 소탈하고 애정표현이 무심하며 고집, 집념, 흑백논리가 강하다.

가을생 을축일주는 바위틈에 붙은 이끼, 일복과 고생이 많으나, 환경적응력과 위기극복 능력이 있고 계산적인 면도 많다.

겨울생은 언 땅에 심어진 형상. 불안하며 외로운 독신이 많다.

애늙은이, 친절한 조언가. 지장간 계(癸) 신(辛) 기(己) 편인, 편관, 편재. 나무가 지장간에 칼을 두니, 칼날의 눈치를 보게 된다. 남명(男命)은 나이 들수록 자식의 눈치를 보게 된다. 치우침이 강해 한쪽으로 쏠리는 성격. 여명(女命)은 지장간에 차가운 글자로 쏠려 있고, 시어머니가 남편을 토(土)생금(金)하니 남편과 시댁의 문제가 생기기 쉽다. 일지 편재는 사업 가능하나, 음간이라 적극성이 약하다.

만인의 재물을 관리하는 금융계, 재경직, 재무 회계분야

사업은 식품업, 토산품, 건축 토목업, 화학, 전기전자, 예체능, 기술, 서비스업. 격(格)이 좋은 여(女)명(命)은 군인, 경찰, 의료 등의 배우자 가능하나, 부성입묘(夫性入墓)라 인연 따라 이별, 사별 가능할 수 있다. 정육점, 갈빗집 인연, 종교 철학 관심이 많다.

3. 병인(丙寅)일주

붉은 호랑이. 장생(長生)지. 생명력이 넘치며 귀엽고 사랑스러운 아기의 모습. 지장간 무(戊), 병(丙), 갑(甲), 식신. 비견. 편인. 경쟁심과 독립심이 있으며 활동적이면서 낙천적인 기질이 있고 언변이 좋다. 주체적 추진력을 바탕으로 강한 직감에 의해서 연구하고 궁리한 것을 자유롭게 표현한다.

사교성. 적극적, 명랑, 예의, 절도, 미적인 감각, 화려함. 독특한 멋. 원기왕성, 활동적, 직설적, 진취적, 의욕 충만, 임기응변, 상상력 풍부, 보스 기질, 골목대장 기질, 돌직구, 솔선수범, 학문성, 예술성, 독특한 재능, 언변 좋고, 부드러운 인상. 목화통명. 참견, 끼어들기, 덜렁이 기질, 판타지, 비현실적, 비밀을 잘 폭로. 허세 기질. 인정 많고, 사교성 풍부, 타인을 도와주다 부정, 비리, 구설에 연루될 수 있다.

치밀하거나 정치적인 것과는 거리가 먼 일주. 아랫사람을 잘 챙겨주는 스타일. 저돌적이고, 변덕이 심하며, 지구력 부족, 조급, 보수적, 질서, 평온, 더불어 살고, 인생을 낙천적으로 즐기면서 살고자 한다. 영웅 심리, 순수, 교육자적 스타일, 누군가를 지도하거나 가르치는 직업. 해외여행을 좋아하며 외국에서 성공할 수 있다. 기분파, 다혈질, 폼생 폼사 기질이 유독 강하다.

직업과 전공분야
종교, 철학, 외국어, 의술, 예술, 예능, 외교관, 변호사, 교육자, 군인, 경찰, 운동선수, 정치 외교, 전자, 화학, 문화사업, 무역, 마케팅, 영업.

4. 정묘(丁卯)일주

정(丁) 달, 별, 촛불. 묘(卯) 토끼, 달 토끼, 붉은 토끼.

지장간 갑(甲), 을(乙), 정인. 편인. 머리가 좋다. 이 공부, 저 공부 다 하겠다. 인성이 많다. 생각에 생각이 꼬리를 문다. 생각을 많이 하다 보니, 예민하고, 민감하다. 연구직도 많고 남들이 생각하지 못한 것을 잘 생각해낸다.

아이디어가 많다. 토끼. 질투심이 있다. 순간 재치. 깡총깡총 잘 돌아다닌다. 亥卯未 미정(未定). 추진력이 약하다. 용두사미 기질. 눈치가 빠르고 신속성. 공부 욕구가 많고 모으는 것을 좋아한다. 소유욕이 있다.

묘(卯). 예술적인 능력, 봉사하려는 마음, 톡톡 튀는 느낌, 개성 넘치고 뚜렷하며 비상을 꿈꾼다. 바람에 흔들리는 등불. 명랑한 듯하나 수심이 깊고, 강하면서 약하다.

당돌, 순수, 간섭, 직설화법, 낭만주의, 영감, 직관력, 변덕, 솔직 담백, 독설, 독특한 옷차림, 산만, 동분서주, 예의, 예민, 눈치 빠름. 외국어 능력이 좋다. 12운성 병지(病), 동정심, 일지(日支) 편인. 전문자격사업. 목화통명. 참모로서 최고. 정신적인 것을 추구, 승리욕, 구설, 신세 지는 걸 싫어함. 묘(卯). 의상. 옷을 잘 입고 감각이 좋다.

직업과 전공분야
변호사, 의사, 건축사, 전문직, 연구직, 교수직, 법률, 토목, 의료, 역학, 침술, 목재, 화원, 현침살, 의사, 약사, 간호사, 디자이너, 미용사

5. 무진(戊辰)일주

산속의 龍, 땅 위에 땅. 높은 곳에 잘 올라간다. 꿈이 크고 통도 크다. 의리와 배짱이 있어서 주위에 사람이 잘 따른다. 주어진 일을 꾸준하게 밀고 나가는 끈기가 있으며, 독립적이고 자유를 지향한다. 완벽주의자로서 가까운 사람들에게 잔소리를 잘한다.

주어진 일을 완벽하게 해결하는 능력이 있고 남의 부탁이나 일을 잘 처리해준다. 재주가 많지만 구설수도 잘 붙기에 신중하게 행동함이 좋다.

신의, 정직, 정의감이 있다. 단, 비판, 독설, 자존심, 고집으로 자기 뜻을 이루므로 장애와 구설이 따르며 칭찬에 인색하고, 무뚝뚝함, 무관심, 외골수. 과격함이 많다.

무(戊). 태산. 거대한 대지. 반드시 이기겠다. 이길 때까지 전진. 진(辰). 완벽과 성공. 명예에 대한 야망. 상상력. 변덕스러움. 영감.

지장간 을(乙), 계(癸), 무(戊). 정관. 정재. 비견. 모험보다 안정 추구.

지장간 계(癸), 수(水)는 바쁘다. 수(水)생(生)목(木) 해줘야 하고 官이 있으니 일복이 많다. 남명(男命). 처의 건강을 조심. 사별 가능성 암시.

여명(女命). 남편 공직, 법무, 사법, 의료, 교육, 기술가공 분야 인연 지장간 辰中 戊와의 관계 부부 애정운이 불안하다.

직업과 전공분야
피부미용, 마사지, 안마, 지압, 접골, 트레이너, 사람들 몸 관리하는 데 재능이 있다. 약초 재배, 식물재배, 농사, 산에서 을(乙)을 키운다. 사업 길보다 직장 유리, 일반 공직, 법무, 사법, 토목, 건축, 군, 검찰, 경찰, 광산, 운수, 임업, 해운, 수산, 건축.

6. 기사(己巳)일주

지장간 무(戊), 경(庚), 병(丙). 겁재. 상관. 정인.

정인. 합리적으로 잘 받아들이고, 수용을 하는 성분.

겁재. 남들에게 지기 싫어하는 자존심.

상관. 타인에게 지식과 지혜를 나누어 주며 약간 잘난 체하는 면.

지식과 지혜를 잘 받아들여서 남들에게 나누어주기를 상당히 좋아하게 되는 심리구조. 사(巳). 자애로운 어머니 정인의 마음. 넓은 어머니와 같은 사랑을 받고 싶어 한다. 의지하고 싶은 기질, 마마보이, 마마걸 출현 가능. 잘 나 보이는 사람에 대한 질투심, 경쟁심, 보호본능 자극, 아름답고 청순가련형 다수.

호감형. 기(己)토(土) 현실에 대한 적응력, 재치, 임기응변, 황무지를 개척하는 전답, 꾸준히 자신의 실력을 배양 환경에 대한 세심함, 포용, 안정, 배우자의 덕, 학문에 대한 관심, 열정, 성숙한 배우자, 상대가 자신의 의중대로 움직여주길 바라는 경향이 강하다. 도와주는 사람이 은근히 많은 일주이며 직선적, 욱하는 기질, 화나면 물불을 안 가린다.

사(巳)中 庚金 상관성. 하늘을 바라보며 올라간다. 원대한 목표. 은근한 고집과 끈기, 예의, 학문, 덕망, 봉사, 망설이고, 의타하려는 마음, 미남미녀, 훈남 다수, 모친의 덕과 윗사람의 은덕이 많다.

돌아다니는 것을 좋아하며, 낙천적인 기질에 밝고 명랑하며 다소 산만하다.

지지(地支) 인성. 학문, 도덕, 종교, 인내심이 있다.

조직 직장 길, 공직, 교직, 무역, 사업, 의약업, 학원사업, 설계사무소, 변호사, 회계사 등의 전문자격사업

7. 경오(庚午)일주

질주하는 백마. 의협심이 강하고, 자존심이 강하며, 준법정신이 투철 남에게 피해줌을 꺼린다. 군·검·경, 공직 등 변화가 많지 않은 생활이면 무난하다.

12운성 목욕지(沐浴). 주색에 빠질 수 있는 호방한 기질. 왕자병, 공주병이 많다. 마음 넓고 따뜻하여 포용력이 있다. 재주 있고 감수성 발달. 끼가 있다.

밖에서는 유연하고 친절. 안에선 고집 세고 응석받이. 친구 좋아하고 의리 소중히 여긴다. 낭만주의, 비판, 고지식, 결단력, 관인상생, 적응력, 미남 미녀, 사치 허영 조심. 지지(地支) 오(午) 열정적이다. 활동적이다. 폭발력 있다. 말은 가만히 있으면 갑갑하다. 돌아다녀 본다. 공직으로 성공하거나 일정한 패턴을 반복하는 업종에 인연한다.

지장간 기(己)토(土)록지(綠). 사물의 처리가 분명. 사업보다 직장 유리.

지장간 병(丙)기(己) 정(丁). 편관. 정인. 정관.

편관. 사심 없이 남을 위해 봉사하고 희생하게 되며, 책임감과

참을성이 많다.

정관. 합리적이고 공익성을 의미. 나도 좋고 남도 좋은 방향으로 남들에게 봉사하고 희생한다.

정인. 대민 봉사에 대하여 순수하게 잘 받아들이는 심리.

정재 을(乙)장생(長生). 재관이 같이 펼쳐지기 좋은 환경.

직업과 전공분야
군 법무 사법 공직 의료 안정된 패턴의 직장 조직생활, 사해만리를 다니는 해운업 수산업 유통업 기술가공 납품업

8. 신미(辛未)일주

지장간 정(丁) 을(乙) 기(己). 편관. 편재. 편인.

편관. 인내심, 참을성, 책임감 있으며 공익 우선시.

편재. 물질을 조작하는 기술에 능하며 재물에 대한 욕구.

편인. 직관력이 뛰어나며 신비한 현상에 관심 많고 수용성 강하나, 부정적 요소 포함. 보석(辛)은 극함을 좋아하지 않는데 지장간에 극하는 글자가 있다.

냉정과 열정 사이를 오가는 백양(白羊). 밭에 서 있는 허수아비, 순박, 신경, 예민, 상처받은 만큼 돌려준다. 예민한 도구, 기계 잘 만진다. 남에게 자신의 과거나 상처를 드러냄을 싫어한다. 맛을 내는 능력이 좋다.

온화하고 점잖으며, 호감을 주는 인상, 의리와 신용중시, 분석력, 계획적인 인생, 안정, 정복, 변혁, 말수가 적거나 과묵하다.

미(未). 평화, 양순함, 마음씨 곱고, 보수적, 소탈, 담백, 조심성, 사리 분별력, 지혜, 슬기, 체면 중시. 일, 대인관계 맺고 끊음 확실하다.

쉽게 친해지기는 힘들거나 다가가기 어렵다. 관대하면서도 변덕스러운 잦은 마음의 변화와 까칠, 다혈질, 집요, 외골수, 심술, 비판의식, 냉담하다.

지지(地支) 편인. 기술, 재주, 재능, 기술과 관련된 분야. 미(未)천역성. 한 곳에 정착하여 안정을 구하기 힘들다. 타지 객지 인연이 많다.

직업과 전공분야

분식점, 비밀경찰, 수사기관, 경제계, 금융계, 현침살, 미용, 의료(한의사), 위험물, 요리, 재봉, 공학, 전문기술, 무관, 검·경찰, 토목, 건축, 금융, 교육, 전문기술사업, 건자재 섬유 가구, 교육·육영사업, 요식업

9. 임신(壬申)일주

물이 샘솟는 바위, 광천.

임(壬). 창조력, 아이디어, 천재적인 사고, 친화력.

신(申). 무언가를 변혁해보려는 개혁성, 속전속결.

많은 사람을 아우르는 리더십. 수많은 어려움, 시련, 역경, 상처들을 쿨하게 받아들임. 원숭이들이 하늘에 떠다니는, 구름을 타고, 천하를 종횡무진하는 형상. 마음속 이상향을 향해 질주하는 것을 꿈꾼다.

타고난 학식, 감각, 재주, 역마, 외국, 타지, 외교수완, 총명한 문인, 학자, 예술가, 영민함. 경쟁 마찰을 싫어하고, 인생을 즐기려는 풍류. 연구 분야, 아이디어, 이것저것 손대는 기질. 다방면 학문에 관심이 많으며 애정 관계가 복잡할 수 있다.

지장간 임(壬) 무(戊) 경(庚), 비견, 편관, 편인. 박학다식, 무에서 유를 창조, 유학파. 내적 자아 강하며 관(官)의 수용으로 경거망동하진 않고 자제력이 있고 재주가 많다. 철학자 다수.

편인 신(申)이 역마성 돌아다니면서 배운다. 한 분야를 파기가 힘들다.

문서(편인)가 역마, 판매, 영업, 딜러. 지지(地支)편인은 기술, 재능, 종교, 학문, 도덕, 자기중심적 사고, 처세술, 위계질서, 개성, 스타일리쉬. 박학다식, 위엄, 용맹, 지혜로움, 창조성, 유머 감각, 익살, 개그맨, 웅변가, 변덕, 자기도취 기질, 자유를 갈망한다.

직업과 전공분야

대학자, 대연구가, 발명가. 상상력, 문장력, 자비심, 신앙심.
디자이너, 카피라이터, 기획, 선전부 등 조직 내 브레인. 외교, 법정, 호텔, 관광, 해양, 무역, 수산업, 해외기관, 종교 철학.

10. 계유(癸酉)일주

　티끌 없이 순수하며 자태가 곱다. 유리병에 담긴 물. 작은 바위틈, 졸졸 흐르는 물. 계(癸)수(水)는 비, 이슬, 안개, 운무, 투명하고, 맑고, 깨끗하여 유유히 흘러가고 싶다. 거울 보며, 똑바르게 살자가 모토가 되며, 내면의 비밀을 간직하고 천간의 끝이라 정리, 마무리, 결론을 추구한다.

　깊은 산 속 맑은 옹달샘. 청정하고 깨끗하여 더러움을 싫어하니, 깔끔함이 돋보이나 지나치면 결벽증세가 있어 자신도 남도 피곤할 수 있겠다. 유(酉)편인으로 종교 철학 관심, 전문기술, 자격시험에 유리, 암기력 탁월, 촉이 좋으며, 독특한 정신세계. 예리함과 기발함. 명석 하나 의심, 부정의 기운, 일지(日支)유(酉)금(金) 까다로움. 냉정. 금(金)인성. 지혜가 마를 날 없이 샘솟는다.

　목(木)식상. 늘 새로운 아이디어와 기획. 창의력. 무언가를 배우거나 보기만 해도 열 개, 백 개를 깨우친다는 눈치, 손재주, 예술성, 기술성, 테크니션.

　계(癸). 비밀을 감추는 것, 유(酉), 계산적. 이중적 심리. 진심을 드러내기가 힘든 복잡하고 변덕스러운 심정, 신경 예민, 작은 말 한마디에도 상처받음.

　화나면 쌈닭. 순수, 봉사활동, 기부, 공공을 위하는 마음, 여성적 성향. 어려 보이는 외모, 보호본능, 통찰력, 참모, 언변, 재주, 소박, 부지런하다. 배우자 불안.

교육, 전문직, 연구직, 경찰, 유흥업계, 종교기관, 출판·언론,
사업, 의약업, 전문기술사업, 유흥업, 오락사업, 임대사업, 금융업

11. 갑술(甲戌)일주

명랑, 활발, 몸이 항상 바쁘고, 고단, 성공을 위해 분주한 다
난한 삶. 자립심, 독립심, 처세술이 좋고, 언변이 유창하며, 적극
적이고 진취적이다.

아이같이 순수하고, 때론 철없어 보이는 유아적 기질이 강하
고 변덕이 많다.

갑(甲). 천둥 번개.

술(戌). 천둥 벼락에 맞아 폭발의 위험이 내재하여 있는 연료
기관. 매사 의욕적. 다소 과격, 덜렁, 산만, 뿌리를 내릴 땅이 부
실. 허황한 이상주의 대인관계나 주위의 덕이 다소 약할 수 있
다. 일지(日支) 편재 사업가, 무역, 대외 업무, 성공을 위한 좌충
우돌 인생기. 동분서주. 행동반경이 넓거나 외양이 위풍당당하거
나 거창하며 모험을 좋아하고 운세의 굴곡이 많다.

로맨티시스트. 여자는 외양이 귀엽고, 애교 있음. 노력은 적게
결과나 보상은 크길 바라는 심성, 재치꾼, 생동감, 매력, 개방적,
역동적이다.

술(戌)은 마른 흙이라 뿌리를 내리지 못한다. 재산의 흩어짐

주의. 큰 산에 나무라 고독하고, 고달프며 감성 풍부, 낭만적, 예지력, 두뇌 회전이 빠르고, 꿈이 잘 맞다. 투기, 복권, 해외원정도박, 노름 등 조심해야 한다.

개척정신, 성공에 대한 열망이 강하고, 급히 이루려 하는 조급함이 항상 발목을 잡는다. 보호본능, 묘한 매력, 예능적인 자질, 이성의 유혹, 감언이설, 얇은 귀를 조심하라. 공간 감각 탁월, 유흥적 성향, 현실적 일을 크게 벌이려는 경향이 있다.

직업과 전공분야
금융권, 토목건축, 금속회사, 용역, 문화 관련 직장, 건축 건설, 전기 전자, 화학, 부동산, 군 경찰 법무 인연

12. 을해(乙亥)일주

예의 바르고, 고상하며, 청렴결백한 성품. 인정 많고 온순하나 고지식한 면이 많다. 신세 지는 것을 싫어하고 자립심과 책임감이 강하며 추진력, 배짱은 떨어지고 소심하며 학문 지향적이다. 고로 연구직, 학문 분야에 탁월하다.

거처를 자주 옮기고, 해외 인연, 이민이 가능하다. 관심 분야에 파고드는 특유의 집중력이 있고, 외골수가 많으며, 포근하게 감싸주는 배우자(정인 같은 이성)를 선호하다. 부드러운 인상이 많으며, 속으로는 근심과 비밀 걱정이 많고, 예지력, 영감력, 하늘이나 세상의 이치를 꿰뚫는 통찰력이 탁월하다.

독선, 답답함, 진정으로 마음 터놓고 지낼 만한 친구가 드물다. 수(水)가 많으면 부목(浮木)되어, 평생 안주 못 하고 떠돌이. 직업변동 많다. 정직, 지혜, 총명, 수리능력, 선량, 이해력, 암기력이 좋다.

술해(戌亥) 천문. 역학, 철학, 예술인연.

지장간 무(戊), 갑(甲), 임(壬). 정재. 겁재. 정인.

정재. 물질에 대한 집착.

정인. 수용성, 받고 싶은 마음.

적당한 물욕과 받기를 원하는 마음. 어린아이 같은 천진난만함과 수동적인 심리. 겁재의 고집스러움이 있겠다. 생명력이 강한 을(乙)목(木)이 지지에 정인으로 인자한 성품에 겁재의 경쟁력도 추가되어 현실적이면서 직관력이 뛰어나다. 해(亥)를 일지에 두면 대체로 정신적인 두뇌가 좋다. 상상력, 특유의 직감력. 신해. 을해. 계해. 정해. 기해.

정신적 지도자, 종교, 교육, 육영, 심리.

침착성, 인내심, 끈기, 수행, 원만하고 부드러운 처세.

직업과 전공분야
교육, 의학, 법조, 외교관, 종교지도자, 목욕탕, 수산업, 요식업, 선원, 운전직, 금속관계 기술 분야, 무역, 운수업

13. 병자(丙子)일주

예의가 바르고 양심적인 사람. 사교성, 생기발랄, 직선적, 긍정적, 멋쟁이가 많다. 활달, 호탕, 낙천적인 기질, 솔직 담백함이 있다. 누구에게나 잘해주는 성품.

병(丙). 강렬한 불. 예의, 배려, 명랑 쾌활, 솔선수범.

자(子). 분주하고, 부지런하고 생활력 있음.

경우에 따라 변모, 냉담, 자제력, 물과 불의 대치, 잦은 심리적인 변화. 자기주장, 표현력, 생활력 강함, 성실함, 불같은 성미가 있다.

감정적인 기복, 우유부단, 욱하는 기질, 버럭, 주거지역, 직장, 대인관계, 애정적 측면, 변동·변화 많다.

가슴 속 원대한 이상, 몽상가 기질, 이상과 현실의 간극 고민. 근심 걱정.

착한 성품. 병(丙)일간 중에서는 가장 병화다운 기질이 약하다.

남명(男命). 자식과 일 때문에 고생한다. 일을 잘하면서 스트레스 많이 받는다. 관(官)에 대한 과시욕이 있다. 자식에게 우호적이며 상사를 모실 팔자 참모격이다.

여명(女命). 일지 정관. 남편이 집에 있는 것을 좋아하며 남자의 세계를 잘 이해해주고 수용을 잘해준다. 여명은 연하남에 바람기 있는 남자를 조심하시오. 남자에게 이용당할 수 있다. 미남미녀 인연. 직장생활이 기본적으로 잘 맞다.

만인을 제도하는 공직, 관리직, 검·경찰, 금융·회계, 해운·수산 등 물과 관련된 조직, 용역, 납품, 대리점 등 큰 조직 연계사업

14. 정축(丁丑)일주

묘지 위에 떠 있는 별.

지지(地支)식신. 창조, 연구, 궁리, 기획하는 데 탁월하다. 아랫사람을 잘 다스리고 이끈다. 지혜롭다. 잔머리가 좋다.

하늘에 별을 보아 대단한 야심가. 글재주, 말재주, 손재주 좋다.

아이디어가 좋고 세심하며 꼼꼼한 성격.

비판적, 염세적, 불합리한 세상을 향한 다양한 심리적 갈등이 많다. 몸과 마음이 분주하고 외로움, 고독감, 급한 성정이 있으며 남에게 지기 싫어하는 기질, 진취적이다. 金의 고장(庫藏)지. 절약 정신, 욕심이 많다.

고요하나 치열하고 흔들리는 내면, 때를 기다리는 은둔자. 우울감, 열등감에서 나오는 욕심. 미적 감각, 신앙심. 결벽증이 있고, 단점이나 약점을 보여주는 걸 매우 싫어한다. 자기 일을 묵묵히 한다. 자존심, 질투심, 갈등, 번뇌, 비관. 동토(冬土)에 피워진 모닥불. 앉은 자리가 얼어있다. 고초가 많다. 세속적 활동에 비해 결과물이 적을 수 있다(재성공망). 모험을 잘하지 않는다. 스스로를 태워 어둠을 밝히는 물상. 서비스직 계열 두각을 나타

낸다. 12운성 묘(墓)지. 고독성, 외로움, 스스로에 대한 불만족이 항상 내재되어 있다.

직업과 전공분야
법조인, 종교, 연예, 요식업, 의료, 정보 수사계통, 금융, 학원, 부동산, 건축, 인테리어, 금속기계 제조, 음악가, 화가, 서예가, 매니저, 프로덕션

15. 무인(戊寅)일주

산에 사는 호랑이. 맹렬히 움직이며 맹수같이 사는 아픔이 있는 삶이다. 승리욕, 활동성, 담력, 모험심, 극기심, 리더, 보스 기질이 있다.

명예 중시, 과묵함, 뚜렷한 주관, 중후함, 수용, 카리스마, 영웅 심리, 동분서주, 선봉 장군, 속전속결. 크게 뜨고, 크게 진다. 편관. 갑작스러운 수술, 횡액, 돌발사고, 삶의 산전수전을 경험해 본다.

자존심, 예민함, 불안한 심리, 들떠 있음, 환경변화에 잘 동요하고 다혈질이 많다. 무(戊)토(土)의 극단성과 인(寅)의 고독. 호남아, 단단한 인상, 무인, 칼, 총, 꿈이 잘 맞다. 종교관심, 신의, 독립적, 감정조절 어려움, 일을 잘한다.

12운성 장생(長生). 학문을 즐겨 하고, 문장이 수려, 학자, 교육자, 공직, 귀인의 조력, 든든한 후원, 변동, 변화, 역마, 외국,

분주할수록 먹을 것이 많다.

편관. 남에게 봉사하는 공익개념, 자기 돈벌이를 하면서도 남을 도와야 한다는 생각이 드는 심리구조. 사회사업, 복지사업, 내면 의외로 소심, 한 가지 분야 집중하기 어려울 수도 있다. 성공과 명예욕이 강하다.

우직함, 지도력, 관인상생, 공방수, 애정 불안이 있다.

직업과 전공분야
공직, 검·경찰, 특수 직공식, 안기부, 특검, 공학 관련 조직, 교수직, 큰 조직과 연계한 사업, 토목건축, 해운, 수산, 무역, 전문기술 납품사업

16. 기묘(己卯)일주

가정적, 소박함, 내성적, 인정, 책임감, 미덕의 삶, 세심하고 꼼꼼한 분야. 예술성, 기술성, 손재주, 통찰력, 투시력, 환경적응능력, 숫기 부족.

낭만 추구, 평범하고 소박한 삶 지향, 배우자, 가족 헌신, 배우자 선정 시 주의할 것, 이상과 현실 혼동, 순수, 소심, 가려서 사귀는 기질, 상처받기 쉬움.

약초, 예술, 농수산업, 조경 사업, 나무나 흙을 가꾸는 원예. 구름처럼 흘러가면서 세월을 살아가고 싶은 유유자적함. 속마음 다소 우울, 감수성 예민, 순정만화 동화 속 동경, 종교, 신앙심, 철학, 신학 인연.

핀잔, 섭섭함에 촌철살인 비평가 기질이 있다. 심약, 의기소침. 세심한 것을 챙겨주는 이성이 어울린다. 기술, 기예, 카리스마, 호승심, 의심, 치밀성.

기(己)토(土). 만물을 포용하고 생산하는 전원의 흙.

묘(卯)목(木). 만춘의 기운 만물을 생산하고 길러내는 힘.

편관. 명예, 지도력, 지도적 위치에서 사람을 이끌고 길러내는 역할.

자존심 강하고 지기 싫어하며 의협심, 외형 집착,

실리 부족. 타인을 배려하다가 입장이 곤란해지는 경우 다발.

직업과 전공분야
군인, 경찰, 사법, 의약, 교육, 공직, 정치분야, 편관 큰 조직과 연관된 대리점, 납품, 토목건축 관련 사업, 영업 관련 사업, 이·미용 관련업, 의류업

17. 경진(庚辰)일주

지장간 을(乙), 계(癸), 무(戊).

정재. 계산이 빠르다.

상관. 유연하고 직설적으로 표현.

편인. 신비한 것에 관심이 많고 직관력에 의하여 판단한다. 직감에 의해서 계산을 하고, 그것을 합리적이고 유연한 방법으로 표현.경(庚). 새롭게 바꾸려는 개혁적인 기질, 숙살지기, 과단성, 용맹함, 결단력, 신용. 의리를 중시하는 호걸풍의 사람. 진(辰),

용꿈을 꾸어 본다. 명예, 이상, 완벽을 추구하는 성향. 끊임없는 생각, 원대한 이상과 포부, 웅대한 신념, 행동대장. 실속, 눈치, 꼼꼼함, 머리 좋다. 사물 처리능력, 감지능력, 자신감,

착하고 부드러우나, 지장간 乙과 合하고 他(他) 주(主)에 목(木)이 많을 시 이성 문제가 반드시 다발한다.

좌충우돌 럭비공 같은 인생. 똥고집, 괴강의 별, 허세, 아집, 유아적인 기질, 자기중심적이다. 응석받이 기질, 개척정신, 굳세고 기골이 장대하거나 강건하다. 용맹스러움. 욕망과 자부심이 대단하며 고독한 운명이다.

특수학교, 사관학교, 경찰대학, 체육대학. 의리, 매사에 밀어붙이는 힘이 있다. 지배욕, 권세욕, 전문직, 특수직, 학문적 소양 풍부. 지장간 을(乙) 정재. 조직 직장생활이 유리하다.

직업과 전공분야
교육, 검 경찰, 군인, 연구직, 전문기술 분야, 교육사업, 전문기술사업, 식품 통상, 12운성 양(養)지, 만인을 지도하고 거느리는 직업 인연이 좋다. 엉뚱한 행동, 궤변잡기, 방송인, 언론가, 연예인, 예술가, 예능, 철학, 심리, 종교, 역학

18. 신사(辛巳)일주

일지(日支)정관. 깔끔한 성격에 바른 성품의 소유자. 합리적,

과단성, 검사 등이 어울리는 일주. 주관, 고집, 빈틈없어 보임. 승리욕, 몸과 마음이 항상 분주하다. 활동적이며 날카롭고 예민하다.

깔끔하며 섬세하고 냉정하다. 의협심이 강하고 대인관계 맺고, 끊음이 확실하다. 독선적. 아집. 뜻을 이루기 위한 열정이 강하다. 하나를 파면 끝까지 승부를 봐야 하는 외골수적인 기질이 있다. 독립적이며 흔들리지 않고 자신만의 인생을 걸어간다.

예의. 의리. 매사 신중. 차갑게 보일 수 있음. 호불호. 대쪽 같은 기질. 직관력이 발달. 묘한 매력. 타인들로부터 주목받고 싶은 심리가 있다.

친해지기에 시간이 걸리고 어려울 수 있는 사람 같다는 이미지가 많다.

의심. 편집증이 있고, 완벽한 일처리, 신용. 신뢰가 두텁고 까다롭다. 관용심. 너그러우나 한번 틀어지면 등을 돌린다(단절).

좋아하는 인물을 향한 한없는 희생이 있고, 우울, 신경질환, 결벽증이 있으며, 총명 판단이 빠르고 예술적 감각이 뛰어나다.

지지(地支) 巳는 申과 酉로 갈 수 있다. 즉, 내 남편이 비겁에게 갈 수 있고, 나의 직위가 비겁에게 갈 수 있다. 애정 불안 및 인간관계 배신사가 상존한다. 관(官)이 합(合) 되어 있으면 학교, 직장, 모임, 동호회 등에서 남자를 잘 만난다. 일복 많고 할 일 많다. 집착, 소유욕, 의부증도 많다.

신(辛). 가을결실. 사(巳). 초여름의 발산. 매사 적절한 처세를 잘하고, 직장에서 성공한다.

12운성 사지(死). 남의 입장을 배려하고 申酉 공망. 즉, 비견 겁재가 공망이라 저돌성이 약하다. 투기성도 약하다.

직업과 전공분야
검·경찰, 일반행정, 항공, 금융 전문기술, 운수 전문기술, 대리점

19. 임오(壬午)일주

누구에게나 친절. 리더역할. 책임감. 친화력. 화술. 생기발랄. 지혜. 현명. 분주하다. 남들로부터의 인정과 사랑을 갈구한다. 포근하고 진정성 있는 칭찬을 원한다. 자신을 알아줄 누군가를 찾아서 방랑하며 모성본능, 순수한마음, 허세 기질, 약해 보이지 않으려 애쓰는 마음이 있다.

호기심, 탐구력, 역마의 기상, 지혜로움이 있으며 외교적 수완 발휘를 잘한다. 물과 불이 서로 밀고 당기고 부딪혀서 혼돈을 야기하는 형상이다.

내면(內面)은 외로움, 허전함, 불안정, 산만함, 들 떠있는 분주함이 있고, 궁리심이 강한 壬水일간이 일지(日支)에 정재를 깔았으니, 상당히 꼼꼼하게 궁리할 수 있는 일(공무원, 회계직)이 잘 맞다.

외면(外面)은 수용성, 포용성, 처세술이 좋다. 착하고 온화하여 감수성이 풍부한 시인 같은 사람. 공적인 일과 사적인 일의 구분이 뚜렷하다. 예의, 명랑 쾌활, 외유내강, 활발, 유머감각, 허영심, 시선이나 집중받기를 좋아한다. 재(財)와 합(合), 치밀성, 꼼꼼함, 완벽주의.

남명(男命) 여자 문제 조심.

여자가 많이 따른다. 밤 문화. 주색잡기 조심.

신(申)유(酉) 인성 공망. 재물을 위해 도덕성. 학문. 양심을 버리는 수도 있다. 재물덕, 배필덕 순조로운 편.

지지(地支)정재. 조직이 많으나 인수 공망. 고위직 승진에 한계가 있다..

직업과 전공분야
금융, 행정, 경찰, 화학, 건설, 요식업, 학원업, 무역 유통

20. 계미(癸未)일주

처세술. 사회적응력이 좋고, 위기관리능력이 있다. 시련 있어도 좌절하지 않고 다시 일어난다.

묵묵히 대처하는 능력. 지혜롭고 소박한 사람들. 경제관념이 철저하다. 박력이 부족, 한 가지 일이나 관심 분야에 밀어붙이는 고집이 있고, 의지, 자존심, 자부심이 강하고, 마음이 관대, 주위의 인정과 사랑, 조력을 잘 받는다.

조열하고 뜨거운 땅 위에 보슬비가 내리는 형상, 비를 맞고도 생존을 위해 열심히 활보하는 흑양. 밀고 나가는 강인한 멘탈과 힘이 있고, 비인의 날카로운 기질. 한꺼번에 다 이루고 싶어 한다. 소탈함. 현명한 처세술. 긍정적. 포근한 성격이나 마무리가 다소 약하다.

내성적. 고민이 많은 듯한 인상. 애정적 측면 약하거나 답답하다.

지지(地支)편관. 자신의 행동을 억제하는 별.

체질상 건강으로 어려움을 겪는 수가 많다.

여린 계(癸)수(水)이나 위엄 있고 합리적. 감성적. 봉사. 인내심. 명예 성취 가능. 비인살. 타인과의 타협이 없으며 극단적 처세가 가능하다. 신(申)유(酉) 인수 공망. 학문의 길에 어려움이 있고. 재물 성취를 위해 도덕성과 학문를 포기하는 경우가 있다.

12운성 묘지(墓). 마음이 한곳에 정착하기 힘들어 방황하는 별. 맑음을 좋아하고 희생정신을 발휘하며 모험심. 투기심이 적고 무난하게 살고 싶어 한다. 지구력 부족. 신용과 예의 중시하며, 신경과민증에 완벽하다 느껴질 때 행동한다.

직업과 전공분야
금융권, 공직, 교육, 토목, 건축, 식품, 의류, 사채, 소개업, 중개, 용역, 서비스, 요식

21. 갑신(甲申)일주

바위틈에서 힘겹게 자라나는 소나무. 강단 있고 주관이 뚜렷하다.

갑(甲). 인자함. 자상함. 가까운 측근들을 꼼꼼하고 세심하게 챙겨주는 든든한 지원군.

신(申). 한자리에 머무르지 않고 하염없이 흘러가는 역마의 기질. 의리, 맺고 끊는 것에 철저한 원칙주의이며, 신뢰감, 다재 다능. 상하 위계질서관계가 철저하다.

갑신일주는 처세술, 리더십, 통솔력, 무리의 거목, 자상함, 상냥함, 능동적이고 명랑하다. 다재다능하며 상상력이 좋고 새로운 것을 추구하는 성향이 매우 강하고, 작심삼일로 계획을 잘 바꾼다. 한 가지 일에 꾸준하기 어려운 것이 최대 약점이다. 변덕이 심하고, 싫증을 잘 내며, 우울증. 의기소침. 슬럼프에 잘 빠진다.

일지(日支)편관. 자신의 자리에 행동을 제약하는 존재가 편관이다. 고로, 정당하며 정석의 방법으로 해결하려고 한다(살인상생). 이름과 명예에 비해 경제적 실익은 약하다. 한번 크게 망하고 다시 재기하여 성공한다. 이를 절처봉생이라 한다.

12운성 절지(絶). 내면에 우수와 우울함이 있다. 나무에서 떨어진 원숭이가 재주가 많아 성공도 하지만 실패수도 많다. 조화무궁하여 성패가 다단할 수 있다. 가까운 사람에게 신경질적 히스테리. 심성 착함, 영리, 성실, 운세의 굴곡, 극과 극의 상황.

이성에 의한 유혹, 횡재수 유혹 조심, 누군가를 성실히 이끌어 주는 데 탁월한 능력, 이상세계를 꿈꾸는 별, 배려심, 윗사람을 잘 모신다. 완벽주의. 현침살.

직업과 전공분야
발령 따라 움직이는 공직, 기자, 영업, 운수, 무역, 해운 관광, 항공, 역마 관련, 세무회계, 자동차, 선박, 법조 교육계

22. 을유(乙酉)일주

은근한 고집과 끈기. 추진력, 용기, 사람을 가려 사귀는 성격, 좋은 사람과 싫은 사람의 구분이 명확하다. 믿음직스럽고 조용한 성격으로 남들로부터 칭찬받으며 선량한 사람으로 평가받는다. 남들에게 뒤지는 것을 싫어하고 끝까지 일을 완벽하게 추진한다.

아무리 어려운 역경이라도 겨울에 꽃을 피우는 인동초처럼 딛고 일어서는 강인함. 환경적응과 처신이 강하고, 헌신적이며 매사에 시작과 결실이 이루어지는 모양이며 한번 마음먹은 일은 끝까지 해내는 끈기와 노력이 있다.

현실적인 마음이 강력하게 통제되어, 이러지도 저러지도 못하는 경우 많이 경험한다. 정서적으로 불안정. 언행 불일치 조심, 외골수, 매사 무심하다, 얌전하고 속마음을 털어놓지 않으며, 말

주변이 적은 편이다. 착실하고, 의지력, 고집 있고 생활력이 강하다. 의협심. 안정과 보수를 지향하는 마음, 자기 영역을 침해 당하면 유금의 숙살지기 발동하여 받아버린다. 완벽함, 도도함, 절제력, 꼼꼼하다.

내면(內面)은 불안정. 변덕이 심하다. 들쑥날쑥, 정서불안, 날카롭고 냉정함, 재주 많다. 잔병치레. 일지(日支)편관 여명(女命)은 남자의 뜻을 잘 수용 받아주며, 억압적인 남편을 만나 지치고 고달플 수 있다.

직업과 전공분야
특수직, 교도직, 교육직, 공직, 금융권, 재경직, 큰 조직과 연계한 납품 대리점업, 하청업, 용역업, 금속, 기계, 토목, 전기

23. 병술(丙戌)일주

창조력, 연구력, 창의력, 기획력이 좋다. 단정, 예의 있고, 인정이 많다. 중후하고 안정적인 외모, 충실하고 묵묵하게 자신의 일을 꾸준히 수행해내는 능력이 좋다.

뜨거운 태양 아래 사막, 야망, 열정, 생명력, 쉽게 범접하거나 친숙해지기 힘든 느낌이 많다. 카리스마. 조급하고 불같은 성격. 서두르는 경향 급하다.

술(戌) 천문성 하늘의 이치를 깨우치고 신을 공경하는 마음. 수행.

종교에 대한 믿음, 선견지명, 예지력, 자연, 영적인 부분에 대한 호기심.

풍류. 팔방미인. 속전속결. 도량이 크고 정의로운 면모.

허세, 허영심, 겉으로 센 척한다, 내면은 공허하다. 금방 화냈다, 금방 식는 냄비근성이 있다. 백호대살, 독립심, 진취심, 배짱, 속박을 싫어함. 강한 승리욕. 반항아적 자존심, 고집, 야망, 전광석화, 변덕이 심하다, 산만하다, 트러블 메이커, 멋지고 활발한 사람 다수. 두뇌가 비상하다. 고집스럽고 편벽함, 파란만장, 고독감, 위풍당당, 진정한 속마음을 타인에게 표현하는 데 서투르다. 우울증, 쓸쓸함, 공사다망하다.

직업과 전공분야
교육, 육영, 활인, 신문방송, 언론, 출판, 공학, 전우와 함께 스스로 묘(墓)지 위에 있는 삶, 동지애, 박애 정신, 전문기술 특수직 분야

24. 정해(丁亥)일주

호수 위에 떠 있는 달. 합리적이고 바른 성품의 정화가 지지(地支)에 정관과 정인을 본 구조. 일지(日支) 자체에서 관인상생. 올곧은 사람, 수용성이 뛰어나며 신뢰감을 주는 사람. 다정다감, 희생, 봉사정신, 진취적 성향이 다소 부족, 고상, 청아, 인물 수려, 어질고 정직, 꼼꼼, 소심, 본인에게도 이롭고 타인에게도 이로운 합리성을 바탕으로 자신을 조절하고자 하는 심리. 움직일수록 먹을 것이 많다.

명랑, 예의, 배려심, 동정심이 많고 착하다. 외로움. 망망대해 위에 떠 있는 외로운 초롱불. 어두운 바닷가에 별빛, 달빛,친절함, 부드럽고 활발하다. 엉뚱하다. 화술이 좋다.

지혜, 통찰력, 선견지명, 몽상가 기질, 등불이 바람에 날려 팔랑팔랑 나부낀다. 한 가지 일에 집중하지 못하고 싫증을 낼 수 있는 산만함, 감정의 변화 이중성, 주변인들의 인정, 존경, 신뢰를 받는다. 공정한 사람, 종교심, 신앙심, 사회봉사, 자선사업가가 많다. 합리적으로 연구하여 설득하는 능력이 있다.

일지(日支)合. 집착. 소유욕. 천을귀인. 해당 육친의 기본 덕(德)이 있다. 별빛. 달빛이 물에 빛나는 모습. 만인의 인기와 명예를 얻고, 무난하고 평탄한 삶을 산다.

직업과 전공분야
종교, 철학, 예술, 공직, 외교, 행정, 해외 관련 사업. 무역, 관광 서비스업, 수산업, 운수, 납품, 용역, 건축, 토목기술 공학 분야

25. 무자(戊子)일주

넓은 들판에 뛰쳐나온 황금 생쥐.

지장간 임(壬)편재. 재물을 통치하고 관리하는 힘이 강하고, 지장간 계(癸)정재. 물질을 현실적이고, 계산적으로 축적하는 힘.

지장간 정. 편재로 이루어짐으로 재물에 대한 집착력이 대단히 강함. 가슴속 원대한 꿈. 욕구. 은근한 끈기와 고집으로 자신의 꿈을 실현시킨다. 호기심 많고 욕망이 강하고 생활력이 있다. 현실주의. 완벽주의. 치밀한 처세. 이상을 추구한다. 이익을 중시. 몸과 마음이 늘 분주하고 고단하다. 마음이 수시로 변하는 변덕쟁이가 많다. 주거지역의 빈번한 이동. 해외. 타지로의 이동. 신중하고, 합리적. 지성적인 면모가 있고 맡은 바 임무를 끝내 달성해내는 믿음직스러움. 표현에 서투르며 무뚝뚝한 기질. 돈 버는 데 열중한다.

외강내유. 속은 공허함. 허세기질 있고, 약한 모습을 남에게 보여주지 않으려는 신비주의가 있다. 무정해 보이기도 하며 까탈. 고집. 한 가지 일에 집착하는 성향이 있다. 복권. 승마, 경륜. 도박 등 주의.

무(戊)토(土). 큰 산. 중재자. 만물을 포용. 나이 든 것.

자(子)수(水). 물. 어린 것. 시작. 시초. 만물생산의 기초.

포용과 생산의 원만성. 午未 공망. 소년 학문이나 인내 노력에 다소 태만할 수 있다. 일지(日支)정재. 기본 재물 그릇은 있다.

직업과 전공분야

금융, 공직, 법무·사법, 전문기술, 해운, 수산, 식품, 요식, 유흥·숙박업

---

26. 기축(己丑)일주

자존심, 똥고집, 지기 싫어하는 황소고집. 밭도 잘 갈고 주인 말 잘 듣고 충직하고 우직한 성격이다. 근면 성실 소박하며, 조용한 것을 좋아한다. 과묵하고 얌전하다. 낯가림, 의심, 고지식, 음(陰)적인 기질. 한 가지 일을 집중적으로 파고드는 외골수적인 성격이 있다.

불같은 면, 발끈하는 기질, 송사 구설 관재 조심. 조용하고 세심하고, 묵묵히 일 할 수 있는 직업이 어울린다. 외고집. 돈을 관리하고 다루는 재테크 감각이 있으며, 금융업, 은행업무가 적격이다. 경제관념 철저. 조용한 강자. 근면 성실. 남들을 불필요하게 의심한다. 내성적, 비판적, 수동적, 소극적인 자세. 의협심이 강하고 온화한 성격이다. 대의와 중용을 지키려 하며 빈틈없는 자기관리능력과 경쟁에서 지기 싫어하며 감정적인 자존심이 매우 강한 특성이 있다.

학생들에게 지식을 나누어주는 교육계통에 잘 어울린다.

지장간 신(辛)식신. 본인이 관심을 갖는 분야에 대해 깊게 파고들어 궁리한다.

지장간 계(癸)편재. 분류하고 관리하고 분석한다.

지장간 식신생재. 부자가 될 수 있는 조건을 갖추었다.

금(金)의 고지(庫). 돈을 모으고자 하는 욕심.

지장간 비(比), 식(食), 재(財)는 정당한 노력에 따른 대가.

비견의 고지(庫). 일찍 세상을 떠난 형제 가능.

27. 경인(庚寅)일주

강력한 성취 욕구가 있다. 숙살인 庚金과 호랑이의 기질. 좌충우돌. 생각보다는 일단 부딪혀보자. 불의를 보면 참지 못하고, 달려드는 용맹. 지도자적인 기질. 천성이 호탕하고 풍류를 즐기는 호남형. 매사에 다재다능한 팔방미인. 성정이 급하고 민감하여 끈기가 다소 부족하다.

온화하고 따뜻하며 눈물 많고 예의가 바르고 인정이 많다. 결단력 강하고 처세술. 천재적 두뇌. 명예욕. 남 앞에 서기 좋아하고 놀기도 좋아하는 기질. 성공과 행복으로의 강한 열망. 남들이 해보지 못한 스릴 있고, 위험천만한 일에 도전한다. 타지 생활. 해외 인연이 있다.

지장간 무(戊), 병(丙), 갑(甲).

편관. 공익을 생각하고, 남을 위하는 마음. 책임감, 의무감.

편재. 물질적인 구조에 대하여 통찰력이 뛰어나다.

물질을 조작하는 방면에서도 감각적으로 반응을 잘하게 되는 특성이 있고,

편인, 직관력이 있다. 남들이 손대지 못하는 위험한 계통의 일과 물질을 조작하는 방면에서 능력을 최대한 발휘한다.

직업과 전공분야
속전속결, 군의 폭발물 처리반, 모험, 여행, 유학, 영업, 비즈니스, 무역, 운수, 금융, 건설, 유흥, 의류, 가구, 항공, 화학, 종교, 철학

28. 신묘(辛卯)일주

바른말 잘하고 좌충우돌 고립되기 쉬운 흰 토끼. 재물, 이성에 대한 욕구. 매사 꼼꼼하고, 세밀한 성격이다. 착하고 성실, 순진, 마음이 불안정하다. 뚜렷한 자기신념이 부족하고 산만하다, 당혹감, 근심 걱정, 욕구불만. 까다로운 기질. 세밀한 부분을 요하는 직업, 귀금속, 장신구 제조, 경금속, 비철을 다루는 일. 도금, 용접, 정밀화학, 광학기계, 계산, 건축, 토목, 원칙을 추구하는 심리, 반항적이고, 예술, 체육에 소질 있고 의협심, 인간미가 있다.

속마음을 절제하려는 기질. 솔직한 감정을 숨김. 소박하며 담백하다. 이기적, 자만심 주의, 완벽, 깔끔해 보이는 신사 숙녀가 다수. 질투심. 냉정. 소심. 예민. 매사에 비평적이다.

日支 편재. 큰 재물을 꿈꾸지만, 밀어붙이는 힘이 약하며, 열심히 하다가도 용두사미 될 수 있다. 천성은 낙천적. 마음 여리

므로 좋은 사람 소리 듣는다. 음간이므로 여성적 성향 있다. 조심성 강하나, 辛金은 가을 서리라 한번 마음이 떠나면 돌아오기 힘들다. 남명(男命)은 여자에게 의지하는 성향 있을 수 있고, 우유부단 가능에 깔끔하고, 옷맵시가 좋고, 멋스러움이 있다. 주변 환경변화에 민감, 동요, 불안, 히스테리컬. 겉은 휴화산, 속은 마그마가 부글부글. 참견, 잔소리, 비판을 잘하나, 행동력 실행력이 떨어진다.

직업과 전공분야
건축, 토목, 이·미용, 장식, 인테리어, 요식, 유흥, 금융, 운수, 의약학

29. 임진(壬辰)일주

용꿈을 꾸어 본다. 감추어진 야성. 새로운 질서를 만들고 싶어하는 기질. 임전무퇴, 자립심, 결단성, 반항아적인 기질, 웅변이나 대화를 잘해서, 타인의 마음을 휘어잡으며, 유머와 재치 풍부하여 주변인들에게 인기 있다. 친구와 큰소리로 언쟁하다가도 돌아서면 잊어버리는 화통한 성격이다.

자기의 주관을 관철한다. 맡겨진 임무에 대한 책임감이 강하다. 기민하게 상황을 판단하여 순발력 있게 대처하는 두뇌의 소유자. 지혜가 넘치므로 학자. 연구가로서 성과 올릴 수 있는 능

력이 있다. 냉정하고 직설적인 면모, 아부하거나 아첨함을 싫어
하는 성격이다. 壬水. 친화력. 유들유들함. 도도함. 파도와 같이
흐르는 아이디어. 인내. 극기. 壬水의 쿨하고, 붙임성 있는 성격
을 辰土의 까다롭고, 욕심 많은 성향이 극(克)을 하여 다소 제
멋대로 하려는 부작용이 있다. 구속, 속박을 싫어하고 독립적인
성격이면서도, 누군가의 강한 보호를 원하고, 그런 사람을 만나
면, 충실한 참모가 된다. 미래로의 희망, 과거에 연연해하지 않
는다, 완벽, 이상주의, 행동력, 추진력, 타의 추종을 불허, 까다
로운 모습, 외고집. 굴복하기를 싫어하며, 주관대로 일을 처리해
나가려는 대장부. 여장부 기질. 겉으로 활발하고 호방, 속마음
무궁무진 헤아리기 힘든 성향. 내 마음 나도 모르겠다. 세상의
불합리함, 더러움을 한탄하고 원망한다.

직업과 전공분야
사법, 재정, 공무원, 교육, 종교, 철학, 무역, 섬유회사 1인 5역, 조직 생활

30. 계사(癸巳)일주

사회적으로 성공 가능성이 큰 일주. 비 맞으며 강한 생명력을
유지하려는 뱀. 財官印이 안정. 일지 천을귀인. 연예인, 예능 기
질이 다분하면서도 내성적인 분들. 올바른 원칙에 따라서 자신
의 분야에 충실하고, 능력을 발휘하려는 겸손한 분들. 미남미녀

다수, 처세술이 뛰어나다. 멋지고 대범한 모습. 예민하면서 인정에 약한 기질. 부단한 자기계발, 부족한 점을 보완, 완벽주의자. 이상과 현실의 괴리. 반항아적. 합리적으로 살려는 기질. 임기응변, 예술가, 언변가, 지각능력이 뛰어나다.

완벽하게 살아야 한다는 강박관념. 정의를 사랑하고 공공심 있으며 누구에게나 친절하고 상냥하며 불쌍한 사람을 도와주거나 타인의 도움 요청에도 흔쾌히 수락, 일 많고, 바쁘게 살아가는 큰 살림꾼이다. 여러 살림 돌보는 능력. 성품이 온화. 부드러운 처세술. 잘못을 알면 즉시 고치고 연구하여 교정한다.

水火가 교전하여 초조하고 변덕 있는 성격이다. 이성과 재물에 대한 욕구 강하다. 분주한 일상 속에서 지혜와 이해심이 깊고 보수적 경향이 강하며, 천성은 양순하고, 총명하며, 계산이 빠르다. 외모, 옷 스타일, 자신의 주특기 단련 등 외향적인 면에 신경을 많이 쓴다. 득실과 손익을 계산하는 면모. 실속파. 외교수완. 계(癸)는 비, 이슬이고 만물을 길러내는 터전인데, 지지(地支)에 초여름의 기운을 만났으니, 그 뜻이 다용(多用), 쓸모가 많고, 바쁘게 살아갈 명(命). 명랑, 후덕, 생기발랄, 복록과 출세 가능성이 크다.

직업과 전공분야

금융, 교육, 육영, 재무, 회계, 화학, 항공, 운수, 유흥, 시설임대

31. 갑오(甲午)일주

12운성 사지(死). 화려함을 좋아하지만, 안으로는 공허한 편, 외화내빈.

남명(男命). 왕성한 활동력. 외적, 화려함 추구, 인기 많고 외정(바람끼) 조심.

여명(女命). 예술성, 표현력, 연기력, 설득력이 풍부하다, 부단한 자기노력파. 결실이 약하다. 내면의 불안감. 남자를 이기려는 기질이 있고 자기주장이 강하다. 상관. 전문분야. 급속한 발전. 남에게 많이 베풀어주는 성향.

발산하는 기질이 강하고, 순수하여 비밀을 지키지 못해 손해 보는 수 많다.

나무가 불에 말라 인내심이 부족하다. 돌발적인 성향이 있고. 자기 재능을 과시하려 한다. 영리하고 수단이 좋으며, 언변에 재치가 있다. 인정 많고 다정다감. 빠른 적응력. 日支 말(馬) 객지 생활. 분주하고 바쁘다. 용기 있어 보이나, 담력은 적다. 내 것 주고 좋은 소리 못 듣는다. 상관 홍염살. 미모와 센스. 도처에 미인. 학문에 대한 갈증이 있다.

고고하고 도도하다. 눈치 빠름. 두뇌 총명. 명랑 쾌활. 남에게 굽히기를 싫어함. 생각하기를 좋아하고 예술성 있다. 기예 부분에 재주. 창작분야 재능이 있다. 이상이 높고 창조적이며 개척정신이 뛰어나다.

예능, 공학, 교육, 상업예술, 언론, 신문방송, 예술성, 스포츠, 오락, 잡기, 호기심, 다재다능, 잡학다식

32. 을미(乙未)일주

인정 많고 현실적이며 60갑자 중 가장 침착한 합리주의자. 학문, 예술적인 면에 재주가 있고 박학다식하며 창의력, 수리능력이 뛰어나다. 목표를 기획하는 능력은 타의 추종을 불허한다. 자기주장이 강하다.

친목과 우애를 중요시하며, 떠들썩하고 복잡한 것을 싫어하고, 매사에 무리하지 않으며, 온화하고 따뜻한 성향. 자신보다 남의 일에 신경을 잘 써준다. 풍류가 기질, 돈 쓰기, 놀기, 이성에 대한 관심. 고집 세고, 약간 반항심. 백호대살의 저력, 구속, 속박을 싫어한다. 도량이 넓고, 남들에 대한 이해심이 투철. 신중함, 봉사심, 관대함, 의타심, 소심하기도 하다. 누구와도 부담없이 친해지는 성격, 기질. 아랫사람이나 어린이들에 대해 애정과 관심이 많은 일주. 남을 도와주는 참모. 창의적이다. 일복 많고, 총명하고, 꼼꼼한 편. 음식, 성격, 의복 등 무언가 한 가지는 까다로운 점. 지구력이 약하다.

직업과 전공분야

예술가, 의사, 문학가, 기술자, 나무를 가공하는 것을 취급하는 펄프·제지업, 지업사, 생화, 청과물, 과실, 토목, 설계, 군·경찰, 법무, 사법, 의료

33. 병신(丙申)일주

석양에 노을이 지는 모습. 순수하고 꿈을 먹고 사는 심성이 고운 분들. 다재다능. 미남미녀 스타일, 세련되고, 유행과 패션에 민감하다. 다방면 관심사가 많다, 미식가, 심미안, 잔머리, 이재 감각, 인정 많고, 예의범절, 사회적응력, 친화력이 좋다. 직설적이며 의리 있고 동정심 많고 다소 불안정하고 신경질적인 면이 있다.

히스테리컬한 심리, 의심, 우유부단함, 감정적, 한 가지 일을 못 하고, 동분서주하는 경향이 있고, 냉정과 동정 사이, 쾌활, 쿨한, 고독의 상념, 열등의식, 신경질적, 낭만적, 이성편력, 사업, 상업에 타고난 재능이 있고, 변화를 좋아하며, 호화롭고 화려함을 선호, 자만, 뽐내는 기질, 사색적이다. 모방에는 일가견 있고, 이마가 넓고, 상대방에게 시원한 인상을 주는 유형.

일지(日支) 지살, 일찍 고향을 떠나본다.

문창귀인. 두뇌총명, 학문을 통해 지위를 가질 수 있으며, 글공부 인연이 없으면 사업적 융통성을 사용한다. 추리력, 예지력, 발표력이 뛰어남. 여자는 소녀 시절에 문학에 심취, 지성미, 이재 능력, 활동성, 무역, 외교, 관광, 배우자보다 다른 상대를 동경하는 성향, 재능이 너무 많아 오히려 한곳에 집중하거나 안주하지 못하는 불안정한 상황을 연출한다.

남명(男命). 영웅격. 공명심. 출세욕이 강하며 사교적, 활기찬 命. 처덕 있다.

여명(女命). 동서남북을 주유하며, 일하는 중에 이성과 애정 관계가 발생.

직업과 전공분야
금융권, 운수, 금속, 기계, 전문기술분야, 세속적인 활동과 성공의 별 유흥 시설임대, 장식업

34. 정유(丁酉)일주

인정 많고 선하고 천진난만한 분들. 만인에 호감 주는 사람. 문학적 예술적 세계에 대한 동경, 미적 감각, 세련미, 남다른 기예능력, 고귀한 삶을 지향.

순수하고 아이같이 해맑은 마음, 이용당하거나 사기당하거나 배신당하는 일이 많다. 초조하고 성급한 성정, 감정적, 예의 바르고 뒤끝 없는 성격이다. 매사에 분명한 것을 좋아하며, 마음 속 비판의식이 강한 편, 안정적, 친절, 상냥, 자상, 겉으로는 활발, 명랑, 외로움, 공허함, 허망함을 자주 느끼는 기질, 외향적이면서도 내향적이고, 철부지 같은 면이 있고 무리한 일의 진행, 뒷마무리 다소 흐지부지하고 실패하더라도 다시 도전하는 끈기는 있다. 감수성이 풍부하고, 단정하며 용모가 수려하다.

대인관계 평화적으로 즐겁게 풀어나가려는 기질.

겉으로 센 척, 아닌 척, 쿨 한 척, 마음이 약하다. 가끔 신중하지 못한 행동, 고독감, 우울, 귀가 얇고, 순진해서 세상 물정에 어둡기도 하다. 봉사하고, 음덕을 베풀어야 좋다. 따뜻하고, 때 묻지 않은 마음, 복록을 타고난 편이다. 온순하며 끼가 있고 풍류를 즐길 줄 알며 기분파.

직업과 전공분야
전문기술, 컴퓨터, 패션디자이너, 금은 세공, 의사, 미용사, 정육점, 상업, 예술, 연예인, 국제금융 봉사(奉仕)

35. 무술(戊戌)일주

쓸쓸하고 차가우면서도 황량한 대지 위의 개. 의협심. 신의를 중시하는 호걸.

성공을 달성하기 위해 항시 몸과 마음이 분주하다. 자존심, 고집, 주체성, 자기주장. 호불호, 남들에게 상처 주기 싫어하는 성격, 도량이 넓은 포용력, 무난한 대인관계. 사회생활 능수능란하다.

명예 중시, 약간의 자뻑, 난관을 뚫고, 승리를 쟁취한다. 의리를 중시하면서도 계산에 밝음. 모으거나 저축하는 데 관심 많은 실속파. 소유욕, 승부근성, 빠른 두뇌 회전, 혁신적인 아이디어, 획기적인 전략이 있다.

독선 야망 교만 제압 허세기질 넓은 대인관계 투시력 관찰력 지혜가 있다. 터놓고 마음을 나눌 동료애가 부족하다. 욕구불만, 고독하다.

지장간. 신(辛), 정(丁), 무(戊).

강한 주체성으로 탁월한 직관력과 수용성을 바탕으로 리더의 역할을 하고자 하는 심리구조. 타인의 사소한 결점을 잘 발견하고 지적하며, 간섭, 강요, 잔소리 잘한다. 편협과 아집으로 기회를 놓치기도 한다. 운동신경, 정신력, 신과 초월 존재에의 공경심, 통찰력, 사물이나 상황을 꿰뚫어보는 혜안 속세를 떠나고픈 심리, 강한 책임의식, 행동, 마음의 시비가 분명하다. 신의, 신망, 근면, 타인의 일, 발 벗고 나선다. 수집에 일가견 있다.

직업과 전공분야
토산품, 부동산, 고서화, 종교서적, 군인, 검·경찰, 의사, 약사, 정치인, 공무원, 교육, 일에 과단성 있고 권세 지향

36. 기해(己亥)일주

12운성 태지(胎). 순진하며 낭만적인 성향, 꿈을 먹고 살아간다. 다정다감, 천성이 아름답고 착하며, 남의 부탁을 잘 들어주며, 폭력과 싸움을 싫어하고, 겁먹을 수 있다. 대담성과 과단성은 다소 부족하며, 남을 쉽게 믿고 의지한다. 천진난만하고 남을 위해 자기를 희생함을 좋아하며 지구력이 부족할 수 있고, 새로운 변화를 은근 좋아하며, 권태로움이 있어, 항상 환경이 변화함을 좋아하고, 보수성과 진취성이 함께 공존한다.

정재 임(壬)수의 록지(綠). 평생 기본적인 재복은 따른다.

정관 갑(甲)목의 장생지(長生). 사상이 건전하고 의관이 단정.

겁재 무(戊)토 절(絶)지 형제는 다소 무력함 암시.

겉으로 명랑하나, 속으로 수심. 비위 약함.

지장간 갑(甲)목과 일간 합(合) 다정하고, 인정 많고, 해외인연 가능.

배우자에게 충실한 편. 결혼생활 무난하다.

일지(日支) 정재. 정당한 배우자.

지장간 무(戊), 갑(甲), 임(壬).

지장간 안에 라이벌 겁재. 나의 뿌리가 되기도 하지만, 배신의 인자가 될 수도 있다. 관(官)과 합(合)이 되어 있다. 정관 남편.

여명(女命). 시어머니와 남편을 수용하는 사람. 내가 남편에게 집착할 수 있다. 소유욕. 의심 조심. 시집살이에 희생하기 좋은 구조. 나의 남편을 내 방식으로 키우고 싶다.

남명(男命). 부인이 기본적으로 자식을 잘 키울 수 있다. 자식을 못 버린다.

임(壬)정재. 치밀하다, 꼼꼼하다, 알뜰하다, 약속을 잘 지킨다. 신뢰가 있다. 인정을 잘 받는다. 부지런함. 재물을 모으는 능력. 소심함.

해(亥)천문성이 있어 꿈이 잘 맞고 산사에 은거하고 싶은 충동이 있다. 두뇌총명하며 내심 비밀이 많으며 시작하기도 전 미리 걱정부터 하여 주저하다가 호기를 놓친다. 안정을 추구하는 편. 실속파. 역마 바다 멀리 갈 수 있다.

명랑, 쾌활, 호감 주는 인물이 다수다. 다른 사람을 맞추거나 눈치를 보게 된다. 배짱이 다소 부족하다. 염세주의적인 성향. 은근 까다로움. 어떤 일을 추진함에 있어 다소 나약한 기질. 속 마음 여리고, 의심 많고, 작은 일에도 의기소침해지기 쉽다. 어떤 상황, 이유를 핑계로 자기 뜻을 마음껏 펼치지 못하는 형상. 나름대로의 고집, 신념 확실, 마음속 여성적인 예민함. 삐치거나 토라지는 기질. 들쑥날쑥하고 변덕스러운 마음. 세상 물정에 다소 어둡다. 감언이설로 접근하는 사기꾼 조심. 유혹과 아부에 약함. 자상한 면. 은덕을 베푸는 선한 마음이 있다.

직업과 전공분야

해외 인연, 생수, 수산업, 해운업, 물장사, 유흥업, 어부, 밤에 돈을 얻는다. 행정, 일반 공직, 교육, 무역, 운수, 금융, 유통, 학자와 선비의 도덕성과 고상한 기질과 재물에 대한 욕구가 서로 마주하며 견제.

종교, 철학 역업

37. 경자(庚子)일주

기풍 웅장. 의협심 강함. 과감. 절제력 탁월. 고결한 선비의 모습. 세상 모든 탁수(濁水)에 물들지 않겠다는 고고한 절개. 강직. 대쪽 같은 기질. 체면을 중시.

庚: 옛것을 바꾸다. 혁신한다. 子: 차갑다, 어둡다 비밀스럽다.

을씨년스러운 삶. 차갑고 냉정한 기운, 항상 마음속으로 무언가를 헤아리고 계산. 감추려는 기질, 예민, 의혹, 번민이 끊이지 않는다. 한 가지 일에 꾸준히 열심히 살다 보면 좋은 결과를 볼 수 있는 일주. 장인정신, 다방면 소질, 다재다능, 강인함, 자기주장 의지가 강하다. 강압적으로 자신의 주장을 관철하려는 힘. 불도저, 굴착기, 아집, 굳건한 모습, 소심하고 여린 내면, 재능, 끼, 예술적 감각, 보수성, 새로운 변화적응에 시간 걸리기도 한다. 생각이 깊고 눈치 빠름, 침착, 신뢰, 일을 벌리면 수습, 마무리 약하고, 한 길로만 꾸준히 바르게 인생을 개척함이 유리하다.

자기 표현력 강함, 신경 예민, 예지력, 직관력 강함.

여명(女命): 손재주 요리 솜씨 좋고 상냥함 활발함 명랑함 미인이 다수, 단아해 보이는 외양, 깔끔, 인정, 감수성이 풍부하다.

남명(男命): 고독, 막말, 고지식, 야인 기질, 겉은 굳센 바위처럼 딱딱해 보이거나 다가가기가 쉽지 않은 성격이 많고, 독불장군, 유연성, 융통성 부족, 강인한 생명력, 스스로의 상념에 젖어드는 기질이 있다.

직업과 전공분야
발명, 창조, 기술 연구직 전문기술, 교육, 의약, 오락, 식품, 장식, 인테리어, 건축, 토목, 군, 경찰 분야

38. 신축(辛丑)일주

청룡도라 표현하며 속에 칼을 가지고 있다. 정재 갑(甲)이 관대

물상을 하고 있다. 부인(배우자)이 보통 공직 교직이 많고, 무난한 직장이 많다. 소처럼 일한다. 반복적인 일, 꾸물거린다.

지장간(癸辛己) 편인과 식신. 교육적인 일, 자격증 분야, 전문기술을 통해 성공 번영 발전한다.

종교 철학에 인연이 깊고 주변에 역술인이 많다. 신축일주 고독한 직업과 연관이 있으며 고독살이라 한다. 부부인연이 약해 동거불안 떨어져 사는 별이 된다. 직업은 辛. 날카로움을 쓰는 점술 의료 약업 세무 회계 심리상담 또한 잘 맞고 공무원 공사기관 연구직 전문기술 요식업 분야도 인연이 있으며, 팔자가 탁(濁)하면 기술직종에 종사한다. 마음 같지 않게 냉정하다. 신축일주. 천간 대 지지 신살에서 천살(天殺)을 깔고 있는, 신(辛)은 나 위에는 하늘이 없다는 얘기가 된다. 하늘 위에 떠다니는 신(辛)금이므로 우주와 소통하는 신비로운 물상으로 특히 종교지도자가 많이 있고 집안에 종교 관련 인연하고 남자 신축일주 맞벌이 공무원 많다. 동작이 대체로 둔하나 매사 일처리 깔끔하고 뒷심이 좋다.

신축 간지를 팔자 명(命)에 재(財)관(官)으로 쓰는 명(命)은 대체로 금전의 소통이 무난하다. 특이 남자들 실속 있다. 庚金을 축(丑)이 입고시켰다는 것은 재물이 날리지 않게 잡아준다는 의미. 축(丑)월생 동작이 화려하지 않으나 버티는 힘이 좋다. 寅木을 열어주고 병(丙)화를 당겨쓰니, 궁극의 목적은 양명(陽明)지상으로 빛(태양, 광명, 우두머리, 사회봉사, 활인업)이 된다. 활인구명으로 의료 공직 종교 철학 연구직에 상당한 실력자를 많이 배출한다.

점술, 역학, 의료, 약업, 교육, 세무, 회계, 심리상담, 공무원, 공사기관 연구직, 전문기술, 요식업 분야

39. 임인(壬寅)일주

물가에 나타난 호랑이. 일지 식신. 12운성 병지(病). 문창귀인이 있다.

유연성 융통성 포용력이 있고, 12운성상 병지(病支)라 타인을 이해하고 배려하는 마음 있으며 의식이 풍부하고 복록이 따른다.

육십갑자 중 가장 음식 솜씨가 좋으며, 남자 유명요리사가 많다.

지장간(戊甲丙) 중 무(戊)토 편관은 공익에 부합하고자 하며 병(丙) 편재는 결과를 이끌어내는 실력 힘이 좋으며 식신 갑(甲)은 연구하고 궁리하여 두뇌 총명하다. 머리가 좋고 지혜와 영감이 뛰어나며 학식이 풍부하다.

인성 庚辛金 12운성상 절태지(絕胎). 학업이 오래도록 이어지지 않는 단점이 있다. 여명(女命)에 재(財)와 칠살(殺)이 동주하여 재물을 버는 장소에 남자인연이 있다. 애정사 발생이 따른다. 임인일주는 다방면에 다재다능하며 센스 재치 임기응변이 뛰어나고 멋쟁이들이 많기 때문에 이성에게도 인기가 있다. 그래서 배우자 간에 냉랭해질 수 있겠다. 모험심과 낭만주의적 성향. 앞날을 내다보는 선견지명, 통찰력 역마의 기질을 타고나서 해외나 타지로의 이동 가능하다. 너그럽고 관대하며, 아랫사람을 잘 다스린다.

타인의 일에 지나치게 끼어들다가 각종 비리에 연루되거나 배신, 사기, 손실 보는 수가 있다. 임인일주 지지에 미(未)토(土) 있으면 만인의 연인이다. 낭만적이고 현실적이다. 즉, 돈을 좋아한다.

직업과 전공분야
전기, 전자, 통신, 의료, 교육, 군, 법무, 사법, 금융, CCTV, 보안, 컴퓨터 프로그래머

40. 계묘(癸卯)일주

천을 귀인. 12운성 장생(長). 문창귀인. 배우자의 덕(德)이 있다.

타(他) 지지(地支)에 편재(偏財)가 있으면 기술사업이요, 정재(正財)가 있으면 교육, 공무원, 전문기술분야 직장인이다.

남성적이며 포용력 있어 만인을 아우르는 힘이 있다. 임인일주에 비해 여성적이다. 다소 까칠하고 변덕 있으며 예민하고 한 번 맘에 들지 않으면 상대 안 하려는 기질이 있다.

팔방미인. 고운 심성. 자신의 분야에 대한 연구 인내. 윗사람의 신임. 여리고 순수하다. 2인자 참모. 재치 임기응변, 고집, 반항심, 기획력과 사무능력이 뛰어나다.

계수(癸水)는 맑음을 의미하므로 처세에 부정이 없고 고지식하다.

계묘(癸卯)일주에 지지(地支)에 신(申)이 卯申 원진 맞은 명(命)은 이성 관계 복잡, 애정사, 성(性)적인 기질이 복잡하다. 약간의 변태성 인자를 내포한다.

41. 갑진(甲辰)일주

辛金입고. 壬水입고. 무(戊)토(土)관대지. 병(丙)화(火)관대지.

12운성 쇠지(衰). 반안살. 50세 전후의 노련미가 돋보인다. 백호대살.

지상의 王. 호랑이 갑(甲). 하늘의 王. 용(龍) 지상과 하늘의 왕의 결합.

똘기 일단 있어 보이고 잘 되면 대박 아니면 쪽박인생이다. 남명(男命)은 부인의 감정이 쉽게 변할 수 있다. 친구 같았다가 한 시절 부인 역할, 경찰처럼 심문했다가 엄마처럼 잔소리하는 마누라다. 그러니 변화 많은 진(辰)토 부인(마누라)은 우울증 가능하며, 여명(女命)은 부(夫)성 입묘 미망인 많으며, 배우자의 건강불안을 암시하고 지장간 을(乙) 겁재작용으로 남편 외도 가능하다.

지장간 을(乙) 겁재 투기성, 투쟁력.

지장간 계(癸) 머리 돌아가는 능력.

지장간 무(戊) 큰 재물을 쥐는 능력,

투기성 발동 재물 잡는 능력.

지장간 무계(戊癸)合 화(火)하여. 항시 유혹을 조심해야 한다. 재물과 인성의 배신 합(合)에 의한 탁(濁)으로 증발한다, 날아 간다.

겁재. 고집 있고, 편재는 횡재수 있고 욕심 많으며 명랑 호탕 융통성 있고, 용감무쌍한 행동력 진취적 자존심 혁신적인 사고 로 밀어붙이는 뚝심 있다. 풍류기질, 주체성, 아집, 독선, 독립 심, 폼생폼사, 야망, 낭비, 배짱 있다.

직업과 전공분야

의약업, 금융업, 법무, 사법, 사회복지사, 유통업, 부동산, 건축, 토목, 속 성속패의 기질 있으므로 도박, 사행성, 유흥, 떴다방, 프로 게이머

---

42. 을사(乙巳)일주

풀밭의 뱀. 뱀과의 불편한 동거 중인 그녀. 무(戊)토 건록. 재 물이 항상 세력을 가질 수 있는 조건이나 환경이다. 경(庚)금 (金) 장생. 사회활동에 유리함을 가진 인자다. 신(辛)금(金) 사지 (死), 피곤한 편관이 힘이 없어지는 자리다.

상관 록(綠) 자식의 번영, 묘(卯)비견 격각살, 형제자매의 부조 화가 있다. 일지 목욕지(浴). 남들의 시선을 모으는 에너지. 이성 운이 잘 열린다. 기혼자 색정, 이성 문제 조심해야 한다. 여(女)

명(命)은 남편이 무능할 수 있다. 본인이 가정을 꾸려가거나 남편이 바람을 피워 독수공방 생사이별 가능하다. 뱀은 변색을 잘하고 금(金)운동으로 단절사가 많다.

남명(男命)은 지장간에서 을경 합(合)을 이뤄 집안에서 정관 성분을 많이 따른다. 알뜰하며 속으로 계산적이고 준 만큼 받고자 한다.

여명(女命)은 자식과 남편을 챙겨야 하고 재물도 벌어야 하니 바쁜 명(命)이다. 미남 미인이 많다. 공과사의 구별. 이중성. 상사의 총애. 목화통명. 뛰어난 언변술. 활달, 적극적, 환경적응력, 강한 생활력, 두뇌 총명, 일부의 자만. 호기심, 실속, 건방짐, 도전과 변화, 무궁한 내공과 생존력이 강하다.

직업과 전공분야

승무원, 모델, 연예인, 관광 호텔업 다수. 교육, 외교, 무역, 예술, 예능, 요식, 은행원, 세무·회계, 출판 문학, 고치고 만드는 기계조작 분야

---

43. 병오(丙午)일주

강렬한 집념과 승리욕. 끈기, 높은 이상을 추구하기 위해 도전하는 열정.

열 받기 쉬운 성격, 다혈질, 감정기복, 강한 자존심, 빨리 타고 빨리 사라진다. 적극성은 강하나 끈기 마무리 부족할 수 있다.

남들에게 멋지게 보이고 싶은 욕구가 많으며 호방하다. 재물보다는 세상에서 가장 멋지게 보이고 싶음이 인생의 화두이다. 거짓 없고 솔직하며 직선적이다. 천방지축, 열혈패기, 허영심, 허세기질, 하극상 가능, 남녀 불문 사회활동을 하는 것이 좋다. 권력. 능력을 가져야 인생이 아름다우며 주말, 기러기 부부가 좋다. 미래지향적, 밝고 명랑함, 예의가 있고, 사치, 낭비, 도박, 유흥을 조심해야 한다.

지장간 병(丙) 비견.

지장간 기(己) 상관.

지장간 정(丁) 겁재.

형제, 자매, 친구의 영향을 많이 받으며, 친구 좋아하고 의리 있다.

지장간 기(己)土상관. 내가 법이다. 말(馬) 있고, 칼 있으니 세상에 겁나는 것이 없다. 대형사고를 낼 수 있는 인자.

경(庚) 편재 목욕지(浴). 신(辛)정재 병지(病). 편관(編官) 태지(胎). 정관(正官) 절지(絶). 짝지을 재관(財官)이 약하다.

양인살이 부정적으로 작용하는 경우 힘만 있고 무능력할 수 있으며 집에서만 우두머리며 심한 경우 배우자를 언어폭력 등으로 힘들게 할 수 있다.

을묘, 신유, 임자, 병오는 4대 똥고집이다.

의료, 종교, 특수한 전문기술, 스포츠, 정치, 군 조직, 연예인, 예술가

44. 정미(丁未)일주

지장간 정(丁) 비견.

지장간 을(乙) 편인.

지장간 기(己) 식신.

편인 성격이 나온다. 호기심, 의심, 확인하고 싶어 한다. 비견의 고집과 아집, 식신의 연구심 호기심 자극되는 공부 고집스럽게 연구하며, 스스로 전문가의 기질이 있고, 자기만의 노하우가 있다.

정미일주 의사, 한의사 많다. 지장간 인비식의 구조 편인의 자격증으로 미(未)현침 칼을 쓴다. 미(未)식신. 내가 주는 것. 미(未)중 을(乙)편인. 내가 받는 것. 주면서도 약간 혼란이 일어날 수 있다. 예를 들어, 이렇게 해줘도 되나? 약간의 불평과 확인하는 마음과 불만이 생길 수 있다.

土 식신이며, 매우 뜨겁다. 9번 잘해주다가 10번째 터져서 공(工)을 허문다. 토는 항상 쌓아 두었다가 터트린다. 다 된 밥에 재 뿌린 격이 될 수 있다.

희생정신이 강하며 도량이 넓고 잘 베푼다.

명(命)내에 수(水)가 있어야 좋고, 수(水)가 없으면 히스테릭하며, 노이로제 생길 수 있다.

병(丙)화(火)가 화산과 같은 기질이라면, 정(丁)화(火)는 조용한 촛불처럼 아늑한 기질을 갖고 있다. 미(未)토는 양기를 밀어내고, 음기를 받아들이면서, 결실을 맺게 하려는 성질이다. 조용하면서도 높은 이상과 집념을 품고 이상을 향해 나아가는 사람이다. 홍염살이라 인기가 있으나 배우자 안정이 불안하다. 털털하고 소탈한 면이 있다.

직업과 전공분야
의사, 군인, 경찰, 검찰, 한의사, 예술가, 건축, 토목, 요식업, 기술 이·미용 디자이너, 연예인

45. 무신(戊申)일주

산속의 원숭이. 의리, 의협, 정의감, 직선적인 성격, 입바른 소리, 보수적, 안정성, 고집, 냉정함, 순수, 상상력이 풍부하다. 지각력, 아이디어, 몰두, 간섭, 오지랖 넓다, 역마 지살 돌아다니기 좋아한다. 재주꾼이다.

지장간 戊. 비견. 나 스스로 고집이 있다.

지장간 壬. 편재. 큰돈을 만지겠다.

지장간 庚. 식신. 연구해서 이루겠다.

스케일이 크다. 거부가 많은 일주. 토 자체가 고독. 지장간 토 (土). 고독 더하기 고독. 고독해야 성공한다. 일에 빠져야 성공한다. 산과 산을 넘나든다.

역마 타지 타향 외국 멀리 나가서 성공한다. 해외무역·유통 외국어를 잘하며 부인과 부인 외(外) 여자에게도 잘한다. 술 먹고 안 들어간 다음 날 다이아반지 사 들고 귀가한다. 무신일주는 이러한 성정이 있다.

12운성상 병지(病). 약자에 대한 선한 마음. 편재 임(壬) 장생. 계(癸)정재 사지(死), 편관 절지(絶). 호랑이가 사라졌으므로 태평 기질, 문창귀인, 두뇌 총명, 먹여 살릴 수하가 많다. 중년 의식주 번창. 남명(男命)은 처가 유정하고. 여명(女命)은 자식 낳고 의식주 번영이 온다. 자식 생산 이후, 배우자 자리 불안하다. 움직이면서 돈을 번다. 이상주의자 불합리 부조리를 거부한다.

신약한 경우 본인 직장 배우자 가족 통해 임(壬)편재 장생 실현 재물 취득한다.

직업과 전공분야

의료, 종교, 특수한 전문기술, 스포츠, 정치, 군 조직, 연예인, 예술아나운서, 강사, 운동선수, 조폭, 예술, 기술업, 컴퓨터 프로그래머, 언론, 방송, 마케팅, 제조, 생산 가능, 식품 가공, 철재, 운수업, 자동차 관련 제조업, 군인, 경찰, 의료

46. 기유(己酉)일주

가을 땅속의 보석. 여인이 자식 잘 낳으면 보석 된다. 자갈이 많은 땅. 나무가 잘 자라기 힘들다. 남편이 아무리 잘해줘도 만족감이 부족하다. 애정의 갈등은 필연이다.

지장간 경(庚), 신(辛), 능력 더하기 능력, 식신은 파고 들어간다. 상관은 언어능력. 조금 알아도 청산유수로 말이 잘 나온다. 두 마리 토끼를 잡고 싶다.

식상 왕지(旺). 연구직, 학자가 많다.

여명(女命)은 자식이 내 품 안에 있다. 자식에게 잘한다. 넘치게 잘하면, 무능할 수도 있겠다. 내 품 안에 소유하려는 생각. 나이 들어도 아이라 생각한다.

유(酉) 도화 장성살. 끼 있고, 재능 있는 자식, 이혼해도 자식을 데리고 살 가능성이 많다. 인정 많고 수하에게 후하다. 연하 인연이 가능하다.

직업이 유아용품, 유아 교육분야면 좋다. 아이를 잘 가르친다. 배우자 자리 유(酉)보석은 인기가 있다. 미남 미녀 인연 많다. 손재주가 많다. 남편을 무시할 수 있다.

남명(男命)은 결혼을 두 번 할 가능성이 높고 데릴사위 가능하다, 문창귀인. 은근히 처덕을 본다.

己土 포용, 안정, 겸손, 은근한 끈기. 평화주의자. 화합한다. 酉金 원칙주의, 순수함, 완벽주의, 정확하고, 구체적인 것을 좋아

함, 연구 분석 분야 최고의 자질, 문학, 예술, 과학 등에 관심이 많다.

직관력, 암기력, 예지력, 상처를 받으면 평생 간다.

기유일주 여성은 역마 직업을 가진 건설, 토목 분야에 있는 남성과 인연 하면 좋다.

직업과 전공분야
침, 의학, 미용, 요식, 전문기술 자격, 이공계열 법조, 교육, 문학, 예술, 검 경계 다수

47. 경술(庚戌)일주

괴강살. 홍염살.

지장간. 신(辛) 겁재 형제. 지장간. 정(丁) 정관 자식.

지장간. 무(戊) 정인 모친.

남명(男命)은 형제와 자식과 모친과 심리적으로 가까운 환경. 집안 가문 중요하게 생각한다. 부인은 버려도 자식은 못 버린다. 여명(女命)은 나의 지장간에 나의 배우자와 겁재가 동주한다. 배우자가 바람을 피우기 쉽다. 유부남을 만날 수 있다. 술(戌) 중에 신(辛)이 있다, 무겁다, 가벼운 성격이 아니다.

직관력이 있다. 경쟁 심리 유발되며 자존심에 상처를 받으면 분개한다. 자기중심적 논리. 의협심이 강하다.

편재 양지(養). 정재 묘지(墓). 편관 묘지(墓). 정관 양지(養). 재

성과 관성의 세력이 미약하다. 편인. 기술성, 재물 보전 수단이
부동산 인연이 많다.

처의 건강 불안. 정(丁)정관 양지(養). 남편이 변화 없는 직장생
활 할 때 기본 조화력이 있다.

변혁성. 용맹함, 강직함, 지도자, 혁명가기질, 천문성, 예리한
투시력, 관찰력, 목표지향적, 자존심, 소박, 서민적 풍모, 냉정함,
카리스마. 영웅이 아니면 건달이다. 독설, 고독, 외로움이 많다.

직업과 전공분야
애견 센터, 컴퓨터, 최첨단 특수 장비, 수의사, 개 장례업, 검찰, 경찰, 군인, 의학, 활인, 전문기술 분야, 화공, 전자, 고물, 기계, 건달, 사기꾼, 유흥업소 종사자

48. 신해(辛亥)일주

멋쟁이가 다수. 깨끗한 물로 씻어낸 보석. 미남미녀, 매력 있고
피부 하얗고, 깔끔하며 샤프하게 생겼다. 언변이 톡톡 튀고, 쉬
크함 시니컬 고집 깐깐함. 거짓말과 부당함, 약속 안 지키는 걸
가장 싫어한다.

금여살. 행동이 반듯하고 가까워질 수 있으나 남에게 공간을
많이 안 준다.

애정관이 쉽게 타오르고 쉽게 꺼지는 냄비 근성이 있다. 사소

한 것으로 트집, 집요하게 물고 늘어진다. 편집증 있음. 사랑 지
상주의. 집착, 배신당하거나 배신할 수 있다. 쿨한 척한다. 잘 생
기고, 이쁜 인간을 선호한다. 동화 속 아가페적인 사랑을 꿈꾼
다. 약간 비현실적, 예술성, 영감력, 직관력, 아이디어, 감수성,
냉정, 차가운 인상, 지혜, 기억력, 이해력이 좋다.

지장간 무(戊). 정인 모친. 공부.

지장간 갑(甲). 정재. 재물.

지장간 임(壬). 상관. 보여주고 싶은 심리.

공부도 하고 돈도 벌고 보여주고 싶어 한다. 계산을 잘한다.
눈치도 있다.

일반 공부보다는 예술성. 기술성의 공부를 많이 한다.

일지 해(亥)중 임(壬)상관. 갑(甲) 정재. 현실적으로 사용하기
좋은 공부 많이 한다.

남명(男命)은 亥時에 밤에 나가면 9시 이후로 여자가 잘 붙는
다. 밤에 甲을 만난다. 일지 亥. 밤에 활동을 많이 한다. 밤에
공부한다. 일지 상관을 놓은 자(者), 여자가 잘 따른다.

여명(女命). 금수상관은 남편에게 차갑게 대한다. 신약하면 애
낳고, 몸이 안 좋다. 생리사별 가능하다.

亥상관은 木운동을 열어주니 보여주고 싶은 심리. 비밀을 잘
못 지킨다.

己정인 더하기 亥상관. 분석력, 관찰력, 교만, 자만, 구설을 조
심해야 된다.

사(巳)를 날린다. 지상에 서방은 필요 없다.

을(乙)편재 사지(死). 정(丁)편관 태지(胎). 병(丙)정관 절지(絶).
인(寅)묘(卯) 공망. 재물을 추구하고 돈 버는 재능은 있으나 큰
부자는 드물다. 의심 많고 예민하며 인정이 많다. 히스테리, 이
해타산 이기적 교만 고독 승리욕 질투심 낭만적인 사랑 방랑벽
이 있고 외국여행을 좋아 한다.

직업과 전공분야

디자인, 미술, 음악, 외국어, 아나운서, 승무원, 연예인, 방송인, 언론인,
신문사(亥中 甲: 조선일보, 동아일보), 예술가 연예인, 종교인, 철학자, 재정,
교육, 식품 가공, 요식, 무역, 외국계 회사

---

49. 임자(壬子)일주

겨울에 먹이를 찾아 헤매는 겨울 쥐. 양인. 홍염. 왕지(旺). 병
(丙)편재 태지(胎). 정(丁)정재 절지(絶). 무(戊)편관 태지(胎). 기
(己)정관 절지(絶). 財, 官의 보조를 통한 발전에 방해된다. 교육
기술 직업에서는 프로로 인정받는다. 단 인덕은 약하다. 배우자
불안. 인(寅)묘(卯) 공망. 건강 불안, 활동적, 다방면 재능이 있
고 상황판단능력이 우수하고 권모술수, 임기응변이 좋다. 현실
적 경제적인 감각이 좋고, 대장부, 여장부, 독립적 합리적이나 화
가 나면 물불을 안 가린다. 내면에 외로움을 잘 탄다. 이성 편력
이 있다.

병오일주 보다는 비사교적이나 도량이 넓다. 말문 열기에 시간이 걸린다. 예술가, 이상 추구, 동경, 고집, 배우자 상처 주기 쉽다. 주말부부가 좋다. 좋아하는 일에 한 시절 올인, 주파수, 코드가 맞는 사람을 좋아한다.

일지 자(子). 끼가 있다. 애정사 다발의 글자, 바람 피우다 걸려도 딱 잡아뗀다. 씨앗을 가진 동물 자(子). 혼외자식 가능하다. 우두머리 기질. 파란만장한 삶. 한 곳에 정착되기가 힘들다. 수(水)가 많으면, 화류계가 많다.

여장부. 총명, 재치, 구설, 시비, 사고수가 많다. 자(子)양인살. 남들이 없는 기술보유자가 많다. 비밀이 많고 끈기와 집념이 있다.

직업과 전공분야
군인, 경찰, 검찰, 정치인, 의사, 해운, 수산업, 요식업, 조폭, 운동선수. 종교, 철학, 교육업

50. 계축(癸丑)일주

비 내리는 겨울 되새김질하는 소의 형상. 의연, 인내심, 근면, 성실, 인정, 선량한 기질, 원대하고 큰 야망과 포부, 불도저 같은 성향 과격 자존심 고집 끈기 오기가 있다. 평상시 과묵, 지지(地支) 편관, 오로지 전진만 하는 독불장군. 카리스마 뚝심 조급함 과격함 공격성이 강하다.

부당한 상사의 명령에 거부할 줄 안다. 승리욕 한탄 자기연민, 한 가지 분야의 전문가가 많다. 조폭의 보스, 무표정한 냉정함과 살기, 백호, 탕화, 화개, 나이 든 여명(女命)에 늙은 배우자 인연이 많다.

지장간. 계(癸) 비견. 신(辛)편인. 기(己)편관.

남명(男命). 한쪽으로 쏠리는 성격이 많이 나온다. 모친, 자식, 형제 말을 잘 듣는다. 여명(女命). 배우자가 강한 직업이면 좋다. 한길로 간다. 자기 논리가 강하다. 운동신경 감각이 좋다. 배우자 자리 축(丑). 꽁꽁 언 땅 배우자와 친해지기가 힘들다. 여성은 사주가 탁(濁)하면, 유흥으로 많이 간다. 지하실에 갇힌다. 축(丑)은 창살의 물상으로 볼 수 있다. 스토커 만나거나 뒤끝 많은 늙은 남자 만날 수 있다.

직업과 전공분야

수사관, 경찰, 공직, 특수기관, 종교, 교육, 법무, 외교, 문화, 출판, 서점, 골동품, 의약, 연예인, 예술가, 유흥업소 종사자

---

51. 갑인(甲寅)일주

갑(甲)일간 중 가장 강한 성격. 큰 호랑이. 크고 싶은 호랑이. 하늘로 쭉쭉 뻗은 나무. 보스기질 카리스마 예지력, 장남, 장녀 역할. 자수성가, 직선적, 솔직, 기분파, 비위를 잘 맞춰주고 치켜

세워주면 의외로 쉽게 넘어가는 스타일. 갑(甲)일주는 대체로 그런 것 같음. 하늘의 뜻이 지상에 내려온다.

자존심 넘치면 주위와 불화한다. 자제심이 필요하며 여명(女命)은 본인이 능력을 키워 연하를 모셔와 살면 해소된다. 병(丙)식신 장생지(長生). 신(辛)정관 태지(胎). 경(庚)편관 절지(絕). 무(戊)편재 장생지(長生). 기(己)정재 사지(死). 한 번은 꼭 나의 일을 해보려는 기질이 있다.

활동적이고 당당하다. 용맹 무상, 독립적 현실적이며, 먹이를 찾아 산을 어슬렁거리는 호랑이 기질 사업적 융통성이 있다.

갑(甲). 인정, 인자함. 측은지심, 미래지향적 사고, 자존심, 고집, 자유주의. 휴머니즘, 긍정적 가치관.

인(寅). 의리 의협심 성취 명예욕 봉사 책임감 리더십 협동심이 있고, 사회적 신임, 가정보다 사회생활에 비중을 높게 둔다.

구속하려는 배우자와는 갈등이 심하고, 이상주의자. 자유주의자. 간섭, 구속, 억압을 거부한다.

갑인일주의 지장간.

지장간 무(戊). 편재

지장간 병(丙). 식신

지장간 갑(甲). 비견

나의 힘과 나의 연구심으로 큰돈을 벌겠다. 비견, 식신, 편재는 제조, 생산, 판매까지 모두 가능하다.

요리사. 기계조작, 예술, 화가, 만들고 고치는 것에 능하다.

스스로 연구하는 재능이 뛰어나다. 남에게 지기 싫어한다. 재물 욕심 많다.

명조 내 비겁이 많으면 내가 이혼 안 하면 내 형제 자매간에 결혼생활 힘든 사람 나올 수 있다. 조직성을 오래 유지하기가 힘들 수 있다.

직업과 전공분야
공무원, 관료, 군인, 경찰, 타인을 지도하거나 가르치는 교육, 활인업, 기획, 건설, 인테리어, 패션, 이·미용, 운송, 언론, 방송, 통신, 역마성의 직업군

52. 을묘(乙卯)일주

계(癸)水 편인이 장생(長生) 두뇌 회전이 빠르다. 봄 햇살이 아름다운 계절, 풀밭으로 뛰어나온 푸른 토끼. 인정 많고 부드러움. 온화한 기질, 상황 판단, 통찰력, 하늘로 뻗어 나가려는 기질이 있고, 순수 낭만적 건강한 정신, 의욕 대비 실천력이 다소 부족하다.

변덕, 지구력이 다소 약하다. 외교수단이 좋고, 환경에 예민하며 믿는 사람에게 잘해준다. 예능기질 봉사 참모 역할을 잘하고, 외유내강, 자존심, 직선적인 성격, 의심이 많은 편이다.

무(戊) 정재 목욕(沐浴). 부인의 직업이 장식, 패션, 디자인 등이면 목욕의 행위(액땜)를 해소한다. 처(아내)가 사치 꾸미는 것을 좋아하고 유흥 낭비의 인자 있을 수 있다. 편재(扁財) 병지(病). 경(庚) 정관(正官) 태지(胎). 편관(扁官) 절지(絶), 관성(官星)이 무력하다.

정관 태지(胎)는 어리광스런 어떤 행위나 일을 하는 남편일 경우 기본적인 조화력이 있고 큰일 사업을 도모하는 인연(배우자)은 조화롭기 힘들다.

간여지동. 재(財)가 깨진다. 남명(男命)은 배우자 애정 문제 여명(女命)은 배우자 시가(媤家)집 문제, 비견이 많으므로 시집가면 시어머니 아플 수 있다. 남녀 불문하고 바람기가 있다. 乙卯는 꽃밭의 꽃이라 하늘의 태양 丙火를 만나야 뜻을 펼칠 수 있다. 乙木은 生木이라 키우는 것을 좋아하고 잘라주는 것을 싫어한다. 머리 좋고 똑똑하며 인기 있고 자립심 강하고 인물이 좋다.

직업과 전공분야
교육, 요식, 상업예술, 장식, 인테리어, 건축, 디자인, 꽃집, 청과물, 광고, 인쇄

53. 병진(丙辰)일주

대지를 비추는 태양. 갯벌위의 태양. 12운성 관대(冠帶). 기질적으로 잘 밀리지 않는다. 편관(編官) 입고 호랑이가 없다. 호랑이를 피해갈 수 있는 권리. 호랑이 없는 산(山)의 여우의 느긋함 자신감 열정 배짱 정재(正財) 입고, 배우자 인연의 굴곡이 있다.

부부간에 정이 없든지 처의 건강 불안 편재(扁財) 양지(養) 정관(正官) 양지(養) 담대하고 스케일도 큰 편이다. 미식가가 많고 요리도 잘한다. 영감이 발달되어 있고, 낙천적 적극적이며 비밀이 없다. 대화를 즐긴다.

일지에 화개살, 진(辰)土 식신. 지혜가 총명하고 다정다감. 명예욕이 강함.

지장간 을(乙). 계(癸). 무(戊). 정인, 정관, 식신. 보수적인 성향과 합리적인 성향, 가르치는 기질. 선생님 기질, 말을 잘하는 사람, 예의와 신의가 조화된 성품, 추진력, 명랑, 쾌활하며, 낙천적 불같은 성격이 있다.

언변이 좋고 일 처리를 잘한다. 대인관계 원만하며, 융화, 기분파, 양심가, 마음에 의도나 적의를 두고 있지는 않으나 말이 많을 수 있어 간혹 실수하여 다른 사람의 입에 오르내릴 수 있으니 조심하는 것이 좋다. 신앙심이 깊으며 학문에 관심, 의협심과 정의감, 인정도 많고 솔직 담백하다. 현실에서의 출세와 성공이 빠른 편이다.

직업과 전공분야
경찰, 군인, 형사, 교도관, 대학교수, 변호사, 교육자, 종교가, 요리, 도예, 가스, 석유, 전기, 광학분야, 토산(土産)업, 건축, 토목

54. 정사(丁巳)일주

지혜가 비상하며 고집이 대단하고 성격이 불같은 면이 있다. 화를 내고도 뒤끝은 없는 편이며 빨리 후회한다. 巳火는 상관(傷官)土의 록(綠)이라 모든 것을 제압하고 제도(濟度)하려는 능력과 기운이 있다. 언변이 청산유수, 배짱이 두둑, 인정도 많다. 느리고 질질 끄는 것을 싫어한다.

독립적이며 직장 내에서도 다소 우두머리격으로 행동한다. 사물의 처리가 밝고 신속해서 주변의 인정을 받으나 타인의 과오(過誤)를 지적하고 넘어가는 경우가 많다. 식상(食傷)과 재성(財星)이 록지(綠), 장생지(長生)을 얻어 재물을 모으는 능력이 있고 생애 큰돈을 벌 기회를 몇 번 만나지만, 겁재(劫財)로 인한 손재수도 있다.

정재(正財)의 장생(長生)지라 처덕(妻德)은 있고 여성은 현명하다.

지장간 무(戊) 상관. 스케일을 키우다.

지장간 경(庚) 정재. 실속이 있다.

지장간 병(丙) 겁재. 투쟁력이 있다.

재물을 가지고 싶다. 싸우고 외박해도 다음 날 돈을 주면 쉽게 해결될 수도 있다. 벌 때는 겁재(劫財)식으로 벌고 챙길 때는 정재(正財)처럼 꼼꼼히 챙긴다. 삼각관계가 많이 발생될 수 있다. 실속파. 재물에 예민하고 민감하다.

바쁘게 움직인다. 표현을 잘한다. 다혈질이 많다. 금전 문제,

돈 문제 계산은 정확하다. 속전속결을 좋아한다. 객지번영이 많고 두뇌 회전 빠르고 상황 판단 능력이 좋다.

직업과 전공분야
예술, 예능, 언론, 방송, 연예, 이·미용, 패션, 디자인, 법무, 사법, 의료, 교육

55. 무오(戊午)일주

산속의 말. 드넓은 벌판을 나 홀로 질주하는 황마. 지장간 병(丙), 기(己), 정(丁). 다양한 공부를 할 수 있다. 머리가 좋고 진리탐구능력이 뛰어나다. 엄마가 두 명. 아버지가 바람기가 있을 수 있다. 인성(印星)은 식상(食傷)을 극한다. 생각을 많이 하게 되고 도덕심 있으며 보수적이다.

여명(女命)은 자식을 품 안에 두기 힘들다. 남명(男命)은 인성(印星)이 왕(旺) 하면 마마보이 가능성 있고 머리로 하는 일을 추구하며 마음에 들지 않는 직장을 오래 다니기가 힘들다. 인성(印星). 자식을 잘 키울 순 있으나 자기가 배운 자신의 논리로 키울 수 있다. 부동산 등 자격 면허증에 인연이 많다. 책과 엄마와 친하다. 신앙에 몰두 한다.

정인(正印). 양인살. 프로페셔널. 제왕. 조직사회에서 관리자로 성공한다.

지지(地支) 인(寅)이 있으면, 편관(扁官)이 사지(死)라도 양인 합살의 모양이 되어 권력성 조직, 특수기술 가공, 전기, 전자, 통신, 해외무역을 다루는 조직관리자로 성공한다.

남명(男命) 배우자 인연 불안, 여명(女命) 자식 인연 불안.

체면 겉모습을 중시하고 영감력이 뛰어나고, 완벽추구, 변덕 시비 흑백을 분명히 한다. 정밀, 정확, 꼼꼼하다.

직업과 전공분야
법무, 군인, 경찰, 정치인, 미용, 요식업, 전기, 전자, 통신 항공, 해외무역, 유통업

56. 기미(己未)일주

지장간 정(丁)편인. 때때로 고독해지며 신비한 영적 세계에 관하여 관심이 많고 직관력이 탁월하며 의심이 많고 다소 부정적이며 확인하고 싶어 한다.

지장간 을(乙) 편관. 공익(公益)을 위하여 자신의 이익을 억제하고 합리적인 사고를 하며 외부에서 일어난 어떤 일에 대한 수용과 인내를 잘한다.

지장간 기(己) 비견. 자신의 신념이 옳다고 판단되면 고수하는 편이고 승부욕이 있고, 자존심과 고집이 있으며 의지를 관철하려는 성향이 있다.

편(扁)의 글자들로 약간 삐딱하게 보일 수 있으며 일지(日支)에

토(土)가 있는 일주는 성격이 상황 따라 다를 수 있다.

양인살. 유(酉) 격각살. 지상에 식신(食神)이 없다. 식신(食神)이 없으니까, 손닿는 곳에 먹을 것이 없다. 열심히 살 수밖에 없다. 특별한 기술. 빼앗아버리는 힘. 계(癸)편재 입고, 임(壬)정재 양지(養), 을(乙)편관 양지(養). 갑(甲)정관 입고, 특별한 기술 의료 기술, 상징적인 권력. 미(未) 남모르게 하는 일. 손재주가 많다.

배우자의 건강 자식의 근심 다소 소심한 기(己)일간들 중 가장 기운이 강한 일주. 외교능력, 중재수단, 희생, 봉사정신, 천성은 유순, 온화, 소심, 거짓 없고 순수하다.

직업과 전공분야
전문기술, 의약, 토목, 법무, 사법, 의료, 특수성, 공직(公職), 금속, 기계, 해운, 수산

57. 경신(庚申)일주

사리에 맞는 행동. 의협심, 신의, 불의를 보면 참지 못하고 공과 사의 구별이 확실하다. 일 처리가 정확하다. 외교수완이 뛰어나며 기계조작에 능하다. 자신에 대한 믿음이 강하나 인간관계가 원만치 못해 고독감을 느끼게 된다. 배짱이 두둑하고 결단력 있으며 저돌적인 추진력, 지휘력이 좋고, 용인술에 뛰어나며 원칙을 중시. 강직. 의리. 깡다구가 있는 강한 인상, 쓸쓸하고 외로운 삶. 풍류기질 있으며 일간 자체가 차갑다.

강한 주체성을 가지고 판단하고 심사숙고하여 집중적으로 연구하고 궁리한다. 궁리한 것을 강력하게 밀고 나가는 심리가 강하다. 금(金)덩어리. 재물을 장악하는 힘이나 에너지가 강하다. 갑(甲)편재 절지(絶). 을(乙)정재 태지(胎). 부인(배우자)이 아프거나 도망을 갈 수 있다.

병(丙)편관 병지(病), 정(丁)정관 목욕지(沐浴), 관성(官星)은 타인과의 조화력이므로 조화력이 부족할 수 있다. 육친, 사회성, 인덕이 다소 부족하다.

우악스러움으로 극복한다. 우악스러움을 발휘해야 하는 국가공직, 수사기관, 강제집행의 인자가 있는 공직이 잘 맞다. 배우자 조화력 불리하다.

직업과 전공분야
군인, 경찰, 의사, 운동선수, 조종사, 선박업, 자동차업, 무역업, 금속, 조선업 외교관, 기술자, 많이 왕래하거나 움직임이 많은 업종

58. 신유(辛酉)일주

깔끔하고 이지적이며 냉정하다. 불합리와 타협하지 않는 정의로운 기질이 있다. 비판력, 냉소와 독설, 까칠, 냉정, 의리, 원리원칙, 새로움을 추구하는 변혁성, 약자에 대한 도움, 인내, 통찰력, 외골수, 시니컬, 외로움이 많다.

자기 성취 욕구가 높다. 차도남, 차도녀, 예술성, 질투심, 사업성 발휘에는 성공하더라도 어려움을 겪을 수 있다. 재성(財星)이 절지(絶), 태지(胎)지 떨어짐. 고집과 자립심으로 어려운 상황을 극복하고 이후 다시 일어서는 힘이 강하다. 외유내강의 전형이며 소란스럽고 번잡한 것을 싫어하며 조용하고 평온한 환경을 좋아한다. 한번 믿으면 모든 것을 다 바치지만 돌아서면 쉽게 풀리지 않는다. 묘(卯)를 지지에서 도충 해오니 베풀려는 어진 마음이 있고 다정하다. 화(火)가 있으면 공직 지도자로 성공하고 수(水)가 많으면 기술. 교육으로 성공 가능하다.

외양(外樣)은 보석처럼 아름답다. 내면(內面)은 酉金 고독하고 외롭다. 지장간 경(庚), 신(辛) 양쪽의 칼날, 비수를 상징하고, 내면은 깐깐할 수 있다. 음기(陰氣)로 이루어진 숙살지기. 강직, 고집, 무모함이 슬픔과 화(禍)를 자초할 수 있다. 편집성, 기술, 독립성이 있고 경제적 기회를 잡을 수 있다.

직업과 전공분야
군검, 경찰, 행정, 회계, 설계, 의사, 간호사, 요리사, 약사, 미용사, 금은방, 기술 계통, 철도, 보건복지부, 스포츠

59. 임술(壬戌)일주

12운성 관대(冠帶). 도전 정신과 모험심, 급하고 강박적으로 움직일 수 있다. 열정과 공익을 추구하는 경향, 정의로움, 리더십, 카리스마, 추진력, 돌파력, 정재의 창고. 백호의 재물창고, 횡재수, 재물에 대한 감각이 발달하여 있다. 지지(地支) 편관은 임(壬)수(水)의 기본적 성정이 외부로 드러나는 것을 견고한 댐으로 막는다. 임(壬)은 생명의 물. 술(戌)은 늦가을 생명활동을 마치고, 새로운 생명을 준비하는 기운. 만물을 잡아 가두는 기운과 새로운 생명이 잉태되는 기운을 함께 가진다. 2중적인 성정. 칼춤을 추는 무당. 순박한 특유의 낙천성을 겸비하였다.

직업과 전공분야
검찰, 경찰, 공직, 금융권, 교육, 육영. 공학 관련, 토목, 건축, 화학, 금속, 변호사, 세무사, 의약, 납품 제조, 인테리어

60. 계해(癸亥)일주

바다에 물이 가득하여 마르지 않는 형상. 앞일을 예지하는 혜안. 천문으로 머리 좋기로는 계해일주와 신해일주가 쌍벽이다. 망망대해로 고향 떠나 객지번영 많고, 통찰력이 대단하며, 천재적인 지혜가 있고, 생각에 끝이 없으며, 언변 좋고, 외교수단이 뛰어나다. 자비심과 신앙심 있고, 매사 신중하게 검토 후 행동에 옮긴다. 침착하고 내성적이나 때로는 과격한 성격으로 돌변하기도 하며, 한번 입을 열면 뛰어난 논리로 사람들을 압도한다. 두뇌 회전이 빠르고 기획력이 우수하다.

지장간. 무(戊)정관. 갑(甲)상관. 임(壬)겁재. 상관은 유연성을 바탕으로 펼치게 되는 재주, 겁재는 합리적 주체성과 자존심. 정관은 상관에 눌려 드러남이 약하다. 수(水)목(木)상관 교육적인 행위, 창조성이 요구되는 창작요소가 있는 기술, 준역마, 해(亥) 중 갑(甲) 상관의 기운. 스프링, 용수철처럼 튀어 나가고 튕겨 나가는 힘, 창의적인 주장, 새로운 예체능적인 계발, 마음먹은 일에 대해서 전력질주능력이 있다.

진문적인 기술과 능력을 통해 스스로의 진화를 위한 초석을 도모, 창의성, 제도권에 안주하지 않고 박차고 뛰쳐나가는 능력. 호기심, 오뚝이 기질, 독특한 생각. 형이상학, 발명가, 과시욕, 직관, 계해일주 천간 무(戊)토와 합(合)을 한 결과물이 화(火)를 생조하기 위함인데, 평상시에는 고분고분하며 얘기하며 물처럼 자연스럽게 흘러가듯이 부드러운 면을 가지고 있으나, 참다 참다 안 되면 합(合)에 의한 생산으로 인해 화(火) 성정을 드러냄으로써 순간 폭발하는 성정이 있다.

직업과 전공분야
종교가, 학자, 요식업, 외교관, 백화점, 슈퍼 등 유통업. 중개, 용역, 서비스 대민상대, 항공, 무역, 건설, 영업, 관광, 문학, 예술, 교육

그동안의 생각과 경험을 정리하고, 역학 자료들을 바탕으로 원고를 마무리하게 되었습니다. 글을 쓰는 과정은 쉽지 않은 작업이었습니다. 역학 선 후배님들의 따스한 충고와 격려로 많은 수정과 편집과정을 진행하면서 탈고의 기쁨을 맛보게 되었습니다. 향후 실전 명리학 시리즈 통변 구조론과 입문 강의도 집필할 예정입니다.

　미련한 글솜씨를 훌륭한 출판사와의 인연으로 예쁘게 출판될 수 있어서 더욱 뿌듯한 마음을 감출 수가 없네요. 이 책이 역학을 공부하시는 도반님들에게 조금이라도 도움되시길 진심으로 바랍니다. 출판되기까지 많은 노력과 성의를 보여준 출판사 대표님 이하 많은 직원분께 감사의 말씀 드립니다.

김춘수 '꽃'

내가 그의 이름을 불러주기 전에는
그는 다만
하나의 몸짓에 지나지 않았다.

내가 그의 이름을 불러주었을 때
그는 나에게로 와서
꽃이 되었다.

내가 그의 이름을 불러준 것처럼
나의 이 빛깔과 향기에 알맞은
누가 나의 이름을 불러다오.

그에게로 가서 나도
그의 꽃이 되고 싶다.

우리들은 모두 무엇이 되고 싶다
나는 너에게 너는 나에게
잊혀지지 않는 하나의 의미가 되고 싶다.

참고문헌

1. 춘하추동 신사주학(박청화 著)

2. 정진반(박청화 著)

3. 명리진경(송명관 著)

4. 명리일진내정법(김수진 박수진 엮음)

5. 계의신결(최국봉 著)

6. 상리철학(조명언 著)

7. 심명철학1,2,3(최봉수 著)

8. 궁통보감(백이제 著)

9. 알기쉬운 자평진전(김철완 등)

10. 자평진전평주(박영창 번역)

11. 적천수 써머리(이수 著)

12. 명리강론(신수훈 著)

13. 알기쉬운 실증철학(이병렬 著)

14. 사주첩경(이석영 著)

15. 통변대학(변만리 著)

16. 명리요강(박재완 著)